CYNNWYS

Nerth Bôn Braich

gan

Sian Eirian Rees Davies
Gwen Lasarus
Rhiannon Thomas
Eurgain Haf
Caron Edwards
Annes Glynn
Janice Jones

bwthyn
GWASG Y BWTHYN

ⓗ Janice Jones ©

Argraffiad cyntaf Ebrill 2008

ISBN : 978-1-904845-61-4

Mae'r cyhoeddwyr yn cydnabod cefnogaeth ariannol
Cyngor Llyfrau Cymru.

Cyhoeddwyd ac argraffwyd gan Wasg y Bwthyn, Caernarfon.

Diolchiadau

- I Wasg y Bwthyn am roi ei ffydd ynom!

- I Geoff Capes am ei gyngor ynglŷn â materion yn ymwneud â deiet a hyfforddiant.

- I Robin Llywelyn am roi caniatâd i ni 'gynnal' y gystadleuaeth ym Mhortmeirion.

- I Eirian James am ddarllen y nofel a rhoi sylwadau adeiladol.

- I Karen Owen am ei gwaith trylwyr a manwl.

Cyflwyniadau

Sian – I Delyth

Gwen – I'm teulu

Rhiannon – Dafydd

Eurgain – I Bedwyr, am ei ddewrder

Caron – I'r gens

Annes – I Janice am y syniad a'r anogaeth ac i'r genod i gyd am y gwmnïaeth, y mynych baneidiau a'r *craic*!

Janice – Fel y byddan nhw'n deud yn y *Daily Post* wedi genedigaeth (a daeth yr enedigaeth hon wedi beichiog-rwydd y bydda eliffant yn ymfalchïo ynddo!) – 'I bawb fu'n gweini'

GRYM GWRAIG

Galan Mai cynhelir cystadleuaeth dra gwahanol ym mhentref Eidalaidd Portmeirion i ddarganfod Merch Gryfaf Cymru. CALENNIG JÔB fu'n holi cyn-bencampwraig ar ran *Y Ffedog* beth a gymhellodd gwraig, mam a dynes fusnes i fentro i'r fath faes?

Wrth gerdded i mewn i gartref Delta Jones, mae'n rhaid i mi gyfaddef fy mod ar bigau'r drain. Does gen i ddim syniad beth i'w ddisgwyl. A bod yn onest, dwi wedi hanner dychmygu cwrdd â phladres o ddynes a fyddai'n gallu fy nghodi efo'i bys bach a'm chwyrlïo o gwmpas ei phen fel top, petawn i ond yn meiddio edrych yn groes arni.

"Mae hynny'n hollol naturiol," chwardda Delta lond ei bol. "Mae pobol yn gyfarwydd â gweld lluniau o ddynion mawr fel Geoff Capes a Giant Haystack yn cystadlu ar y teledu. Ond gan mai rhywbeth cymharol newydd yw cystadleuaeth i ddarganfod y merched cryfa', mae gan bobol nifer o gamsyniadau," eglura Delta a enillodd deitl Merch Gryfa' Cymru dair blynedd yn olynol er mai dim ond cwta 5.4 troedfedd o daldra yw hi ac yn pwyso 10 stôn.

"Ond mae merched o bob lliw a llun yn cystadlu, ac o bob galwedigaeth mewn bywyd," ychwanega'r fam i dri o blant sydd hefyd yn ddynes fusnes lwyddiannus ac yn rhedeg campfa yn lleol gyda'i gŵr, Dale. Ond sut yr aeth Delta o fagu plant i fagu cyhyrau?

"Pan oedd y plant yn fach ro'n i'n arfer teithio o amgylch y wlad i gefnogi Dale mewn cystadlaethau," eglura gan ymfalchïo yn y llun o'i gŵr yn gwisgo gwregys Dyn Cryfaf Prydain sy'n crogi uwch y silff ben tân. "Ro'n i wrth fy modd, ac ro'n i'n gwneud cymaint o ffrindiau gan fod cymuned glòs iawn o bobol a'u teuluoedd yn teithio o le i le i gystadlu.

"Fe holodd un o'r merched a oedd gen i ddiddordeb cystadlu un flwyddyn gan fod cystadlaethau i ferched cryfa' yn dechrau dod yn boblogaidd, ac mi feddyliais 'pam lai?' Fe gytunodd Dale y byddai'n fy hyfforddi, ac fe dyfodd pethau o hynny. A dwi heb edrych yn ôl hyd heddiw."

Ond, fel yr eglura Delta, nid ar chwarae bach y mae rhywun yn paratoi ei hun ar gyfer cystadlu. Mae'n rhaid bod yn barod i ymarfer hyd at bum awr y dydd, bwyta'n iach a chadw at ddeiet o brotein uchel a charbohydradau. Ac wrth gwrs mae'n bwysig bod â'r meddylfryd iawn.
"Mae gan bawb rywbeth i'w brofi iddyn nhw eu hunain, ac mae hyn yn ffordd wych o gyflawni hynny a chadw'n ffit ar yr un pryd," meddai Delta. "Y peth pwysica' yw bod gan y person ffydd yn ei allu ei hun i gyrraedd y nod – wedyn mae unrhyw beth yn bosib."

Dyma'r tro cyntaf i'r gystadleuaeth hon gael ei chynnal ym mhentref pictiwrésg Portmeirion ac mae'r trefnwyr a chefnogwyr o bell ac agos yn edrych ymlaen at ei chroesawu yno.

Bydd y merched a fydd yn ymgiprys am deitl Merch Gryfaf Cymru yn gorfod profi eu cryfder corfforol a meddyliol drwy gyflawni'r wyth tasg ganlynol:

- Meini Atlas – codi pum carreg gron sy'n pwyso rhwng 60 a 100 kg i ben platfform uchel, a hynny yn yr amser cyflymaf.

- Bwrw'r Boncyff – codi boncyff haearn yn y nifer fwyaf o 'reps' o fewn amser penodedig.

- Cynnal Cleddyfau – cynnal dau gleddyf haearn trwm led braich am yr amser hiraf.

- Heti Heglog – y nod yw cario dau danc anferth ymhob llaw am bellter penodedig a hynny yn yr amser cyflymaf

- Troi Teiar – fflipio teiar anferth dros bellter penodedig.

- Tynnu angor – llusgo angor sy'n pwyso 70k ar hyd darn 100 troedfedd o'r traeth.

- Tynnu rhaff – cystadleuaeth rhwng dwy i weld pwy yw'r gryfaf.

- Tynnu tryc – drwy wisgo harnais arbennig o amgylch eu canol bydd y merched yn gorfod tynnu tryc am bellter penodedig yn yr amser cyflymaf.

Er na fydd Delta Jones yn cystadlu eleni, bydd yn hytrach yn hyfforddi rhai o'r cystadleuwyr.

"Dwi'n edrych ymlaen yn fawr at y gystadleuaeth ac mae yna gymysgedd dda o hen stejars ac wynebau newydd yn mynd amdani eleni. Fe fydd yn frwydr ddiddorol, ac yn benllanw i fisoedd, os nad blynyddoedd, o waith hyfforddi caled i nifer o'r merched."

Dros y misoedd nesaf bydd Calennig Jôb yn cael cyfle i holi rhai o'r merched sy'n cystadlu.

Cofiwch brynu'r *Ffedog* i gael hanes yr hyfforddi, yr hurtio a'r hic-yps wrth iddynt baratoi ar gyfer cystadleuaeth Merch Gryfaf Cymru.

Os am fwy o wybodaeth am y gystadleuaeth neu i archebu tocynnau ewch i www.nerthbonbraich.com

PROFFIL
CALENNIG JÔB

Enw:	Calennig Jôb
Llysenw:	Cal
Oed:	32
Taldra:	5' 6" (168 cm)
Pwysau:	13 stôn (82 kg)
Magu:	Clegir yn Eryri
Teulu:	Unig blentyn. Colli ei brawd, Meirion pan oedd o'n 19 oed. Di-briod
Sêr:	Capricorn
Lliw gwallt:	Brown tywyll gyda *highlights* caramel
Lliw llygaid:	Gwyrdd
Hoff gerddoriaeth:	Bryn Fôn a'r Band
Hoff ffilm:	Pretty Woman
Hoff fwyd iach:	Salad ffrwythau a sbigoglys (ond nid gyda'i gilydd!)
Hoff sothach:	Pastai Gernyw
Hoff ran o'r corff:	Trwyn
Cas ran o'r corff:	Cluniau
Swydd:	Newyddiadurwraig
Diddordebau:	Ysgrifennu, darllen a dawnsio llinell
Nifer o flynyddoedd yn cystadlu:	Cystadleuaeth gyntaf
Hoff gystadleuaeth:	Meini Atlas
Rheswm dros gystadlu:	Magu hunanhyder

CALENNIG

Peidiodd Calennig Jôb â thip-tapian ar ei bysellfwrdd.
Sganiodd y sgrîn, a bodloni y byddai Rin, y golygydd
newydd, o leiaf yn hapus efo'r cynnwys. "Byd y bobol.
Straeon go-iawn, am bobol go-iawn. Dyna be sy'n gwerthu'r
dyddie 'ma." Dyna rethreg Rhiannon Rhydderch, neu Rin fel
yr oedd am i bawb ei galw. Fel petai'n cyhoeddi fod un ac un
yn gwneud dau i ddosbarth o blant meithrin.

Wedi bron i chwe blynedd o ysgrifennu erthyglau a
cholofnau i'r *Ffedog* hoffai Calennig feddwl fod ganddi ryw
glem ar ofynion darllen ei chynulleidfa. Y rhan fwyaf
ohonynt dros eu chwe deg pump, yn perthyn i'r *blue rinse
brigade* a gyda mwy o ddiddordeb mewn gwybod sut i leddfu
felan y faricôs fêns a delio gyda rhododendron sy'n dagfa yn
yr ardd.

Roedd hi'n rhyfedd fel yr oedd pethau wedi newid
cymaint ers i Dan 'I'r Dim' fynychu ei gynhadledd y wasg
olaf yn yr oruwchystafell. A hynny ond ers cwta fis. "I'r dim
Calennig fach," fyddai popeth gan Dan, hyd yn oed petai
wedi awgrymu ysgrifennu am sut i rwystro dynion bach o'r
blaned Mars rhag ein goresgyn neu sut i gyflwyno'r bilsen
atal cenhedlu i leianod.

Tybed beth a feddyliai Dan o Rhiannon Rhydderch? Rin.
Rinny. Neu Nonsy i'w ffrindiau trwynsur yn Llundain; y
rhai y bu'n sipian siampên yn eu plith ers dros ddau
ddegawd cyn iddi gael chwiw yn ei phen yr hoffai symud yn
ôl i Gymru fach er mwyn i Pipa Mai, ei hepil tair blwydd
oed, gael rhyw grap ar y Gymraeg. Rin a swanciodd i mewn

i'w swyddfa yn ei 'sgidiau Jimmy Choo a'i phersawr drud yn wafftio ac yn ddigon i roi ffit o asma i leuen llwch. Hi â'i syniadau pellgyrhaeddol ers gweithio ar gylchgronau glosi Llundain a'u colofnau cawslyd gan selebs sebonllyd.

Gwyddai Calennig mai mater o amser oedd hi cyn y byddai'r wythnosolyn, yr *Wythnos Arall* yn cael ei ail-lansio fel *8nosRll*; ac atodiad misol *Y Ffedog* yn cael ei stripio at ei ddillad isaf nes gadael dim i'r dychymyg gnoi cil arno.

Ochneidiodd Calennig wrth i gordiau ei chyfrifiadur gyhoeddi ei bod ar fin troi'n nos ar y sgrîn. Edrychodd ar ei hadlewyrchiad ar gynfas y monitor, yn welw, yn hagr-luddedig. Yn edrych ei hoed.

Oedd ganddi hawl i feirniadu Rin am gofleidio newid? Efallai mai Rin oedd yn llygad ei lle yn trio symud efo'r oes. Ai bwch dihangol oedd Rin gan nad oedd pethau 'i'r dim' arni *hi*, Calennig, wedi'r cyfan?

"Ti'n dal yma?"

Gallai weld ei wyneb yn nüwch y sgrîn.

"Na, es i adra bum munud yn ôl."

A difaru'n syth. Trodd i wynebu Dylan oedd wedi dechrau cerdded i ffwrdd. Cachu Mot. Er bod dros bum mis wedi pasio erbyn hyn roedd yn amlwg fod pethau'n dal yn chwithig rhyngddynt. Ond o leiaf roedd o'n gwneud ymdrech a doedd pethau ddim yn hawdd arno fynta' chwaith. Wedi'r cyfan roedd y ddau ohonynt yn yr un twll. Dyna pam eu bod wedi closio yn y lle cyntaf.

Baglodd ar ei ôl i'r ystafell ddylunio.

"S'gen ti lot i 'neud eto?"

"Gosod y dudalen chwaraeon."

"Dwi 'di e-bostio erthygl 'Cystadleuaeth y Ferch Gryfa' at Rin i'w darllen, felly dylai fod yn barod i chdi ei gosod fory. Mae'r lluniau gen ti'n barod."

Erbyn hyn roedd Dylan wedi llwyr ymgolli yn ei ddelweddau ar ei sgrîn mewn ymdrech amlwg i anwybyddu'r ddwy. Ond sylwodd Calennig ar y gwrid yn cropian i fyny asgwrn ei foch gan beri i'w wallt edrych hyd yn oed yn gochach.

15

"Nos dawch ta?"

"Wela'i di fory." Ffwr-bwt.

Clywodd Calennig ei ffôn bach yn canu nôl ar ei desg. Hen diwn fabïaidd, llawer-rhy-ifanc i rywun o'i hoedran hi. Galwad wedi ei cholli. Delta. Damia, roedd hi'n hwyr eto!

Tynnodd ei bag campfa o dan gilfach y ddesg a'i daflu dros ei hysgwydd. Cerddodd Calennig trwy ddrws yr adeilad gan stwffio banana i'w cheg fel petai'n ewyllysio iddi ei thagu. Byddai angen iddi balmantu'r strydoedd am o leiaf saith milltir heno i waredu holl densiynau'r dydd. A hynny cyn dechrau pwnio'r peiriannau yn y gampfa tan tua deg o'r gloch. Dechreuodd chwysu chwartia' dim ond wrth feddwl am y peth.

*   *   *

Ercwlff hindreuliedig â phwysau'r byd ar ei ysgwyddau. Edrychodd Calennig i fyw wyneb y cerflun ac unwaith eto methu â phenderfynu a oedd yn ei gwawdio, ynteu'n cydymdeimlo â hi â'i galon garreg. Twyll, yn ôl y chwedl, oedd y rheswm ei fod yntau'n gwegian dan bwysau'r byd. Petai yntau heb fod yn ddigon gwirion i gynnig ei gymorth i Atlas fyddai hwnnw ddim wedi trosglwyddo baich y byd arno, cyn cymryd y goes i chwilio am fywyd gwell.

Erbyn hyn roedd Calennig wedi ei llwyr argyhoeddi mai twyllo ei hunan fu hithau dros y misoedd diwethaf yma. Mentro meddwl fod ganddi'r gallu i gymryd rhan yn y fath gystadleuaeth. Edrychodd o'i chwmpas a theimlo fel petai holl adeiladau lliwgar pentref Portmeirion a oedd wedi eu pentyrru blith-draphlith ar ben ei gilydd yn chwyrlïo o gwmpas ei phen fel symudiadau cylchol camera mewn ffilm. Saethai ei llygaid o un plethiad pensaernïol i'r llall. Yr adeiladau od ond cywrain gymhleth; y colofnau Gothig, y pyrth bwaog a'u cilfachau cyfrin. Doedd ryfedd fod creadigaeth Clough Williams-Ellis wedi ysbrydoli penseiri, artistiaid a llenorion yn eu dydd. Ond merched cryfion?

Roedd un peth yn sicr, petai Clough yn fyw heddiw byddai'n cael hwyl iawn am eu pennau i gyd yn sefyll yno yn y crysau-t pinc llachar a dderbyniodd pawb tra'n cofrestru. Y pinc haerllug fwy na thebyg yn ymgais i'w hatgoffa mai merched oedden nhw wedi'r cyfan ac nid gorilas yn dioddef o anghydbwysedd hormonau.

Edrychodd draw i gyfeiriad y cystadleuwyr eraill, nifer ohonynt yr oedd wedi eu cyfarfod neithiwr yn y gwesty. Roedd hi wedi cyfweld pob un eisoes ar gyfer ei cholofn yn *Y Ffedog* wrth gwrs, ond roedd hi'n braf gallu rhoi wyneb i'r llais ar y ffôn.

Buddug braff â'i bryd ar gadw ei theitl a Tania, y ferch dywyll o Abertawe, hithau yn hen law ar gystadlu. Tendiai Meinir ar ei gŵr yn ei gadair olwyn, ac roedd yn anodd dychmygu beth oedd yn mynd trwy ei meddwl. Roedd ei dewrder yn sicr i'w edmygu. Ses wedyn â'i gwallt wedi ei glymu'n gocyn ar ei phen a golwg fel petai wedi bod yn cuddio rhag y byd arni. Ond eto gwyddai Calennig ei bod hithau hefyd yma i brofi rhywbeth iddi hi ei hun.

Teimlodd law gadarn ar ei hysgwydd.

"Iawn, Cal?" gwenodd ei hyfforddwr oedd wedi llwyddo i ddianc rhag y llinyn trôns o gyflwynydd Mabon Blythe i gael gair sydyn gyda rhai o'i disgyblion. Roedd cwmni teledu So So wedi ennill y tendr i ffilmio'r gystadleuaeth ar gyfer S4C ac roedd Delta wedi derbyn gwahoddiad i fod yn ymgynghorydd ar y rhaglen.

"Be ddiawl dwi'n dda yma, Delta?" gwegiodd. "S'gin i'm gobaith caneri yn erbyn hannar rhein a dwi ar fin gneud ffŵl o'n hun o flaen pawb dwi'n 'u nabod."

Edrychodd tuag at y clwydi haearn ar ymyl y Sgwâr lle roedd teuluoedd a ffrindiau'r cystadleuwyr wedi dechrau ymgynnull.

"A sut ma' Mam a Dad, a Dylan a Rin yn gwybod mod i yma heddiw a finna' 'di mynnu cadw hyn i gyd yn gyfrinach? 'Taswn i'n gwybod y bydden nhw . . ." stopiodd i gymryd ei gwynt wrth i'w brest fygwth byrstio.

"Hei, pwylla! Be dwi 'di ddeud wrtha chdi am weithio dy hun i fyny, yn enwedig cyn cystadleuaeth. Dyna'r peth gwaetha' elli di ei wneud. Rŵan, anadla i mewn am 5 ac allan am 10 . . . ty'd, efo fi," anogodd Delta yn gadarn ei thôn. Teimlodd Calennig y tyndra'n llacio. Caeodd ei llygaid a dechrau côr-ganu'r holl ysgogiadau yr oedd Delta wedi eu dysgu iddi yn ystod eu sesiynau hyfforddi dros y misoedd diwethaf.

CREDA YNOT TI DY HUN

FE *ELLI* DI WNEUD HYN

MAE GEN TI'R GALLU I LWYDDO

Ers y diwrnod hwnnw pan benderfynodd arbenigwr yn yr ysbyty ei bod wedi gwneud ei siâr o ddili-dalian yn y groth, doedd bodolaeth Calennig Jôb ddim wedi cyfrannu fawr at ei hunanhyder.

Wedi halio a sugno am oriau efo rhyw hen blynjars brwnt llithrodd i'r byd fel slapan o stecan waedlyd am funud wedi hanner nos ar Nos Galan. Yn galennig i'r byd.

Ni fu amseru da erioed yn un o'i chryfderau, a'r cyfan a wnaeth oedd rhoi esgus perffaith i rywun mor ddramatig â'i mam ei bedyddio efo enw a fyddai'n fwrn arni am weddill ei hoes. Cofiai fel y cochai at fôn ei chlustiau pan fyddai'n rhaid iddi gyhoeddi ei henw o flaen y dosbarth, a chlywed y genod eraill yn piffian chwerthin am ei phen. Byddai ei phen-blwydd wedyn yn dod yn ail i ddathliadau'r Nadolig a'r flwyddyn newydd ac yn tueddu i gael ei anghofio. Nid na chafodd ei brawd a hithau fagwraeth dda ac annwyl iawn gan eu rhieni, cyn i bethau, yn anochel, newid.

Stryffaglio wedyn i roi ei henw i ryw gwmni yswiriant o Lundain dros y ffôn.

"Ceelyyynnig. That's an unusual name? What does it mean?"

Trawai hyn Calennig fel cwestiwn od i'w ofyn i rywun yn enwedig gan na chafodd hi erioed ysfa i ofyn i unrhyw Darren neu Gavin neu Michelle neu Tracey beth oedd ystyr eu henwau nhw!

"New Year's gift," fyddai ei hateb cwrtais.

"Date of birth?" Gadawai iddyn nhw weithio hynny allan eu hunain.

"Address?"

18

" '2 Fron Deg, Llwyn Hyfryd' – translated as two nice breasts in the lovely bush." Roedd hi'n od fel roedd rhywun yn magu mymryn o hyder gyda thraul amser.

Ond y tro hwn roedd hi wedi gadael i bethau fynd yn rhy bell. Beth oedd hi'n drio ei gyflawni? Beth oedd ganddi i'w brofi? Roedd ar fin gwneud ffŵl ohoni ei hun o flaen cymaint o wynebau cyfarwydd.

"Calennig Jôb fydd y nesaf i godi'r Meini Atlas," cyhoeddodd y llais dros yr uchelseinydd. Edrychodd draw unwaith eto tuag at gerflun Ercwlff, yn cymryd ei le yn urddasol yng nghornel bellaf Y Sgwâr Canol, yng nghysgod y Tŵr Clychau.

Wedi'r cyfan, fel lwyddodd ei gyfrwystra o i drechu Atlas ac i ennill y dydd yn y diwedd yndô?

"Pob lwc, cariad," trydarodd llais ei mam dros y Sgwâr gan edrych yn nerfus gynhyrfus o'i chwmpas. Gwyddai Calennig y byddai'n gan mil gwell gan Dilys Aranwen Jôb weld ei hunig ferch wedi setlo efo gŵr bach neis a nythaid o blant erbyn hyn yn hytrach nag yn strytio mewn crys-T ddau seis yn rhy fach iddi ynghanol criw o "lesbiaid" a "jyncis-adrenalin" chwedl hithau. Roedd hyn yn brofiad dipyn gwahanol i eistedd yn y sedd ffrynt mewn neuadd eglwys yn gwneud siâp ceg pysgodyn aur tra bod ei merch yn chwysu i drio rhoi synnwyr i gerdd gan I.D. Hooson.

Doedd dim gronyn o emosiwn ar wyneb ei thad. Edrychai yn syth tuag ati, ond eto nid arni. Ei wyneb fel cynfas gwag nad oedd neb wedi gallu ei ddarllen ers bron i ddegawd. Roedd hyn yn anodd iddo. Dyna pam nad oedd Calennig am i'w rhieni wybod am y gystadleuaeth yn y lle cyntaf. Gwyddai y byddai'r atgofion yn ffrydio'n ôl. Roedd hyn i gyd yn rhy gyfarwydd ac yn dwyn adleisiau o'r cyfnod pan arferai'r teulu deithio ledled y wlad yn cefnogi Meirion mewn cystadleuaeth tynnu rhaff a dringo polion efo'r Ffermwyr Ifanc ac yntau'n ennill bron bob tro. Cysurodd Calennig ei hun y byddai Meirion wedi bod wrth ei fodd cael bod yma i gefnogi ei chwaer fawr heddiw ac wedi gwneud ei siâr o dynnu coes diniwed. Ei lygaid yn sgleinio a'i freichiau brychni haul praff yn barod i'w chofleidio am gymryd y cam. Am fod yn barod i fentro.

Naiomi oedd y rheswm fod ei rhieni yma. Roedd y ffaith fod Calennig a hithau wedi eu magu drws nesa' fel dwy chwaer wedi rhoi ryw hawl iddi i wneud penderfyniadau fel hyn drosti. I fusnesu yn ei bywyd. Ac er gwrid ei beichiogrwydd roedd mymryn o gochni euogrwydd i'w weld hefyd. Gwenodd Calennig arni. Er y byddai wedi gallu tagu ei ffrind gorau ychydig eiliadau yn ôl am adael y gath allan o'r cwd, teimlai'n falch o'u cael nhw i gyd yma i'w chefnogi.

Gweddai ymddangosiad Rin yn berffaith i liwiau llachar Portmeirion, fel petai wedi gwneud ei gwaith ymchwil yn berffaith gogyfer â beth i'w wisgo. Amlinellai'r gôt las golau a gwyrdd ei chorff siapus ac roedd ganddi ben-sgarff las i fatsio, a sbectol haul fawr dywyll yn cuddio'i llygaid. Edrychai fel actores a allai fod wedi ymddangos ochr yn ochr â Patrick McGoohan yn y *Prisoner* yn y chwe degau. Gwenodd Calennig. Roedd ffitio'r ddelwedd mor bwysig i Rin. Gwyrodd i godi braich Pipa Mai oedd wedi ei gwisgo fel doli borslen yn ei beret coch a chynhesodd Calennig drwyddi wrth weld ei baner fach yn chwifio yn ei llaw efo'r geiriau 'C'mon Calennig' arni.

Dylan, yn naturiol, oedd yn cael y bai fod Rin a Pipa Mai yma. Ond wedi meddwl, siŵr fod Rin wedi dyfalu o ran ei hunan wedi'r holl erthyglau y bu Calennig yn eu hysgrifennu am y gystadleuaeth i'r *Ffedog*. Beth bynnag arall oedd hi, doedd y ddynes ddim yn ddwl o bell ffordd.

Safai Dylan ben pellaf i'r glwyd haearn, ei ên wedi ei thycio'n swil i goler ei siwmper *pullover* ddu oedd yn llawer rhy gynnes i ddiwrnod mor glòs a thrymaidd. Daliai ei wallt coch yr haul wrth iddo belydru i lawr rhwng y colofnau. Gwenodd a chyrlio'i fysedd mewn ymgais dila i godi llaw arni. A theimlodd gynhesrwydd braf yn treiddio drwyddi fel menyn cartref yn toddi yn yr haul.

Cerddodd at y platfform gan ystwytho ei hysgwyddau mewn symudiadau cylchol. Aeth at y bowlen a rhwbio'r blawd ar ei dwylo i gael gwell gafael ar y Meini Atlas. Tynhaodd y bandais o gwmpas ei phengliniau a'i phenelinoedd a fyddai'n rhoi mwy o gynhaliaeth iddi, ac anadlodd yn ddwfn i'w hysgyfaint.

Edrychodd i fyny at Ercwlff unwaith eto. Y llygaid carreg, gwag oedd yn bendant yn ei gwawdio.

Yn ddirybudd teimlodd y blew bach ar ei gwar yn codi. Roedd llygaid eraill hefyd yn llosgi. Llygaid cyfarwydd.

Chwiliodd yn frysiog o'i chwmpas. I fyny am y Tŵr Clychau o'i blaen. Draw at gysgod galeri y Gromen. Fry yn yr Wylfa ynghanol trwch y coed gyda'i olygfa wych dros y Sgwâr. Yn swatio o'r golwg.

Roedd hynny'n fwy o'i steil o.

*   *   *

Doedd rhywbeth ddim yn taro deuddeg ond ni allai Calennig yn ei byw roi ei bys arno. Eisteddai yn y Sêt Fawr yn brwydro am ei hanadl ac yn rhegi ei mam am dynnu staes ei ffrog mor dynn nes yr edrychai fel tiwb past dannedd wedi'i wasgu yn y canol gyda'i brestia' yn waldio'i gên un pen, a'i phen ôl yn sgubo'r llawr y pen arall. Ceisiodd sbecian dros ei hysgwydd ar y gynulleidfa yn y capel. Gwisgai ei mam blu paun amryliw am ei phen a chlustlysau anferth oedd yn cadw taro yn erbyn cantel het Anti Brenda wrth iddi symud ei phen i siarad efo pawb. Yng nghrud ei glin cysgai Modlen y gath yn braf a'i choesau allan yn stiff fel petai rigormortis wedi setio i mewn dros nos. Eisteddai ei thad wrth ei hymyl yn ei gas siwmper – yr un Pringle goch honno a gafodd gan ei mam efo diamwntau gwyrdd ar draws ei frest a wnâi iddo edrych fel rhes o oleuadau Nadolig. Y tu ôl iddynt eisteddai Naiomi a Derfel fel delwau heb yngan bw na be wrth neb. Ac wrth eu hochr nhw, Yncl Waldo yn pendwmpian cysgu a Gwenhwyfar ei gocatŵ wedi ei chlwydo ar ei ben moel ac yn rhegi fel rygarug ar bawb.

Roedd Josh ei chefnder, mab Anti Dora, chwaer ei mam yn pasio sbliff i'w chwaer fach, ac Alwyn Stalwyn, ffrind gorau Ari, wedi sbrowtio pen ceffyl a'i ffroenau'n chwyddo'n fawr mewn ymateb i Bethan Beic oedd â'i braich yn symud yn rhythmig o dan y sedd.

Methodd calon Calennig guriad wrth i Meirion hedfan drwy ddrws y capel ar bâr o adenydd anferth gan ddal i anadlu'r nwy gwenwynig o'r beipen rwber hir. Dechreuodd ei mam sgrechian dros bob man ond tawodd yn syth wrth i'r gweinidog glirio'i wddf fel arwydd fod y gwasanaeth ar fin dechrau. Yna trodd pawb eu cefnau ati hi ac Ari a wynebu'r ffordd arall.

Ni chafodd Calennig amser i fyfyrio ar hyn gan fod y gweinidog eisoes wedi dechrau ar y seremoni ac yn annog 'Calennig Jôb' i droi i wynebu ei darpar ŵr, 'Arwel Davies'. Ac mae'r hyn sy'n syllu arni yn ei synnu. Does gan Ari ddim wyneb, dim llygaid, na chlustiau, na thrwyn, na cheg. Dechreua Calennig sgrechian ar dop ei llais ond ni ddaw smic o'i cheg. Mae'n codi godre ei ffrog wen laes i geisio dianc ond mae ei choesau wedi eu parlysu fel petaent mewn bwced o gol-tar. Daw sŵn siffrwd wrth i bawb yn y gynulleidfa droi i'w hwynebu a dechrau pwyntio a chaclan chwerthin yn uchel. Ac mae'r gweinidog yn dal i daflu'r llwon tuag atynt gan eu trochi efo'i boer drewllyd . . .

"Calennig . . . Cal? Deffra."

Dadebrodd yn ara' â'i chalon yn curo yn erbyn y dwfe. Dwfe dieithr. Cadarnha cyffyrddiad ei chroen yn erbyn y cynfasau nad oedd ganddi gerpyn amdani. Syllodd i fyny ar y wal ar lun anferth o 'Y Gusan' gan Gustav Klímt ac ar y ddau gariad wedi eu clymu mewn coflaid. Gwingodd. Roedd yn amlwg erbyn hyn nad oedd hyd yn oed yn ei gwely ei hun. Roedd ei phen yn powndian a'i cheg fel cesail camel a gallai deimlo'r chwys yn cronni yn ei chroendyllau.

"Ti'n iawn?"

Roedd hi'n mynd i orfod ei wynebu'n hwyr neu'n hwyrach. Trodd rownd yn araf gan dynnu cornel y dwfe dros ei bronnau noeth. Gwyddai fod ei gwallt yn sticio i fyny fel draenog a bod ei llygaid yn hysbyseb wael i fasgara di-staen.

"Ti'n edrach yn lyfli!" chwarddodd Dylan yn llawer rhy uchel. Roedd o'n pwyso ei ben yng nghrud ei benelin ar y glustog a'i frest noeth yn goelcerth o flew dynol. Ni sylwodd Calennig o'r blaen fod ganddo gystal corff, ond wedyn anaml iawn y byddai'n dod allan o gell dywyll yr ystafell ddylunio i gymysgu efo gweddill y staff. Dyn annibynnol. Yn cadw ei hun iddo fo ei hun. Ond y bore yma edrychai'n ddiymdrech o olygus wrth i'r strimyn haul oedd yn llafnu'r ystafell drwy'r hollt yn y llenni dynnu ar ei wallt fflamgoch a'i lygaid brown.

"Be ddigwyddodd?" mentrodd Calennig yn gryg.

"Be? Ti'm yn . . ."

"Nid dyna be o'n i'n feddwl," brysiodd hithau gan deimlo'i hun yn gwrido. "Neithiwr ar ôl i ni adael y *Bull*. Sgin i'm co.'"

"Mi wnest ti fynnu fod pawb yn mynd i'r Ffesant ar gyfer stop tap, ac wedyn mi wnes di, wel . . . ", stopiodd gan nad oedd yn siŵr iawn be i'w ddweud nesa'.

"Feddwi'n gachu?"

Digwyddai bob blwyddyn, yn ddi-ffael. Bob nos Wener olaf mis Awst, cyn Sadwrn Gŵyl y Banc. Meddwi er mwyn anghofio.

"Wnes i ffŵl o'n hun yn do? O flaen pawb . . ."

"Mi roeddach chdi'n bihafio'n o lew tan i chdi benderfynu codi i ganu 'Trên i Afonwen' ar y carioci a chyhoeddi i bawb mai Bryn Fôn ydi 'Duw Rhyw Cymru'."

"Paid!" cododd Calennig ei dwylo at ei chlustiau.

"Ond doedd hynna'n ddim byd i gymharu efo dehongliad Rin o'r 'Chwarelwr' – mi fuo bron iddi â gwagio'r Ffesant o'i hunig ddau gwsmer, heblaw amdanon ni," chwarddodd Dylan.

"Chwarelwr?"

"John ac Alun yn *hot stuff* yn Llundain mae'n rhaid. Roedd hi'n gwybod y geiriau i gyd fel nad oedd angen iddi edrych ar y sgrîn!"

Wrth i'r olygfa o Rin yn swagro ar y llwyfan gan slyrio hyd yn oed yn fwy na'r ddeuawd canu gwlad eu hunain cafodd Calennig yr ysfa ryfedda' i chwerthin. Ond roedd y weithred yn brifo cymaint fel y stopiodd ei hun.

"O shit!"

Gwyddai ei fod yn syniad gwael pan gyhoeddodd Rin yn y gwaith ei bod yn mynnu prynu diod i bawb ar ddiwedd y dydd wedi i'r *Wythnos Arall* a'r *Ffedog* fynd i'w gwlâu. Roedd angen dathlu fod y Cynulliad wedi addo grant iddynt dros y pedair blynedd nesaf i roi hwb ariannol i bapurau Cymraeg oroesi.

"Dere 'm'lan, Calennig. Paid â bod yn *party pooper. The champers is on me!*" gwaeddodd Rin ar draws y swyddfa wrth i Tanwen, ei P.A., afael yn ei bag a gwisgo'i chôt – y cyflymaf iddi erioed ufuddhau i gyfarwyddyd gan Rin.

Roedd hi'n gwestiwn gan Calennig ble y byddent yn dod o hyd i siampên a fyddai'n siwtio tast drudfawr Rin o gwmpas y dre. Ond roedd hi'n nos Wener braf a byddai'r dre'n llawn afiaith.

Cofiai gerdded i lawr drwy'r strydoedd coblog am y *Bull* gan siarad pymtheg y dwsin efo Dylan a meddwl un mor hawdd i gael sgwrs ag o oedd o. Er na chododd y pwnc erioed rhyngddynt, gwyddai Calennig fod Dylan hefyd yn llyfu ei glwyfau. Yng Nghasnewydd roedd o ar y pryd, yn gweithio ar bapur newydd dyddiol yno, pan drodd pethau'n chwerw ac yn ôl pob sôn i'w gariad gael ei dal yn y gwely gyda'i ffrind gorau. Cododd yntau ei bac a dychwelyd i'r gogledd a dilyn cwrs mewn dylunio a graffeg.

Efallai mai dyna pam y teimlai Calennig mor gartrefol yn ei gwmni. Roedd ganddynt dipyn yn gyffredin. Dau enaid coll yn cael anhawster symud ymlaen.

"Paid â phoeni. Nath 'na neb sylwi," chwarddodd yn glên. "Roedd pawb yn rhy brysur yn sylwi ar fetamorffosis Rin. A beth bynnag . . ." stopiodd a symud ei fys i fyny ac i lawr ei meingefn yn annwyl, "dwi'n dallt yn iawn sti."

Trodd Calennig yn ôl ar ei hochr a swatio i mewn i'r glustog gan frathu ei gwefus isaf. A oedd yn difaru dweud y cyfan wrtho?

Cofiodd deimlad mor braf oedd arllwys ei chalon iddo

neithiwr fel rhaeadr eiriol ddi-stop. Hyd y gwyddai hi doedd hi ddim wedi gallu gwneud hynny efo neb heblaw Naiomi, er bod pedair blynedd wedi pasio bellach ers y diwrnod hwnnw. Sadwrn olaf mis Awst pan oedd i fod i briodi Ari.

Roedd y capel wedi ei addurno, y wledd wedi'i thalu amdani a'r gwesteion yno i gyd yn grand o'u coeau yn barod i rannu eu diwrnod mawr. Hithau wedi ymlafnio i golli o leiaf stôn er mwyn edrych yn hanner derbyniol yn ei ffrog. Naiomi wedyn yn ei ffrog binc olau hir yn edrych hanner ei maint wrth ei hymyl. Roedd y darlun yn berffaith. Nes i Ari gael traed oer a phenderfynu cymryd y goes o'r capel funudau cyn iddi gyrraedd.

Derfel druan, gŵr Naiomi, fu'n rhaid torri'r garw wrth i'r Rolls gwyn barcio wrth giatiau'r capel. Roedd am ei harbed rhag gorfod wynebu'r bobol yn y capel, a phawb yn gegrwth wedi'r hyn oedd newydd ddigwydd. Hyd heddiw cofiai ei thad a Naiomi yn gwasgu ei llaw, un bob ochr iddi wrth i'r Rolls rolio yn gnebrwnaidd yn ôl am y tŷ. A hithau'n syllu ar ei hadlewyrchiad yn nrych y gyrrwr gan chwilio am arwyddion o'i methiant fel merch.

Bu'r euogrwydd yn ei bwyta'n fyw ers hynny er bod pawb wedi taflu pob ystrydeb bosib ati.

Ti'n well hebddo fo . . .

Roeddet ti'n rhy dda iddo . . .

Mi ffeindi di rywun arall . . .

Ond nid y ffaith fod Ari wedi ei gadael wrth yr allor oedd yn ei phoeni fwyaf. O edrych yn ôl, doedd hynny ddim yn ei synnu. Rhedeg i ffwrdd o'i gyfrifoldebau fu hanes Ari erioed. Gadael pobol i lawr. Cofiodd fel y gwnaeth o'i hun yn sâl adeg cyngerdd Nadolig yn yr ysgol gynradd pan ddewiswyd o i chwarae rhan Ebeneser Scrooge ac fel y bu'n rhaid i Elwyn Tŷ Top druan ddysgu ei linellau i gyd mewn un bore. Gadael y coleg wedyn ar hanner ei gwrs am na allai wynebu mymryn o waith caled.

Na, y ffaith fod ei rhieni wedi cael cymaint o siom oedd yn cnoi Calennig. A hwythau ond yn dechrau dygymod â'r hyn a wnaeth Meirion, ac yntau ond yn bedair ar bymtheg

25

mlwydd oed; roedd hon yn ergyd arall. Ac ni allai faddau i Ari am hynny.

Dderbyniodd hi 'rioed eglurhad ganddo chwaith. Fe ffeindiodd Naiomi ei fod wedi gadael y wlad yn fuan wedyn i fynd i gneifio yn Invercargill yn Ynys y De, Seland Newydd. Fe roddodd bin ar bapur unwaith, fisoedd yn ddiweddarach. Ond pan welodd Calennig y llawysgrifen flêr, fabïaidd, ffwrdd-â-hi ar yr amlen, fe'i rhwygodd heb ddarllen y cynnwys.

"Calennig . . . ti'm yn . . .wel, ti'n gw'bod . . .neithiwr?"

Teimlai y dylai droi i'w wynebu.

"Ti'm yn difaru wyt ti?"

Clywodd ei hun yn ateb yn llawer rhy gyflym.

"Nacdw siŵr."

* * *

Awr yn ddiweddarach roedd yn cerdded trwy ddrysau campfa Siapiwch Hi ynghanol yr ystâd ddiwydiannol ar gyrion y dre. Gwisgai hen gôt law y daeth o hyd iddi ym mŵt y car er mwyn ceisio cuddio'r ffaith ei bod yn dal i wisgo dillad neithiwr. Roedd y rheini'n drwch o ogla' mwg sigaréts ac yn staeniau gwin coch i gyd. Roedd hi wedi trio'i gorau i wneud ei hun edrych yn dderbyniol cyn gadael tŷ Dylan gan orfod gwneud y tro efo dŵr a sebon a sgwrio'i dannedd gyda'i bys a mymryn o bast dannedd. Trwy lwc roedd ganddi ei chwdyn colur yn ei bag ac roedd wedi gallu gwirio'i gwep yn nrych y car a bwndelu ei gwallt efo darn o lastig band a ffeindiodd ymysg y trugareddau.

Agorodd y drysau awtomatig a'i phoeri i mewn i'r gampfa oer. Roedd y lle eisoes yn hanner llawn er mai dim ond naw o'r gloch y bore oedd hi, a hynny ar fore Sadwrn. Rhyfeddodd at y rhes o loncwyr yn rhedeg nerth eu traed y milltiroedd disymud gan syllu'n hypnotig ar y cwilt o fonitorau teledu o'u blaenau. Sŵn metel yn cloncian yn y gornel godi pwysau a sïo'r peiriannau rhwyfo prin yn glywadwy uwch y gerddoriaeth fwriadol i bwmpio'r adrenalin.

"Bore da," cyfarchodd Delta o du ôl i'r ddesg. Edrychai'n

ffit ac yn ffres a'i chyhyrau bychan twt yn bochio o dan lewys byr ei chrys, a'i chroen fel petai wedi ei dynnu i ffitio'n berffaith dros ei hesgyrn.

"Ti yma'n gynnar iawn," gwenodd yn gyfeillgar. "Gyda'r nosau ti yma fel arfer yndê."

Pwysodd fotwm o dan y ddesg ac agorodd y bar er mwyn caniatáu iddi gerdded i mewn i'r gampfa.

"Tydw i'm yma i ymarfer," ymddiheurodd Calennig. Roedd hi'n dechrau difaru dod ac yn dechrau amau ei bod yn dal yn feddw.

"Isio holi ro'n i . . . wel . . . dwn i'm . . .isio. . . . "

Roedd y geiriau'n gwrthod dod felly ymbalfalodd yn ei bag a thynnu'r daflen felen lachar ohoni wedi'i chrebachu i gyd, ac ôl bodio ganwaith arni.

"Isio holi dy farn am y gystadleuaeth yma ro'n i," meddai Calennig gan geisio â pheidio dal llygad Delta.

"O ia."

"Ti'n meddwl y baswn i'n gallu trio?"

Diolchodd Calennig fod y system awyru reit uwch ei phen wrth iddi deimlo ei thymheredd yn codi. Teimlai'n swp sâl erbyn hyn ac roedd blas alcohol neithiwr yn sur yn ei cheg.

"Cystadleuaeth y Ferch Gryfa' ym Mhortmeirion?" pendronodd Delta, ychydig yn rhy hir. Roedd Calennig o fewn trwch blewyn chwannen i droi ar ei sawdl gan y teimlai'r chŵd yn cropian i fyny ei chorn gwddw.

"Pam lai!" meddai Delta gan daro'r ddesg. "Mae'r gystadleuaeth yn agored i amaturiaid a rhai proffesiynol, ac mae'n gyfle da i gael dy hun ar y *circuit* os ti am fynd ymlaen i gystadlu yn y maes."

"Dwn i'm am hynny," gwenodd Calennig.

"Wel, o be dwi'n ei gofio o'n sesiynau hyfforddi personol mae gen ti goesau cryfion, felly canolbwyntio ar gryfhau rhan uchaf dy gorff di fydd angen. Mae 'na naw mis i fynd eto tan y gystadleuaeth felly dylai hynny fod yn ddigon o amser i dy baratoi, os ti'n barod i roi cant y cant yndê."

Rhoddodd y daflen yn ôl i Calennig.

"Ga'i ofyn be nath i ti benderfynu cystadlu."

"Meddwad neithiwr!"

Chwarddodd Delta yn uchel. "Wel, mi fydd yn rhaid i ni roi stop ar hynny os wyt ti am gymryd y gystadleuaeth yma o ddifri'. Dim alcohol. Dim têc-awês. Dim esgus!"

"Jyst teimlo mod i angen gneud rhywbeth efo mywyd. Angen rhywbeth i anelu ato," byrlymodd Calennig, heb wybod yn iawn sut y daeth i'r fath gasgliad mor sydyn.

Er bod pedair blynedd wedi pasio ers iddi hi ac Ari wahanu doedd hi 'rioed wedi gallu symud yn ei blaen rhywsut. Roedd neithiwr wedi profi hynny efo Dylan. Roedd Ari yn dal i fod â rhyw afael arni ac roedd yn anodd torri'r hualau.

"Wel, fyddan ni fawr o dro yn dy gael di'n barod," gwenodd Delta. "Mi drefna i gyfres o sesiynau ymarfer a chynllunio rhaglen hyfforddi a deiet manwl ac mi gymrwn ni bethau o fa'nno."

Daeth Dale, gŵr Delta, o ganol y gampfa. Er ei fod o'r un hyd â lled a heb flewyn ar ei ben roedd yna bob amser wên radlon ar ei wyneb. Y tu ôl iddo safai merch dal, galed yr olwg efo'i gwallt perocsid wedi ei dynnu'n dynn mewn cynffon llygoden fawr ar ei phen gan ddangos yr angen am fwy o fwyd potel. Roedd ei haeliau wedi eu heillio a'u hatgynhyrchu gyda phensil frown a wnâi iddi edrych fel petai'n gwgu'n barhaol.

"Un arall am gystadlu ym Mhortmeirion yli, Dale," meddai Delta gan amneidio at Calennig.

Edrychodd Dale arni, ac er bod Calennig yn disgwyl beirniadaeth, ni ddaeth.

"Go dda chdi 'rhen hogan. Tro cynta' ia?"

Nodiodd Calennig yn fud. Roedd y poer wedi dechrau llenwi ei cheg erbyn hyn yn arwydd fod y chŵd o leiaf dri chwarter ffordd i fyny'r lôn goch.

"Ti 'di dŵad i'r lle iawn. Bydd dwy arall o fan hyn yn cystadlu hefyd – *pros* – sef Jess fan hyn," cyflwynodd y *girl-warrior*, "a Bernie fan acw," cyfeiriodd at gochan gron gyhyrog oedd wrthi'n codi pwysau yn y gornel gan chwythu fel petai ar fin rhoi genedigaeth i dripledi.

Teimlodd Calennig y poer yn dechrau dianc drwy gilfach ei gwefus. Rhedodd allan a gwaredu gwaddod neithiwr ar stepan ffrynt Siapiwch Hi.

*   *   *

Crensiodd teiars y Clio ar raean mân dreif Foty Fach. Ers i Naiomi a Derfel ddymchwel adfail yr hen feudy roedd digon o le i barcio bỳs o flaen y tyddyn.

Etifeddodd Naiomi y tyddyn gan ei nain bron i bum mlynedd yn ôl ac ers hynny roedd wedi bwrw ati i wneud y lle yn nyth cartrefol i Derfel a hithau ac yn llecyn delfrydol i deulu bach.

Roedd y machlud fel powdwr gwrido pinc ar y waliau gwyngalchog a'r rhosod hufen yn cyrlio'n ddiog am y nos. Microcosm o berffeithrwydd, meddyliodd Calennig, yn wahanol i'w fflat cyfyng hi yn y dre lle roedd hi'n bwyta a chysgu o fewn yr un ystafell.

Clenciodd y *Chardonnays* yn gellweirus wrth iddi eu hestyn o'r sedd gefn. Er ei bod ar ddeiet manwl dan lygad barcud Delta, yn enwedig â dim ond pedwar mis i fynd tan y gystadleuaeth, roedd nos Wener yn sanctaidd. Awr o hyfforddi yn Siapiwch Hi yn y bore cyn gwaith, rhedeg am hanner awr wedyn yn ystod ei hawr ginio ac yna draw i dŷ Naiomi am sesiwn arall o hyfforddi ar ôl gwaith. Yna setlo am dêc-awê o'r *Bengal Palace*, digon o win a rhoi'r byd yn ei le efo hen ffrind. Be'n well?

Wrth gerdded i fyny'r llwybr llechi mân at y drws gallai Calennig weld Derfel wedi ymgolli yn ei gyfrifiadur. Cnociodd Calennig ar ffenest y stydi gan beri i'r creadur neidio o'i groen. Cododd y bag plastig i fyny at y gwydr gan dynnu stumiau fel plentyn mewn ffatri deganau. Cododd yntau ei fawd yn gwrtais gan gogio edrych yn eiddgar cyn dychwelyd at ei gynlluniau pythefnosol. Gwyddai'n iawn mai noson y merched oedd nos Wener, ac roedd o'n ddigon hapus i ddal i fyny efo'i waith marcio ac yna setlo yn y parlwr ffrynt i wylio rygbi.

"Ti'n fuan iawn?" synnodd Naiomi gan ymddangos yn y

drws yn ei ffedog Portmeirion yn edrych fel hysbyseb allan o *Good Housekeeping.*

"Blydi Rin. Roedd raid i mi adael ar y dot neu mi faswn i wedi tagu'r hwch. Tydi'm yn dallt bellach mai papur lleol ydan ni nid *Hello!* Magasîn – pwy sy 'di marw, pwy sy 'di priodi ac ambell sgandal am gynghorydd lleol – mond dyna sgin bobl ffor' hyn ddiddordab yn ei ddarllan siŵr iawn!" chwythodd Calennig fel trên stêm. "Ac mae hi am i mi ail-sgwennu'r cyfweliad wnes i efo Sesian Morgan Lloyd am y gystadleuaeth am nad oedd o'n ddigon secsi . . . wel, deud ti wrtha i be sy'n secsi am hen ferch o wyddonydd sy'n dal i fyw efo'i mam ac yn edrach fatha'i bod hi ofn ei chysgod ei hun. Asu, dwi angen drinc!"

Gwyddai Naiomi o brofiad mai gadael i Calennig refru oedd orau yma. Ac yna daeth calon y gwir.

"A dwi'n ama' fod Dylan yn mela efo Melanie, y risepshynist newydd a hitha' brin allan o'i chlytia!"

"Ro'n i'n meddwl nad oedd gen ti ddiddordab?"

"Sgen i ddim."

Chwarddodd Naiomi gan wasgu braich foncyffiol ei ffrind. "Hei, hitia befo nhw am heno. Ty'd i mewn i'r tŷ 'ma neu mi fydd y gwres i gyd wedi dengid."

"Ond ti'm 'di newid eto!" sylwodd Calennig ar Naiomi yn ei hiwnifform gwaith o dan ei ffedog. "Ty'd 'laen wnei di hogan. Sgennon ni'm llawer o ola' dydd ar ôl. A chynta'n byd wnawn ni'r *lifts* 'ma gynta'n byd fedran ni ddechrau codi bys bach efo'r rhain."

Ers i Delta benderfynu fod angen i Calennig weithio mwy ar bwmpio'i *biceps* er mwyn gallu dal ei thir o leiaf yn y gystadleuaeth 'Bwrw'r Boncyff', fe ddaeth Calennig o hyd i'r ymarfer perffaith.

Roedd Calennig, hyd y cofiai, wedi cario gormod o bwysau a Naiomi wedyn fel petai'n bwyta gwellt ei gwely, er ei bod yn gallu claddu mwy o fwyd na'i ffrind heb roi owns o bwysau ymlaen. Pan oeddan nhw'n blant doedd hi'n fawr o bleser mynd ar y sî-sô efo Naiomi gan y byddai pen-ôl Calennig yn sgrafellu'r graean ar y gwaelod tra bod ei ffrind yn hedfan yn y cymylau. A doedden nhw byth yn gallu benthyca dillad ei gilydd fel ffrindiau eraill gan na fyddai trowsusau Naiomi yn aml iawn yn mynd yn ddim pellach na'i fferau. Ond, o'r diwedd, roedd pwrpas amgenach na thestun eiddigedd i ffrâm fechan Naiomi.

Roedd ei thaldra a'i phwysau'n cyfateb yn union i'r boncyffion haearn y byddai'n rhaid i'r merched eu codi yn y gystadleuaeth 'Bwrw'r Boncyff' ym Mhortmeirion. Felly, ers rhai wythnosau bellach, bob nos Wener byddai'r ddwy yn cilio i ardd gefn Foty Fach, oedd bron cymaint â chae pêl-droed, i ymarfer. Byddai Naiomi yn stwffio'i hun i hen sach gysgu cyn gorwedd yn llorweddol a gadael i Calennig ei chodi uwch ei phen a'i gostwng yn ôl i'r llawr, bum, chwech, saith o weithiau.

Y tro cyntaf iddynt ymarfer roedd Naiomi druan yn ddu-las drosti. Y ddwy bron â gneud yn eu nics wedyn, a diolch i'r nefoedd fod Foty Fach mewn llecyn mor anghysbell yn y pant, fel nad oedd neb yn gallu eu gweld.

Ond erbyn hyn roedd Calennig rêl boi ac yn gallu codi Naiomi o leiaf naw gwaith mewn dau funud. Ei nod bersonol oedd 12 o 'reps', felly roedd Calennig yn benderfynol o gael cymaint o ymarfer â phosib.

"Stedda," meddai Naiomi gyda chwerthiniad hanner nerfus.

Suddodd Calennig i'r soffa Laura Ashley a thynnu diod *isotonic* coch o'i bag i gynyddu lefel ei siwgr. Drachtiodd y stwff mewn un joch tra oedd Naiomi yn ffysian wrth glirio'r papur newydd a mŵg Derfel oddi ar y bwrdd coffi pîn.

"Ych-a-fi ma'r stwff 'ma'n sicli," tynnodd Calennig wyneb. "Ond does na'm byd fatha fo am cwic ffics."

Eisteddodd Naiomi ar y soffa ddwysedd gyferbyn â hi a chroesi ei choesau dryw yn sidêt. Gwyrodd ei phen i un ochr ac edrych arni o dan ei ffrinj copr efo llygaid fatha Ledi Diana yn y rhaglen *Panorama*.

"Calennig Jôb, 34 mlwydd oed, fawr o bres, dim uchelgais ac yn despret am ddyn!"

"Y?"

"Chdi de. Be sy aru chdi heno?"

Cochodd ei ffrind.

"Yli, Cal, sori ond allwn ni ddim ymarfer heno . . ." dechreuodd droi hances bapur rownd a rownd yn ei dwylo a gwrthod codi ei phen i edrych ar ei ffrind.

"Dwi'n . . ."

Ond roedd Calennig wedi neidio ar ei thraed ac yn ei gwasgu'n dynn.

"Ti'n disgwyl dwyt?"

"Wnes i'r prawf bora 'ma. Ond mae'n gynnar eto cofia . . . ond dwi'm isio gneud dim all 'neud niwed."

"Dwi mor falch drosta chi, Naiomi," meddai Calennig yn gryg gan geisio cwffio'r dagrau yn ôl. Gwyddai cymaint roedd Derfel a hithau wedi bod yn trio am fabi ers blynyddoedd, a hynny heb lwc.

"Wel, ti'n meindio os agora i un o'r rhain i ddathlu'r newyddion da ta?" meddai gan gychwyn am y gegin i nôl yr agorwr potel.

"Arhosa funud . . . gen i rwbath arall i ddeud wrthach chdi hefyd."

Roedd chwithdod yn ei llais.

"Ma' Ari'n ei ôl o Seland Newydd. Landio yn nhŷ ei fam ddoe."

*   *   *

Gorweddai ym moethusrwydd y gwely pedwar postyn yn gwrando ar y storm yn waldio'r nos. Deuai sŵn anadlu ysgafn Dylan wrth ei hochr fel sŵn siffrwd seiloffon yn rhan o symffoni'r tonnau yn llarpio Traeth Bach a dwndwr drwm y daran yn ymbellhau.

Goleuai'r mellt yr ystafell a dangos eu dillad blith draphlith o gwmpas y lle. Tybiai na fyddai Delta yn argymell cael rhyw cyn cystadleuaeth, ond dyma oedd eu noson gyntaf i ffwrdd efo'i gilydd ers i Dylan a hithau ddechrau canlyn o ddifri'.

Ond doedd dim yn dyner am y caru. Pe bai Calennig yn onest, fe'i defnyddiodd fel arf i leddfu ei storm fewnol.

Ar ddiwedd diwrnod cyntaf y gystadleuaeth roedd hi yn y safle olaf. Er nad oedd hi wedi disgwyl dod o fewn y pump cyntaf, yn enwedig efo *pros* fel Buddug, Mandy a Jess yn ei herbyn, gwyddai nad oedd yn haeddu bod yn olaf. Teimlai ei bod wedi gwneud ffŵl ohoni ei hun o flaen ei pherthnasau ac wedi rhoi tanwydd ar amheuon ei mam.

Er na ddywedodd ddim, gwyddai fod Delta'n siomedig gyda'i pherfformiad hefyd. Bu bron iddi â llarpio Mabon Blythe pan redodd at Calennig wedi iddi fethu â gorffen rownd yr 'Heti Heglog' a dechrau saethu cwestiynau dwl tuag ati, ei lygaid yn pefrio wrth i'r camera gofnodi ei chywilydd:

"Be aeth o'i le? Sut wyt ti'n teimlo? . . ."

Roedd Delta yno fel siot.

"Mabon, stopia ffilmio rŵan!"

"Ond calon, *this is what it's all about.* Mae'n bwysig ein bod yn cael y darlun cyfan o'r gystadleuaeth. *The highs and the lows.*"

Fe gafodd wybod yn union lle byddai'n rhoi ei *highs* a'i *lows* petai'n ystyried defnyddio'r lluniau ar gyfer ei raglen geiniog a dima'. Ac fe drodd y ci rhech ar ei sawdl a throtian i gyfeiriad Buddug Cadwaladr oedd yn llawn ymffrost wedi ei buddugoliaeth rwydd.

Doedd dim pwynt trio egluro wrth Delta pam ei bod wedi perfformio mor wael. Dim ond Calennig a wyddai faint o ddylanwad a oedd gan Ari arni o hyd.

O dan ei haenau o gyhyrau roedd hi'n dal yr un mor wan ag erioed. Beth ddaeth dros ei phen yn meddwl y byddai'r gystadleuaeth yma yn rhoi hunanhyder iddi, yn ei hymwahanu o'r lliaws o ferched tri-deg-rhywbeth eraill oedd yn methu â symud ymlaen oherwydd rhyw blydi dyn. Ac Ari oedd y catalydd gwenwynig oedd wedi dod â'r gwendid hwnnw i'r wyneb. Wedi ei gwneud yn destun sbort a thrueni pobol unwaith eto.

Wrth gwrs, doedd o ddim wedi datgelu ei hun heddiw ym Mhortmeirion. Dim ond cuddio yn y cysgod gan ei dilyn bob cam.

Stwyriodd Dylan a throi yn ei gwsg i'w hwynebu. Daeth ton o euogrwydd drosti a gallai deimlo ei bochau'n llosgi yn y tywyllwch.

Roedd yr atgof o'r noson honno yn y Ffesant yn dal i'w phlagio.

Dylai wybod fod diod dawel ar ôl gwaith ar nos Wener yn troi'n sesiwn mewn dim wrth i densiynau'r wythnos ddiflannu efo pob swig, a siarad siop droi'n bair gwrachod o ladd ar y bòs. Syniad Melanie oedd y 'Noson i'r genod' (er na chafodd Rin wahoddiad) er mwyn dangos i Calennig nad oedd unrhyw *hard feelings* am Dylan, yn enwedig â hithau ar ei thrydydd cariad ers i Dylan a Calennig ddechrau canlyn bythefnos yn ôl. Roedd Tanwen wedyn o wneuthuriad tanc ac yn gallu yfed unrhyw ddyn dan y bwrdd ar ôl graddio gydag anrhydedd yn ralïau yfed y Ffermwyr Ifanc ac yna gwneud ôl-radd mewn clecio peintiau yn WAC.

Cyn pen dim roedd y ddwy wedi perswadio Calennig i flasu pob amrywiaeth o *Bicardi Breezers* a'i hwrjo i roi clec i *Absinthe*, rhyw ddiod gwyrdd afiach a flasai fel stwff garglio yn y deintydd. Erbyn iddo gerdded i mewn yn larts i gyd, roedd ei phen yn chwildrins.

Ond er ei bod yn gweld dwbwl roedd hi'n anodd methu'r mop o wallt cyrls du 'na oedd yn edrych yn well pan oedd o wedi tyfu dipyn ac angen cyt. Ac roedd 'na o leia' ddeufis o dyfiant. Dechreuodd ei chalon bwmpio mor sydyn fel ei bod mewn perygl o lewygu. Er iddi ei weld o bell ers iddo ddod nôl o Seland Newydd, croesi'r ffordd fyddai'r ddau a chogio nad oeddynt wedi gweld ei gilydd. A dyma'r tro cyntaf iddynt fod yn yr un lle ar yr un pryd – yr un dafarn lle roeddynt yn arfer yfed pan oeddynt yn canlyn. Roedd llais rheswm yn dweud wrthi am adael. Ond roedd hi'n rhy hwyr.

Roedd be ddigwyddodd wedyn yn parhau braidd yn niwlog. Ond rhywsut fe landiodd y ddau yn ôl yn fflat Calennig ac roedd hi'n lwmp o glai yn ei ddwylo unwaith eto. Yn cael ei thylino bob siâp, ei bodio a'i mwytho yn ei gledrau cynnes. Gwnâi iddi deimlo'n arbennig. Roedd o'n deffro ei synhwyrau, yn gwneud iddi deimlo yn *rhywun*. Cyn i'r clai droi'n lwmpyn oer, caled, i'w sathru dan draed. Yn llanast i rywun arall ei lanhau o'r carped.

Digwyddodd hynny fis yn ôl, ac ni welodd liw ei din tan heddiw. Ac roedd ei thu mewn yn dal i ferwi fel sosban bwysedd ar fin ffrwydro.

Hi oedd yr olaf o'r cystadleuwyr i gyrraedd Neuadd y Dref. I ddieithryn byddai hon wedi edrych yn olygfa od iawn. Merched â'u bronnau bob siâp yn bochio dan grysau-T pinc yn cerdded o gwmpas yr ystafell ysblennydd gan gario potiau pi-pi. Sodrodd stiward bot plastig yn ei llaw hithau a'i hysio i gyfeiriad y tŷ bach i baratoi ei sampl.

"*Complete medical? That's the first I've heard of it, mate!*"

Roedd rhyw gynnwrf wrth y ddesg gofrestru wrth i stiward arall geisio ymresymu efo hyfforddwr Tania Lewis ar ryw fater neu'i gilydd. Wrth ei glywed yn codi ei lais daeth Tania fel taran o rywle, ond roedd yn amlwg wrth iddi gael ei sugno i'r sgwrs nad oedd yr hyn a drafodent wrth ei bodd.

Wrth i'w sgwrs droi'n sibrwd anghlywadwy trodd Calennig ei sylw at Buddug 'Y Wal' Cadwaladr yn crechwenu tra'n cynhesu ei chyhyrau. 'Rôl meddwl, daliodd hi droeon yn edrych ar y cystadleuwyr eraill – nid arni hi'n benodol gan nad oedd hi o unrhyw fygythiad iddi – ond ar Tania, Mandy a Jess. Fel rhyw feistres fŵdw efo'i llygaid pinnau dur. Cofiodd ei geiriau hefyd y tro hwnnw iddi ei chyfweld ar gyfer *Y Ffedog* . . . "does dim yn mynd i sefyll yn fy ffordd rhag ailennill fy nghoron."

Wedi tynnu llun grŵp sydyn ar gyfer y wasg, cerddodd Calennig i groeso'r haul. Wedi storm neithiwr roedd y golau'n llachar a Phortmeirion yn ffrwydrad o liw. Serch ei diffyg cwsg neithiwr teimlai fel person gwahanol heddiw, a doedd Ari Davies na neb arall yn mynd i gael y gorau arni.

Daeth Delta o rywle wedi llwyddo i roi'r mig i Mabon er mwyn dod i roi cyngor munud ola' iddi.

Cerddodd Calennig i ganol Y Sgwâr Canol lle roedd y llecyn lawnt o flaen y Golofnes Bryste wedi ei baratoi ar gyfer y gystadleuaeth 'Troi Teiar'. Gwelodd ei rhieni, Naiomi a Derfel a Dylan yn sefyll tu ôl i'r glwyd haearn ac roedd yn benderfynol o beidio â'u siomi am yr eildro. Synhwyrodd hefyd ei fod yntau'n agos. Y cachgi. Wel, os mai sioe oedd o ei heisiau . . .

Gwnaeth y dasg o fflipio'r teiar tryc chwe troedfedd o uchder ar hyd y pellter can troedfedd i edrych fel fflipio ceiniog mewn gêm ben a chynffon, a daeth yn bedwerydd. Erbyn y gystadleuaeth nesaf – 'Tynnu Angor' – roedd yr adrenalin yn pwmpio.

Y dasg o'i blaen oedd tynnu angor yr *Amis Reunis*, llong Clough Williams-Ellis sydd wedi ei ffitio fel blwch i'r morglawdd ger y gwesty, ar hyd darn 100 troedfedd o Draeth Bach. Bethan oedd ei gwrthwynebydd, dechreu- wraig fel hithau ond hogan solat â golwg dipyn mwy ffit arni.

Cofiodd gyngor Delta. Y tric oedd i drio cadw corneli'r angor rhag suddo i'r tywod gwlyb oedd wedi ei bupro gan gerrig mân a broc môr wedi'r storm. Ond roedd fel trio stopio cyllell rhag suddo i mewn i fara ffres. Bob tro y byddai cornel yn bachu yn y tywod, byddai plwc y rhaff yn brathu'n frwnt i'w hysgwydd.

Erbyn hyn roedd criw o lafnau ifanc wedi ymlwybro i lawr i'r traeth, yn dal yn eu siwtiau pengwin wedi iddynt fod ar eu traed yn yfed drwy'r nos mewn rhyw briodas swanc yng Nghastell Deudraeth ddoe.

"*Come on luv or you'll miss the boat!*"

"Dowch 'laen Mrs Fflat Huw Puw . . ."

Anadlodd y gwynt heli yn ddwfn i'w hysgyfaint. Caeodd ei llygaid a chrensian y tywod rhwng ei dannedd.

CREDA YNOT TI DY HUN

FE *ELLI* DI WNEUD HYN

MAE GEN TI'R GALLU I LWYDDO

Fel ci ufudd, sglefriodd yr angor ar hyd wyneb y tywod a chroesodd Bethan a hithau y llinell yn union yr un pryd.

Erbyn y gystadleuaeth olaf, roedd hi yn y chweched safle. Edrychodd i fyny tua'r Tŵr Gwylio a gwenu . . .

Gwasgwyd yr anadl ohoni wrth i'r harnes am ei chanol gael ei dynhau. Clipiwyd hi yn sownd i'r tryc a gwrandawodd ar lais Delta yn troi yn ei phen . . . cadwa dy gorff yn isel a g'na'n siŵr fod gen ti ffwtin da. Dododd ei bysedd ar y llinell sialc a chodi ei phen yn araf i edrych ar ei tharged. Y Bwa Buddugoliaeth o'i blaen.

Tynnu Tryc un ar ddeg tunnell am bellter o gan troedfedd a hynny yn yr amser cyflymaf bosibl. Dyna'r cyfan oedd yn rhaid iddi ei wneud er mwyn sicrhau ei lle yn y chweched safle.

Canolbwyntio.
Anwybyddu.
Canolbwyntio.
Anwybyddu.
TYNNU . . .TYNNU . . .TYNNU

*   *   *

Tonnai'r deunydd *chiffon* ar hyd ei chorff wrth iddi gerdded am y bar. Roedd hi'n falch fod Dylan wedi ei pherswadio i aros ar gyfer y Cinio Gwobrwyo gan fod hynny o leiaf yn golygu noson arall yn ei gwmni yn y gwesty heno.

"Well done today young lady, that was a show of determination and will-power . . . a comeback Lazarus would have been proud of."

Trodd Calennig i wynebu Geoff Capes wrth ei hochr yn y bar.

"And how do you pronounce your name again?"
"Calennig."
"Caleeeyyynig – that's an unusual name isn't it."
"Yes, it's certainly different."

PROFFIL
MEINIR JONES

Enw:	Meinir Jones
Llysenw:	Mei Tanc
Oed:	28
Taldra:	5' 1"
Pwysau:	15 stôn 2 bwys
Magu:	Ar fferm
Teulu:	Tad wedi marw'n ddeugain oed, Mam oedd eisiau geneth fach 'feminine' ac a gafodd ail, dau frawd hŷn, gŵr sy'n halen y ddaear, dau o blant ifainc sy angen lot o sylw
Sêr:	Fawr o fynadd efo pethau felly ond Taurus mae hi'n meddwl.
Lliw gwallt:	Du cyrliog cwta
Lliw llygaid:	Glas
Hoff gerddoriaeth:	Elvis, canu gwlad, Iona ac Andy
Hoff ffilm:	Walk the Line
Hoff fwyd iach:	Afalau surion bach – ydi rheini'n iach, dwch?
Hoff sothach:	Byrgyrs efo llwyth o nionod
Hoff ran o'r corff:	Gwefusau
Cas ran o'r corff:	Brestiau – tydyn nhw yn y blydi ffordd be bynnag dach chi isio'i neud.
Swydd:	Helpu efo busnes ei gŵr, yn pacio a dosbarthu anghenion swyddfa. Cyn hynny, gweithio yn y banc.
Diddordebau:	Tasa ganddi hi amser – dal i fyny efo ffrindiau.
Nifer o flynyddoedd yn cystadlu:	Wyth
Hoff gystadleuaeth:	Tynnu Lori.
Rheswm dros gystadlu:	I ddangos i'w mam ei bod hi'n dda i rywbeth.

MEINIR

"Damia'r diawl peth 'ma!" gwaeddodd Eryl Penucha' ar dop ei lais, wrth i'r weiran lacio am y postyn am y pumed tro – cyn iddo fo fedru rhoi'r stwffwl yn ei le.

"Fedri di'm dal d'afa'l am fwy na dau eiliad?" harthodd ar Hywyn druan oedd wedi bod yn gwneud ei orau i ddal y weiren yn dynn ers un hanner awr bellach nes bod ei ddwylo'n sgriffiadau i gyd ar waetha'r menig bras.

"Llithro'n y blydi mwd uffar' 'ma dw i, de!" gwaeddodd y brawd bach yn ôl. Oherwydd Hywyn oedd y brawd bach ym Mhenucha' er ei fod o'n chwe throedfedd a hanner yn nhraed ei sanau a thair modfedd o leia' yn dalach na'i frawd mawr. "Mae hi fel trio sefyll i fyny mewn llond cafn o bwdin reis."

Edrychodd Eryl ar ei wats. Roedd y "joban hanner awr" o ailffensio cornel bella'r Cae Isa wedi cymryd prynhawn cyfan. Fe fyddai ei swper ar y bwrdd ymhen hanner awr, ac fe fyddai Glesni Tyn Refail yn disgwyl iddo fod wrth ben lôn i'w nôl hi hanner awr union ar ôl hynny.

"Tyrd, Hyw, rho fymryn mwy o wmff ynddi hi i ni gael gorffan."

"Be ti'n feddwl dw i 'di bod yn 'i neud yn fa'ma ers oria' tra dy fod di'n 'i lordio hi'n fa'na efo'r blydi morthw'l 'na?"

Agorodd Eryl ei geg i'w amddiffyn ei hun rhag y cyhuddiad annheg, ond goleuodd ei wyneb pan welodd gar bach gwyn yn troi i mewn wrth giât y lôn bost. Erbyn i'r car stopio wrth ymyl y brodyr, roedd gan Eryl wên lydan yn lle'i olwg biwis arferol.

"Asu, Mei", meddai'n galonnog, "fuo gynnon ni 'rioed fwy o d'angen di. "Dydi'r llipryn yma ddim iws o gwbwl."

Roedd Hywyn wedi hen arfer â'r herian, a gwenu roedd yntau wrth dynnu'r menig a'u hestyn i Mei. Yna safodd yn ei ôl a gwyliodd sut oedd gwneud. Sodrodd Mei ei hun yn gadarn yn y fan lle bu Hywyn yn llithro fel sglefriwr Olympaidd, cymerodd afael fel gefail yn y weiran ac ymhen llai na deng munud roedd y stwffwl dwytha' yn ei le a'r weiran mor dynn â thant telyn am y postyn. Cyfrannodd Hywyn i'r gwaith trwy daflu'r offer i gefn y Landrofyr a gyrru Eryl nôl at y tŷ, a'r car bach gwyn yn eu dilyn.

Roedd eu mam yn sefyll wrth y sinc yn stwnsio tatws pan ddaeth y tri i'r gegin gefn. Wnaeth hi ddim troi rownd pan glywodd hi'r drws yn agor na phan glywodd hi'r sŵn tuchan oedd wastad i'w glywed pan oedd pobol yn tynnu welingtons. Ond mi wnaeth hi ymateb pan glywodd hi lais Mei.

"Ac o ble doist ti, Meinir? Ti'n aros i ga'l swper efo ni?"

"Na, sori, Mam, dwi ar dipyn o frys."

"A phryd fuost ti ddim ar frys?"

"Ie, dwi'n gw'bod, Mam," chwarddodd hithau, "ond mi rydw i ar ei hôl hi'n ddiawledig y tro yma. Mae gen i ddau le arall i alw eto efo ordors Gwyn cyn i'r siope gau ac wedyn dwi'n gorfod bod yn yr Hafod erbyn swper am 6 – nhw sy 'di bod yn gwarchod i mi pnawn 'ma tra mod i'n y jym."

"Pam ddoist ti acw felly?" holodd Eryl.

"Achos fod gen i deimlad yn 'y nŵr fod gynnoch chi f'angen i er mwyn gorffen y joban."

Oherwydd felly y bu hi erioed. Y rhan fwyaf o'r amser, Mei oedd yr eneth, yr un oedd ddim i fod i ymuno yn chwarae brwnt, cystadleuol yr hogiau, yr un oedd yn cael ei hel i'r tŷ i chwarae efo "pethe genod". Hi oedd yr un gafodd ei hel i weithio mewn joban fach lân yn y banc ar ôl gadael yr ysgol tra cafodd y bechgyn fynd i'r Coleg Amaeth yn Llysfasi.

Hi oedd yr un nad oedd sôn amdani yn ewyllys ei thad gan fod hwnnw wedi tybio mai'r hogiau fyddai angen gwaith ar y fferm ac y byddai Meinir fach, cannwyll ei lygad, yn siŵr o briodi a magu teulu a dod yn gyfrifoldeb ei gŵr. Ac wrth gwrs, felly y bu hi, ond tybed faint o giamstar oedd yr hen Elwyn Owen ar ragweld y dyfodol ac i ba raddau y bu ei ddisgwyliadau ohoni'n ddylanwad ar ymddygiad ei ferch?

Ie, hi oedd yr eneth, i'w chadw allan o bob trafodaeth o bwys am Benucha' ac am bopeth arall petai hi'n dŵad i hynny. Nes eu bod nhw isio rhywbeth styfnig wedi'i agor neu'i godi neu'i blygu neu'i symud. Bryd hynny roedd Mei yn arbennig o werthfawr i'r fferm ac i'r teulu.

Yr eironi oedd iddi gael ei bedyddio efo'r enw 'Meinir' oherwydd, o'r pedwar a safai yn y gegin, hi oedd yr unig un nad oedd yn fain nac yn hir. Roedd Eryl a Hywyn yn dal ac yn denau fel eu mam ond cymerai Meinir ar ôl ei thad ac roedd Elwyn yn stwcyn bach solat, styfnig, cryf, di-ildio – a dyna pam y bu'n gymaint o syndod i bawb pan syrthiodd o'n farw yn ei gae seilej un noson braf o Fehefin pan nad oedd o ond chwech a deugain oed.

"Gymi di baned, gan dy fod ti yma?" gofynnodd ei mam iddi rŵan, "Ta wyt ti'n rhy brysur i hynny hyd yn oed?!"

"Cyma, siŵr. Cariwch chi 'mlaen efo bwyd yr hogie 'ma ac mi wna i'r baned."

"Am faint fuost ti'n y jym pnawn 'ma?", holodd Hywyn, gan geisio dangos dipyn o ddiddordeb yn niddordebau lloerig ei chwaer. Roedd Eryl yn rhy brysur yn rhawio tatws a chig eidion i'w geg yn y gobaith y gallai ddal i fod ar amser i nôl Glesni ac felly osgoi pryd o dafod ganddi. Roedd hi'n andros o beth handi ac roedd o'n meddwl y byd ohoni, wir yr, ond rargian, roedd ganddi dafod fel pladur newydd ei hogi.

"O, dim ond rhyw dair awr!"

"Tair awr! Pam na faset ti 'di dod odd'no awr ynghynt? Wedyn faset ti ddim ar ffasiwn frys rŵan."

"Ond, Mam," protestiodd Mei, gan godi llwy weini oddi ar y bwrdd ac estyn am gegiad go fawr o gig eidion mewn grefi. "Dwi i fod i wneud pum awr o dreinio bob dydd, rŵan fod y tymor cystadlu 'di dechrau. Mi fydd raid i mi 'neud dwyawr arall ar ôl i'r plant fynd i'w gwlâu."

Aeth llwyaid arall o datws stwnsh a chig a grefi i'w cheg. Roedd hi fel pe bai hi wedi anghofio ei bod bellach wedi cychwyn ar ei rhaglen fwyta un wythnos ar bymtheg fyddai'n sicrhau iddi'r corff cyhyrog perffaith ar gyfer cystadleuaeth Y Gymraes Gryfaf ddechrau Mai. Roedd y cig yn iawn, wrth gwrs – roedd hi i fod i fwyta chwe phryd o brotein a llysiau bob dydd – ac roedd y carbs yn y tatws hefyd yn iawn gan y byddai hi angen yr ynni i ymarfer am ddwyawr arall heno, ond roedd y saim yn y grefi sawrus a'r holl fenyn yn y stwnsh yn torri'r rheolau i gyd – ond ew, roedden nhw'n flasus ar ôl yr holl stêc sych a salad!

Heb yn wybod iddi ei hun bron, estynnodd Mei ei llwy am dalp sylweddol arall o'r cig. Llwyddodd ei mam i ymatal rhag dangos yr ias o ffieidd-dod a aeth drwyddi wrth edrych ar fraich gyhyrog ei hunig ferch. Fedrai hi ddim llai na sylwi fod y fraich honno'n fwy o drwch ac yn fwy cordeddog o gyhyrau a gwythiennau nag eiddo'r un o'i brodyr. Petai hi'n dod i hynny, roedd hi'n fwy na braich ei thad, er yn debyg iawn iddi. Allai neb byth amau nad merch Elwyn oedd Meinir.

"Oes raid i ti dreinio gymaint, Meinir fach?" gofynnodd ei mam, gan geisio cadw'r cryndod a'r diflastod o'i llais.

"Argian, oes, Mam," atebodd honno, â'i brwdfrydedd yn goleuo'i hwyneb a pheri i'w llygaid glas ddawnsio. "Mae gen i gystadleuaeth bob penwsnos rŵan tan y gystadleuaeth fawr ddechrau mis Mai."

Roedd hyn yn ormod. Er gwaethaf ei hymdrechion, clywodd Olwen Owen ei llais yn codi.

"A phwy sy'n mynd i edrych ar ôl dy blant di tra dy fod ti'n galifantio hyd y wlad i'r holl gystadlaethau 'ma?"

"Ddôn nhw ac Aled efo fi, siŵr iawn."

Estynnodd ei llwy eto, am lwyaid enfawr o datws y tro hwn.

"Da ti, estynna blât a byta'n gall!"

"Sori, Mam," Gwenodd Mei yr union wên lydan a barodd i Olwen ddisgyn dros ei phen a'i chlustiau mewn cariad â

43

thad yr eneth bron i ddeugain mlynedd ynghynt. "Dyma dwi'n ei golli fwya' ar ôl priodi, ylwch. Does 'na'm byd fel bwyd Mam, nac oes?"

Er gwaethaf popeth, toddodd Olwen fel menyn rhy agos at y tân. Efallai nad oedd Meinir wedi troi allan i fod fel genethod eraill – a beiai Olwen ei hun am hynny oherwydd iddi adael i'r fechan fod ormod yng nghwmni ei brodyr yn ei blynyddoedd cynnar – ond roedd ei chalon hi yn y lle iawn.

Cododd Mei oddi wrth y bwrdd, estynnodd blât a chyllell a fforc yn eneth fach dda a dechreuodd lwytho. Un peth braf am dreinio am bum awr bob dydd oedd bod angen llawer o danwydd ar gorff rhywun i'w gadw o i fyny.

"Ble ti'n mynd y penwsnos 'ma, 'lly?" gofynnodd Hywyn. Roedd o wedi gorffen ei blatiad a buasai wedi ei fodloni pe na bai ei chwaer fach yn llwytho'i phlât gyda'r fath arddeliad. Penderfynodd sicrhau rhyw fymrym eto iddo'i hun.

"Rhyw le tu allan i Carlisle," atebodd Mei â'i cheg yn llawn o datws.

"Ydi hyn'na ddim yn ffordd bell i lusgo'r plant bach 'na?" gofynnodd Olwen er ei gwaethaf. "Fasai hi ddim ym well iddyn nhw aros adre efo'u tad?"

Gwenodd Mei'r wên eto, er nad oedd hi lawn mor llydan y tro hwn.

"Rŵan ta, Mam, fedrwch chi ddim ei chael hi'r ddwy ffordd. Funud yn ôl roeddech chi'n edliw i mi 'y mod i'n bwriadu 'u gadael nhw, a rŵan . . ."

"Ond wyt ti o ddifri' isio mynd â dau mor fach mor bell. Ac i ryw gystadleuaeth lle mae 'na bob math o bobol hanner noeth yn strytian yn 'u dillad isa! Dwyt ti 'rioed yn meddwl bod y math o bobol fydd mewn lle felly yn rhai ffit i fod yn gwmni i blant bach?"

"Mam!" ebychodd Hywyn mewn dychryn. Stopiodd Eryl yntau ei brysur gnoi am eiliad neu ddau.

"Tasech chi erioed wedi dod efo fi i 'nghefnogi i, Mam, fasech chi'n gwybod fod y bobol fydd yn y gystadleuaeth Ddydd Sadwrn fel pob cystadleuaeth arall yn un gwbwl addas ar gyfer 'y mhlant i a'r bobol fydd yno – fy ffrindiau i, fel mae hi'n digwydd! – i gyd yn dod â'u teuluoedd efo nhw."

"Dwi'n siŵr doedd Mam ddim . . ." mentrodd Eryl i geisio tawelu'r tân ond roedd Mei wedi dechrau mynd i hwyl.

"Mi fydd yna lawer o blant yno ac mi fydd Carwyn a Cara wrth eu bodde – ac Aled hefyd. Dwi'n gw'bod eich bod chi'n meddwl mod i'n fam sâl am 'y mod i'n gadael y gegin i fynd i'r jym am rywfaint bob dydd – dach chi 'di edliw i mi ddigon o weithie – ond dach chi o ddifri' yn meddwl 'y mod i'n fam mor ofnadwy y baswn i'n llusgo 'mhlant i le anaddas lle bydden nhw'n anhapus neu mewn peryg?"

"Na . . . na . . ." ceisiodd Olwen achub ei cham, ond os oedd Mei wedi etifeddu gwên ei thad a'i gyhyrau, roedd hi hefyd wedi etifeddu ei dymer.

"Ôn i'n mynd i ofyn ichi fasech chi'n edrych ar ôl y plant am awr neu ddwy bnawn fory ond mae'n amlwg na fase hynny ddim ond yn ychwanegu at yr argraff ddrwg sy gynnoch chi ohona i. Diolch am y swper. Hwyl, hogie!"

Ac yna roedd hi wedi mynd drwy'r drws. Eiliadau'n ddiweddarach, eisteddai'r tri wrth y bwrdd fel delwau'n gwrando ar sŵn injan y car bach gwyn yn pellhau.

Bore Sadwrn, pan oedd hi hanner ffordd i fyny'r M6, roedd gwaed Mei yn dal i ferwi wrth gofio ffrae nos Iau. A bod yn deg, roedd ei mam wedi ffonio drannoeth yr helynt a phan benderfynodd Mei anwybyddu'r ffôn roedd hi wedi gadael neges ar y peiriant yn dweud ei bod yn fwy na bodlon gwarchod yr efeilliaid y prynhawn hwnnw. Ond roedd Mei, rêl ei thad fel ag yr oedd hi, wedi styfnigo ac roedd Aled wedi newid ei drefniadau i edrych ar ôl y plant iddi hi gael mynd i ymarfer am chwe awr, pum awr yn y jym ac awr o redeg ar y ffyrdd.

A chan mai un heddychlon wrth reddf oedd Aled, roedd o wedi ffonio ei fam-yng-nghyfraith ar ôl cinio i ddweud diolch am y cynnig ond ei fod o am fod adre wedi'r cwbwl – ond soniodd o'r un gair wrth ei wraig am yr alwad honno. Efallai ei fod o'n un heddychlon ond doedd o ddim yn dwp.

Adwaith Mei i'r ffrae oedd ymroi fwy fyth i'r hyfforddiant a gwthio'i hun ymhellach nag erioed o'r blaen. O ganlyniad roedd hi'n teimlo'n hynod hyderus a chryf heddiw, yn barod i goncro'r byd. Hyd y gwyddai hi, doedd neb o'r enwau mawr wedi penderfynu cystadlu yn y cyfarfod yma heddiw wedi'r cwbwl, felly fyddai yno neb o'r un safon â hi. Dechreuodd obeithio am gael ennill y gystadleuaeth , ac yna dwrdiodd ei hun am obeithio'r fath beth, Roedd 'na gymaint o bethau allai fynd o chwith eto.

Tiwniodd ei chlyw yn ei ôl i wrando ar lais Tony, ei hyfforddwr, yn adrodd stori am ryw gystadleuaeth fawr yn yr hen ddyddiau.

". . . a dyna lle'r oedd Julian Creus – fo oedd y *champion* ar y pryd, cofiwch, a phawb yn siŵr mai fo fasa'n mynd â'r *gold* – dyna lle'r oedd o ar fin mynd i'w *split* pan ddaeth y twrw mwya' ofnadwy o'r cefna' 'cw . . ."

Roedd Mei wedi ei chlywed hi droeon o'r blaen a gwingodd yn ei sedd yn ddiamynedd. Ac os oedd hi wedi clywed y stori yma o ddyddiau oes aur y codi pwysau – yn ôl Tony – yna roedd Aled wedi ei chlywed yr un mor aml. Ac eto, roedd o'n porthi'n eiddgar o sedd y gyrrwr efo ambell "Tewch â deud!" a "Do, wir?" a llawer o nodio pen brwdfrydig.

Tiwniodd lais Tony allan unwaith eto a throdd ei phen fymryn i edrych ar ei gŵr. Sylwodd Aled ar hynny'n syth bin, fel y sylwai ar bopeth a wnâi ac a deimlai Mei bob amser. Gan droi ei ben fymryn i sicrhau na fedrai Tony ei weld, rhoddodd winc slei arni yn y drych a theimlodd hithau ei thymer ddrwg yn diflannu fel gwlith y bore.

Doedd dim dwywaith amdani, roedd y dyn yn arwr. Wrth gwrs, doedd o ddim yn edrych fel arwr. Rêl llipryn, dyna oedd ei dyfarniad hi ohono pan ddaeth o i weithio i'r banc fel is-reolwr. A dyna ddywedodd y genod eraill hefyd. Corff main, esgyrnog, yn goesau blêr i gyd, 'sgwyddau fel beiro, gwddw llawer rhy hir mewn crys a thei, sbectol fawr sgwâr a gwallt du, dienaid oedd yn mynnu fflopian dros ei dalcen a'i lygaid nes iddo fynd yn arferiad ganddo ei sgubo fo o'r ffordd yn gyson efo'i law chwith tra oedd bysedd ei law dde'n dawnsio fflamenco ar ei gyfrifiannell. Dipyn o odbôl oedd o, ym marn Mei a phawb arall.

Ac eto fe ddaeth hi, fel pawb arall yn y banc, yn hynod o hoff ohono fo. Efallai am ei fod o mor wahanol i'r hogie eraill. Doedd o byth yn sgwario o gwmpas y lle'n llanc i gyd nac yn siarad am bêl-droed yn ddiddiwedd mewn llais llawer rhy uchel nac yn gwneud ensyniadau rhywiol diderfyn. Roedd o'n fwy parod i wrando nag i siarad amdano'i hun, bob amser yn gwrtais ac yn ystyriol o deimladau pobl eraill, yn barod iawn ei gymwynas ac yn gwbl ddibynadwy yn ei ffordd fach, dawel ei hun.

Ac o fewn chwe mis, roedd y genod i gyd wedi newid eu meddyliau amdano fo. Doedd yna rywbeth yn ddeniadol yn y corff main, nadreddog a'r bysedd hir, gwyn yna? Ac er ei fod o'n denau, doedd o ddim yn wan o bell ffordd, fel y ffeindiodd Siani Huws pan gafodd hi helynt efo'i char un bore. A doedd y wên fach gam, swil yna a ddangosai ei resiad o ddannedd gwyn, gwyn yn ddigon o sioe? Ac oni fasai unrhyw eneth yn gallu mopio'i phen efo dyn pan fyddai o'n syllu arni o'r tu ôl i'r sbectol sgwâr efo'r llygaid brown, trist yna?

Doedd y dynion eraill yn y banc ddim yn deall y peth o gwbl. Sut oedd rhyw linyn trôns fel Aled yn llwyddo i gael y merched i gyd yn baglu dros ei gilydd i wneud paneidiau iddo fo a chario cacennau hufen iddo fo o hyd ac yn gwneud llygaid llo arno fo drwy'r adeg, a dynion go iawn fel nhw'n cael llawer llai o sylw? Doedd y peth ddim yn gwneud synnwyr.

Peth arall na fyddai byth yn gwneud synnwyr i Mei oedd pam mai arni hi y rhoddodd Aled ei fryd ac nid ar yr hanner dwsin o enethod llawer delach a mwy benywaidd na hi. Ond felly y bu hi. O'r cychwyn cynta', mi ddangosodd Aled yn glir mai hi oedd yr un fwyaf deniadol iddo fo, hi efo'i hysgwyddau llydan a'i choesau bach cadarn a'i hwyneb oedd bron iawn yn gwbwl sgwâr. Wnaeth Mei erioed ei ddeall o, dim ond ei dderbyn o fel gwyrth a diolch amdano beunydd.

Ac o fewn blwyddyn ar ôl iddo gyrraedd y banc, roedd o wedi gofyn iddi ei briodi, Ar ôl dod dros y sioc, fe feddwodd Mei ar y cynlluniau ar gyfer y briodas ac fe benderfynodd ei bod hi am unwaith yn mynd i drïo bod y ferch honno y bu ei mam yn ysu am iddi fod, yn briodferch fain, hardd yn ei gwisg wen, laes, yn arnofio i fyny tuag at y sêt fawr a phawb yn dal eu gwynt at ei gosgeiddrwydd.

Dechreuodd efo deiet ac wedyn fe ymunodd â'r jym, ond wrth iddi ymarfer, nid troi'n fain a gosgeiddig wnaeth corff Meinir Penucha' ond magu mwy a mwy o gyhyrau nes iddi dewychu ac nid slimio. Roedd hi wedi arfer â chael ei hadnabod fel Mei Tanc ers ei dyddiau cynnar yn yr ysgol uwchradd ond rŵan, ar drothwy ei phriodas, fe drodd o fod yn danc bach di-nod i fod yn glamp o Sherman tanc na fasech chi ddim isio ffraeo efo fo. Ac fe wnaeth hi gyfarfod Tony yn y jym a dysgu sut i ddatblygu a thiwnio'r cyhyrau i greu Tanc go arbennig. Cam bach oedd o wedyn at y cystadlaethau Merched Cryfaf.

A dyna fu ei bywyd ers wyth mlynedd bellach. Yn y jym efo Tony am oriau bob dydd; rhedeg ar y lôn ym mhob tywydd, efo Aled ar ei feic yn gwmni iddi nes y daeth yr efeilliaid, braidd yn annisgwyl, i gwblhau'r darlun; a theithio'r wlad i gystadlaethau mor aml ag y gallen nhw, rhai bach iawn ar y dechrau ac wedyn rhai mwy a rhai mwy nes ei bod eleni am y tro cyntaf am roi cynnig ar yr un fawr. Roedd Tony'n ffyddiog ei bod bellach wedi cyrraedd y safon.

Ac roedd Aled wedi bod yn gefn iddi drwy'r cyfan. Wnaeth o erioed gwyno ei bod yn gwario oriau bob dydd efo Tony. Fasai neb yn ei lawn bwyll yn debygol o feddwl y gallai hi ffansïo dyn mor eithriadol o hyll, dyn oedd yn hŷn nag y basai ei thad hi pe bai o'n dal ar dir y byw, ond roedd yna ddigon o ddynion na fasai eu hunan-dyb gwrywaidd wedi caniatáu iddyn nhw fodloni ar weld eu gwragedd efo unrhyw ddyn arall. Wnaeth o erioed gwyno am gost yr holl danwydd i fynd o gystadleuaeth i gystadleuaeth na chost yr holl fwyd ychwanegol, y stêcs diddiwedd ac ati. Wnaeth o erioed gwyno am y newid ym mhatrwm eu bywyd bob dydd pan beidiodd Mei â bod yn glerc yn y banc a rhoi ei holl egni a'i holl amser i weddnewid ei hun gorff ac enaid.

I'r gwrthwyneb, roedd o wedi penderfynu ddwy flynedd yn ôl rhoi'r gorau i'w swydd yn y banc a chwilio am yrfa fyddai'n ei alluogi i gadw oriau mwy hyblyg er mwyn bod yn fwy o gefn i Mei a helpu mwy efo'r efeilliaid. Gyda'i drylwyredd arferol, roedd o wedi ymchwilio i'r marchnadoedd lleol ac wedi dod i'r casgliad fod yna brinder cyflenwyr offer swyddfa yn yr ardal. Roedd o wedi cysylltu â chyfanwerthwyr a phrynu fan, wedi gosod hysbysebion yn y papurau lleol, wedi llogi llinell ffôn newydd ac wedi dechrau rhedeg y busnes o'i swyddfa yn y llofft sbâr. Ei gimic oedd addo y basai unrhyw offer yn cael ei anfon yn syth i'r man priodol, dim ond i'r cwsmer godi'r ffôn a gofyn amdano. Ac roedd o bellach mor llwyddiannus nes bod angen swyddfa a warws a derbynnydd ar y stad ddiwydiannol, a dwy fan i alluogi Mei ac yntau i fod ar y ffordd yn dosbarthu ar yr un pryd.

Nac oedd, doedd o ddim yn edrych yn debyg iawn i Clark Kent, ond roedd Aled yn arwr. Yn arwr go iawn. Gwenodd Mei ei gwên fwyaf llydan yn ôl arno yn y drych a cheisiodd ddilyn ei esiampl a dangos dipyn o frwdfrydedd dros stori Tony. Ond roedd hi'n eithaf balch pan ddechreuodd Carwyn ac wedyn Cara stwyrian a gofyn am ddiod a brecwast ac ati. Roedd ganddi esgus da wedyn dros beidio â gwrando.

Yn ôl eu harfer, roedden nhw wedi taro'r efeilliaid yn y fan tra'u bod yn dal mewn trwmgwsg a chychwyn ar eu taith ychydig cyn pump y bore. Y gamp i Mei rŵan oedd ceisio eu bwydo, eu molchi a'u gwisgo nhw tra oedd ei gŵr yn eu powlio nhw hyd y draffordd a'i hyfforddwr yn brolio am ei ddyddiau yn y tîm Olympaidd. Y drefn arferol amdani, felly.

"NA!" sgrechiodd Cara, ei hanadl yn boeth ar foch ei mam a'i llygaid bach tywyll yn fflachio fel rhai gwrach mewn cartŵn. "Dwi isio Dadi."

Daliodd Mei yn dynn yn ei thymer a chadwodd ei llais yn dawel.

"Yli di, rŵan, Cara. Setla di yn dy wely a gwranda ar y stori ac wedyn pan ddaw Dadi adre mi gei di ddeud y stori wrtho fo."

Doedd Cara ddim yn siŵr o gwbwl ond mi ymdawelodd dro. Yn ystod yr awr ddiwethaf roedd Mei jest â laru ar glywed y gair 'Dadi' yn cael ei ddefnyddio fel arf i'w brifo i'r byw.

'Nid fel'na fydd Dadi'n gneud!' fu hi sawl tro. A 'Mae Dadi'n gw'bod dwi'm yn licio . . .' unwaith neu ddwy a llawer iawn, iawn o'r arf eithaf: 'Dwi isio Dadi!' Erbyn hyn roedd Mei yn dalp o euogrwydd, yn llwyr sylweddoli cyn lleied o amser roedd hi wedi ei dreulio efo'r plant yn ddiweddar. 'Unwaith mae'r gystadleuaeth fawr 'ma drosodd ym mis Mai, mi dynna i'n ôl o'r petha 'ma am dipyn . . .' addawodd iddi ei hun. 'Jest yr un ymdrech fawr ola' 'ma . . .' Er, doedd hi ddim mewn gwirionedd yn ei gredu o ei hun.

Atgoffodd ei hun mai jest wedi gorflino roedden nhw – fel y basai ei mam yn ddigon parod i nodi. Roedd hi wedi bod yn andros o ddiwrnod hir, wedi'r cwbwl. Er eu bod nhw wedi rhoi'r plant yn y car yn eu trwmgwsg, roedden nhw wedi cyrraedd y Mît yng nghyffiniau Carlisle – neu Caerliwelydd fel roedd Aled, mab y Mans, yn mynnu ei alw yn ei Gymraeg Radio Cymru – cyn chwarter i wyth y bore ac roedd yr efeilliaid wedi bod yn un cynnwrf gwyllt o hynny ymlaen, yn busnesu hyd y safle i gyd ac yn holi a stilio.

"Be mae'r dyn yna'n 'neud, Dadi?" gofynnodd Carwyn wrth weld hyfforddwr un o'r genod ar ei gefn o dan y tryc oedd i gael ei dynnu yn y gystadleuaeth.

"Sbïo i weld sut fath o lori ydi hi a faint mae hi'n debyg o bwyso," atebodd Aled. "Ond cheith o ddim cyffwrdd yn y lori o gwbwl. Weli di'r dyn acw yn y siaced ddu? Wel, ei joban o ydi gneud yn siŵr nad ydi o'n cyffwrdd, dim ond sbïo".

"Ydi hi'n oer?" holodd Cara wrth bwyntio at Mandy oedd yn gwisgo tua phedair côt weu a fflîs toc cyn dechrau'r cystadlaethau.

"Mae hi'n cadw ei chyhyrau yn gynnes," esboniodd Aled yr un mor amyneddgar. Welest ti Mam yn gneud ei hymarferion cynhesu yndô?"

Cymraeg Radio Cymru eto. Edrychai Cara fel ei brawd yn hollol ddryslyd.

"*Warm-ups,*" esboniodd Mei efo gwên lydan.

"Pam oedd hi'n neidio ac yn bownsio?" holodd Cara wrth i'r niwl glirio o'r meddwl bach dwys yna.

"Ia!" porthodd Aled.

"A rhedeg a rhedeg heb fynd i nunlle?" gofynnodd Carwyn oedd eisoes wedi penderfynu fod hynny'n beth gwirion iawn i'w wneud.

"Ia, dyna ti. Wel, mae cynhesu'r cyhyrau'n bwysig iawn cyn gneud unrhyw ymarfer corff. Os nad wyt ti'n cynhesu'r cyhyrau, mae peryg iddyn nhw rwygo wrth i ti roi straen arnyn nhw wedyn. Nid jest mewn cystadleuaeth fel hyn ond mewn unrhyw fath o chwaraeon. Gwyliwch chi'r chwaraewyr cyn gêm bêl-droed neu ar ddechrau gêm dennis. Maen nhw i gyd yn gorfod cynhesu. Jest 'run fath â Mam – a Mandy fan'cw."

"Ond pam mae hi'n edrych mor oer?" holodd Cara eto. Roedd y cyfeiriad at Mandy wedi ei hatgoffa na chafodd ateb digonol i'w chwestiwn gwreiddiol.

"Wel, ar ôl mynd i'r fath drafferth i gynhesu ei chyhyra', dydi hi ddim isio'u hoeri nhw eto, nac ydi?"

Siglodd Cara ei phen yn araf ond wedyn trodd ei llygaid i edrych i fyny ar ei mam, heb na chôt weu na fflîs na siaced na dim dros ei fest cystadlu pinc.

"Pam dydi Mam ddim yn oeri, ta?" holodd yn ddigon rhesymol.

"Dw *i* yma i gadw Mam yn gynnes, dydw?" meddai Aled efo gwên enfawr, gan wasgu Mei nes y bu bron iddi wichian.

Chwerthin wnaeth Carwyn a'i rieni ond roedd Cara'n dal i syllu'n ddyfal ar Mandy wrth i honno ddechrau diosg rhai o'r cotiau gweu yn barod i gamu ymlaen ar gyfer y gystadeuaeth gyntaf, y codi boncyff. Wrth iddi blygu i lawr i roi'r resin ar ei dwylo, digwyddodd godi ei llygaid i edrych i wyneb bach eiddgar Cara a gwenu. Hanner-gwenu wnaeth y fechan mewn ateb cyn codi ei golygon at ei thad i'w holi eto,

"Ond pam mae hi'n gwisgo'r holl baent yna ar ei gwyneb, Dadi? Ydi hwnnw i'w chadw hi'n gynnes hefyd?"

Am unwaith, doedd gan Aled ddim ateb parod. Trodd ei lygaid tywyll yntau at ei wraig i ymbil am waredigaeth ond doedd ganddi hi ddim ateb chwaith. Am unwaith doedd gan y ffaith ei bod yn edrych braidd yn binc ddim i'w wneud â'r *niacin flush* a ddeuai ar ôl cymryd y powdwr magu cyhyrau! Roedd y ddau ohonyn nhw'n agos iawn at bwffian chwerthin a Cara a Carwyn yn dal i edrych arnyn nhw'n ddisgwylgar pan ddaeth Tony i nôl Mei at ei chystadleuaeth gan roi esgus arall i Aled gusanu ei wraig a chyfle wedyn i droi'r sgwrs.

Roedd Mei wedi bod yn siomedig pan gyrhaeddodd hi'r bore hwnnw i weld cyn lleied o gystadleuwyr cyfarwydd oedd yno. Tony oedd wedi mynnu y dylai hi ehangu ei gorwelion a chystadlu ymhellach oddi cartref er mwyn miniogi ei hanian gystadleuol os oedd hi am fynd am y gystadleuaeth fawr ym mis Mai. Roedd o wedi rhyw led-awgrymu ei bod hi'n ei chael hi'n rhy hawdd, yn ennill yn rhy aml yn ei hardal arferol, ardal oedd yn cyfateb yn fras i Ogledd Cymru a Swydd Gaerhirfryn a Swydd Gaer.

Roedd Tony wedi lled-awgrymu hefyd y basai'r gystadleu-aeth yma'n denu dipyn o'r enwau mawr a rhoi cyfle i Mei gystadlu yn erbyn goreuon Prydain. Ond roedden nhw wedi dod i ddeall yn ystod yr wythnos nad felly y byddai ac yn y diwedd cystadleuwyr lleol o Ogledd Lloegr a De'r Alban oedd yno. Efallai ei bod hi braidd yn fuan yn y tymor i bobol fod yn teithio'n bell i gystadlu – wel, pawb ond y nhw! Roedd Mei yn gwybod cyn iddi fynd i godi'r Cerrig Atlas mai hi fyddai enillydd y merched, a hynny gyda dwy gystadleuaeth i fynd.

Wrth gwrs, roedd hi wastad yn braf ennill ac roedd pob gwobr ariannol yn helpu'r coffrau, er bod Mei wedi gwario mwy ar y stondin dabledi a phowdrau maeth y diwrnod hwnnw nag a enillodd hi. Ond roedd ennill yn golygu fod yn rhaid aros tan y diwedd un ar ôl darfod cystadlaethau'r dynion i dderbyn ei gwobr a chael tynnu lluniau ar gyfer y wasg leol ac ati, ac nad oedd modd cychwyn am adref tan chwarter i chwech. Ac wedyn roedd yr efeilliaid wedi cysgu yn y fan ac roedd Carwyn wedi deffro isio pi-pi ac isio bwyd fel roedden nhw'n saethu heibio eglwys Bodelwyddan, a hynny wedi deffro Cara a honno'n andros o biwis.

Y drefn arferol wrth ddychwelyd fel hyn o gystadleuaeth oedd picio â Tony i'w gartref mewn pentref cyfagos cyn mynd adref eu hunain. Ond gan fod swnian yr efeilliaid yn ddigon i wylltio sant erbyn cyrraedd y gylchfan ar gyrion y dref, fe benderfynwyd gollwng Mei a'r ddau fach yn eu cartref nhw'n gyntaf.

"Os medri di 'u bwydo nhw a'u setlo nhw'n o handi," meddai Aled, "mi bicia i â Tony adra a chodi cyri ar y ffor' nôl drwy'r dre'. Dim ots am y cynllun maeth heno – gei di redeg dwy filltir fach ecstra fory!"

Pum munud yn ddiweddarach, roedd Mei, Cara a Carwyn yn sefyll ar stepen eu drws ffrynt yn codi llaw ar gefn y fan yn diflannu rownd y gornel. Doedd Aled ddim wedi dod allan o'r fan nac wedi gwagio dim o'r geriach o'r cefn, dim ond weindio ei ffenest i lawr i dderbyn sws ddagreuol yr un oddi wrth yr efeilliaid ac i roi sws fach sydyn i'w wraig.

Popeth yn dda. Heblaw fod Cara a Carwyn yn gyndyn o setlo'n handi. Roedden nhw wedi gadael y rhan fwyaf o'u swper – dim rhyfeddod ar ôl yr holl sothach roedden nhw wedi ei fwyta yn ystod y diwrnod. Roedden nhw wedi cael nifer o storïau, rhai newydd sbon i ddechrau ac wedyn yr hen ffefrynnau. Ond doedd dim yn tycio. Dal i swnian isio gweld Dadi roedden nhw.

Y strategaeth eithaf a ddefnyddiai Mei pan nad oedd dim arall yn tycio oedd cau'r drysau fel na allai hi eu clywed a gadael i'r ddau ohonyn nhw swnian nes i gwsg gymryd drosodd. Penderfynodd wneud hynny rŵan, gan ddweud wrthi ei hun y byddai hi'n gadael iddyn nhw am chwarter awr cyn mynd i weld a oedden nhw'n iawn. Ac yn y cyfamser gallai roi dillad y plant i'w golchi a gosod bwrdd y gegin ar gyfer y cyri. Siawns y byddai Aled yn ei ôl cyn hynny beth bynnag. Fyddai clywed y fan yn troi i'r iard a sŵn ei draed ar lawr y gegin yn ddigon i ddechrau'r ddau fach i swnian eto, tybed?

Plygodd Mei'n flinedig i hel y dilladau bychain ar lawr y landin a dechreuodd ar ei ffordd i lawr y grisiau, â sŵn nadu Carwyn a gwichian Cara yn ei chlustiau. Tasai yna giw yn y lle cyri ac Aled yn gorfod disgwyl am dipyn yna fe fasai yna obaith y byddai'r ddau fach wedi cael gafael ar eu cwsg ac y caen nhw ill dau lonydd i fwynhau eu cyri ac ychydig o gwmni ei gilydd.

Er iddi geisio dal allan yn hwy, deng munud gymerodd hi i Mei roi'r dillad yn y peiriant a gosod y bwrdd a gwagio'r peiriant golchi llestri a phlygu golchi ddoe. Ac wedyn fedrai hi ddim dal mwy. Sleifiodd i fyny'r grisiau i glustfeinio wrth ddrysau'r plant, a chlywodd wrth y ddau ddrws sŵn anadlu rhythmig y math o gwsg pêr nad yw'n bosibl i neb ond plant. Hwrê. Diolch byth.

I lawr yn y gegin gefn, berwodd y tegell i wneud paned i ladd amser nes y deuai Aled. Tynnodd ei hesgidiau ac ymestyn ar ei hyd ar y soffa i wylio'r newyddion tra'n ei ddisgwyl. Edrychodd ar ei wats gwpwl o weithiau a gwenodd. Os oedd yna giw maith yn y lle cyri, diolch i'r drefn mai Aled amyneddgar oedd yno. Fe fasai hi wedi hen alaru ac wedi dod adre ac agor tun o rywbeth.

A rhywle ar ganol ei phaned ac ar ganol y newyddion, roedd hi wedi pendympian ar y soffa. Chlywodd hi mo sŵn yr injan oddi allan na'r teiars yn troi i mewn i'r iard. Y peth cyntaf a glywodd hi oedd cnoc ar y drws. Deffrodd yn ddryslyd. Beth oedd hwn'na? Cnoc ar y drws ffrynt? Yr adeg yma o'r nos? Edrychodd ar ei wats. Roedd hi ymhell wedi un ar ddeg y nos.

Daeth y gnoc eto. Llwyddodd Mei i ymsythu a llusgo'i thraed at y drws i'w agor. Aeth cannoedd o feddyliau drwy ei hymennydd yn ystod y deuddeg cam hynny, pob un yn waeth na'r un o'i flaen. Erbyn iddi droi dwrn y drws i'w agor roedd hi'n gwbwl effro ac yn barod ar gyfer gweld yr heddwas a'r heddferch oedd yn sefyll oddi allan.

Daeth newyddion tri ar y radio a hithau ddwy stryd o'r ysgol. Damia! Hwyr eto. Ar adegau fel hyn roedd Mei'n difaru na fasai hi'n dal i yrru'r car bach gwyn. Fe fasai hwnnw wedi medru gwasgu rhwng y ceir oedd wedi eu parcio ar y chwith a'r hen greadur oedd yn gneud smonach o barcio ar y dde. Ond yn yr hongliad peth mawr yma doedd dim amdani ond disgwyl yn amyneddgar i'r pensiynwr droi a sythu rhyw hanner dwsin o weithiau eto.

Doedd hi ddim y ddwytha', diolch i'r drefn. Roedd yna hanner dwsin o blantos eraill yn esgus chwarae ar y cowt, gyda'u llygaid yn cadw golwg cyson ar y giât. Roedd yna fymryn o gryndod wedi dod i wefus isaf Carwyn ond dim dagrau eto. Dwrdiodd Mei ei hun am beidio â sicrhau ei bod yno mewn da bryd. Doedd yr efeilliaid wedi gweld digon o newidiadau ac ansicrwydd yn y deufis dwytha'? Yr oll roedd gofyn iddi hi ei wneud oedd bod oddi allan i'r ysgol am dri. Roedd mamau eraill yn llwyddo i'w wneud o.

Gwthiodd y giât ar agor a phlygodd yn ei chwrcwd â'i breichiau ar led i'r ddau redeg ati i'w cofleidio. Unwaith roedd pedair braich fechan ynghlwm yn dynn am ei gwddf, cododd ar ei sefyll a'u gwasgu ati. Dyna un peth doedd y mamau eraill ddim yn medru ei wneud, beth bynnag! Chwarddodd y ddau dros y lle a chawsant eu cludo felly at y cerbyd – fedrai Mei ddim meddwl amdano fel car er mai dyna beth oedd o yn ôl y gwneuthurwyr.

Wedi strapio Cara a Carwyn yn sownd yn eu seddau, gyrrodd y tri chwarter milltir adref mewn ychydig funudau. Wrth reswm, doedd yna ddim faniau'n dadlwytho na phensiynwyr yn parcio na dim i'w rhwystro ar y ffordd nôl.

Cymerodd Mei ofal i barcio yn y man mwyaf hwylus ar gyfer llwytho yn y bore cyn rhyddhau'r efeilliaid. Ffrwydrodd y ddau i mewn drwy ddrws y gegin, i fyny'r grisiau ac am y llofft ffrynt. Erbyn i Mei ddal i fyny efo nhw roedd y ddau'n eistedd ar erchwyn gwely eu tad ac yn gweiddi ar draws ei gilydd am ei sylw. Ac roedd Siân, y nyrs, yn crefu arnyn nhw i fod yn ofalus i beidio â gwasgu rhyw beipen neu'i gilydd na thynnu rhywbeth arall – ond doedd yr un ohonyn nhw'n gwrando dim arni. Roedden nhw'n rhy brysur yn dweud beth gawson nhw i ginio a sut roedd Sioned wedi disgyn ond ddim wedi crïo a Gerwyn wedi cael ffrae am ddweud gair drwg.

Fedrai Mei ddim llai na rhyfeddu at allu'r plant i ddygymod â'r hyn oedd iddi hi'n erchylltra a gwae. Efallai y deuai hithau ryw ddydd i arfer efo'r tiwbiau a'r peiriannau a'r aroglau a'r synau a ddeuai ohonyn nhw ac o'r hyn oedd yn weddill o Aled. Ond ar hyn o bryd doedd ganddi ddim llai na'u hofn nhw. Er iddi gael ei hyfforddi sut i ddelio â'r holl gyfarpar a beth i'w wneud mewn unrhyw argyfwng, treuliai ei holl amser yn pryderu fod rhyw diwb am flocio neu rhyw falf am gau ac y byddai einioes fregus Aled yn cael ei dwyn oddi arno a hithau'n ddiymadferth i'w helpu.

Nid felly'r plant. Siawns ei fod yn llawn cymaint o ddychryn iddyn nhw ag yr oedd i Mei i weld eu tad yn swp o gnawd diffrwyth na allai wneud dim o'r pethau yr arferai eu gwneud drostyn nhw. Ond os oedden nhw'n araf i ddeall na fedrai o symud ei goesau i redeg ar eu holau na symud ei freichiau i'w codi nac i estyn pethau iddyn nhw na hyd yn oed ddal y llyfr stori, unwaith y deallon nhw nad oedd ond angen iddyn nhw ddal y llyfr fel y medrai o ddarllen ohono, roedd popeth yn iawn wedyn. Tra oedd Mei yn ei gweld hi'n anodd cofio mai Aled oedd y swp llipa, drewllyd yng nghanol y tiwbiau a'r dechnoleg, roedd Dadi'r un i'r efeilliaid ag y bu erioed, a'r tiwbiau'n ddim ond rhwystrau i ddringo drostyn nhw i fynd yn nes at ei wyneb annwyl. Ei wyneb, wrth gwrs, oedd yr unig beth oedd yn dal i fod yn Aled.

Roedd hyd yn oed ei lais wedi altro. Un o'r pethau mwyaf deniadol amdano gynt oedd y llais yna. Gallai Mei gofio rhyfeddu at ei lais pan gyfarfu â fo gynta' y bore Llun hwnnw yn y banc. Fel pawb arall gwelodd lipryn main efo ysgwyddau cul a brest gulach. Ond o'i geg daeth llais dwfn, llyfn, cryf oedd yn swnio fel pe bai'n cael ei gynhyrchu mewn brest eang, gyhyrog, dan ysgwyddau llydan, cadarn. Ella fod Aled yn edrych fel Adrian Mole ond roedd o'n swnio'n debycach i Tarsan neu Siwpyrman.

Ac roedd o'n llais secsi ofnadwy. Wrth iddyn nhw syrthio mewn cariad ac wrth i'w perthynas ddwysáu, daeth Mei i arfer â theimlo'i pherfedd yn troi'n hylif poeth pan fyddai hi'n ei glywed, yn enwedig pan fyddai o'n gwneud ensyniadau rhywiol yn agos iawn at ei chlust. Ond rŵan, mwy na thebyg oherwydd y peiriant oedd yn anadlu drosto neu osgo annaturiol ei ysgwyddau ers yr anafiadau i'w gefn, neu gyfuniad o'r ddau, roedd llais Aled yn uchel ac yn fain fel llais llanc anaeddfed.

Ac, am ryw reswm, roedd colli ei lais yn fwy anodd i Mei ddygymod â fo na cholli'r defnydd o'i goesau a'i freichiau. Teimlai ei hun yn gwingo wrth ei glywed yn siarad fel y gwnâi rŵan â'r plant. Ceisiodd guddio'r gwingo hwnnw ond gwyddai na fedrai hi byth gadw dim oddi wrth Aled. Ac roedd hynny rŵan yn loes calon iddi.

Roedd Siân yn dal i hefru am y beipen o'r peiriant anadlu a thraed Carwyn arno. Stryffaglu efo'r union beipen honno oedd wedi gwneud Mei mor hwyr yn gadael i nôl y plant, felly doedd hithau chwaith ddim isio i honno ddod yn rhydd eto.

"Tyrd i mi dy symud di'n nes," meddai wrtho'n dawel, gan ei godi fymryn yn uwch ar y gwely fel bod ei draed yn ddigon pell oddi wrth unrhyw gyfarpar meddygol. "Dyna ni! Rŵan ta, darllenwch chi stori efo Dadi tra mod i'n gneud swper."

A brysiodd i lawr i'r gegin. Roedd yn rhaid iddi fwydo'r plant ac Aled hefyd cyn i Siân orffen am hanner awr wedi pedwar. Ac wedyn fe fyddai hi'n eistedd ei hun wrth wely Aled nes i'r nyrs nos gyrraedd a rhoi cyfle iddi baratoi'r ddau fach ar gyfer mynd i'w gwlâu. Ac ar ôl hynny, fe gymerai ddwy ohonyn nhw, y nyrs a hithau, i llnau tiwbiau a molchi a newid Aled cyn ei setlo yntau i gysgu gyda chymorth cyffur go gry'.

Roedd yr holl redeg ac ymarfer a magu cyhyrau yna'n

talu ar ei ganfed rŵan. Er bod yr Awdurdod Iechyd lleol wedi addo hoist arbennig ar gyfer codi Aled i mewn ac allan o'i wely a'i gadair olwyn, doedd o byth wedi cyrraedd. Oni bai am ei chryfder anarferol, oedd yn ei galluogi i godi a symud y corff marwaidd, trwm, fe fasai hi'n fisoedd lawer cyn y basai Aled wedi medru dod adre'.

Na, doedd y straen corfforol yn mennu dim ar Mei. Roedd gallu gwneud rhywbeth ymarferol i helpu Aled yn gysur iddi. Bron nad oedd yn ffordd o dalu'n ôl iddo am yr holl gefnogaeth a gawsai hi ganddo fo dros yr wyth mlynedd ddwytha'.

Ond peth arall oedd y straen meddwl. Pan gyrhaeddodd hi'r ysbyty'r noson ofnadwy honno, meddyliai fod popeth ar ben. Erbyn iddi fedru cael ei mam draw i fod yno rhag ofn i'r efeilliaid ddeffro, roedd hi'n ddwy awr wedi'r ddamwain erbyn iddi hi gyrraedd yr ysbyty. Ond roedd hi wedi cymryd dros awr i dorri Aled o weddillion y fan ac felly newydd gyrraedd oedd yntau, yn waed i gyd fel darn o gig ffres yn siop y cigydd neu rywbeth wedi ei larpio gan lwynog.

Ychydig a wyddai hi bryd hynny mai dechrau gofidiau oedd y noson honno. Heblaw am y pryder parhaus fod Aled yn sicr o farw pe symudai hi oddi wrtho am hanner eiliad, roedd problemau ariannol yn pwyso beunydd. Er mai cau'r cwmni offer swyddfa fasai wedi bod gallaf, roedd hi'n gyndyn o wneud hynny tra oedd llygedyn o obaith y gallai hi neu Aled neu'r ddau ohonyn nhw rywsut weithio i'r cwmni rywbryd yn y dyfodol. Ond roedd cyflogi dau aelod o staff i gadw i fyny â'r gwaith yn cymryd yr arian fasai wedi talu am drydedd nyrs i roi'r gofal pedair-awr-ar-hugain roedd ar Aled ei angen. Golygai hynny fod yn rhaid i Mei – ac felly'r plant hefyd – fod efo Aled am bedair awr gyda'r nos a phedair awr yn y bore. Ac ni feiddiai Mei hyd yn oed bicio i'r lle chwech yn ystod y cyfnodau hynny rhag ofn i diwb neu beiriant ddiffygio.

Prin roedd hi wedi plicio dwy dysen, gan glustfeinio o hyd i sicrhau fod sŵn llais newydd Aled i'w glywed yn darllen i'r plant, nag y daeth ei mam drwy ddrws y gegin.

"Sut mae o heddiw?" gofynnodd, fel pe bai o'n dioddef o'r ffliw ac yn debygol o wella a chryfhau o ddydd i ddydd.

Bu bron i Mei ddadwneud yr holl gynnydd fu yn ei pherthynas â'i mam ers y ddamwain trwy ateb fod Aled yn brysur yn ymarfer ei symudiadau salsa ond brathodd ei thafod a dweud ei fod yr un fath ag arfer.

"Mae o'n darllen stori i Cara a Carwyn. Dach chi isio mynd i fyny?"

Ond gwyddai Mei mai gwrthod a wnâi ei mam. Doedd Olwen Owen ddim yn gallu dygymod efo gweld Aled fel yr oedd o rŵan. Roedd hi wedi bod yn daer yn erbyn y syniad o'i gael o gartref lle byddai'r efeilliaid yn ei weld o "fel yna". Ond roedd hi'n llawer haws ganddi ddelio â'i merch fel yr oedd hi rŵan, yn gaeth i'w thŷ a'i theulu ac angen pob cymorth i ddelio â chyflwr truenus ei gŵr.

"Gymera i drosodd yn fa'ma, os leci di, i ti gael mynd atyn nhw."

"Iawn. Mi fedra i adael i Siân fynd adre fymryn yn gynt gan eich bod chi yma."

Wrth gwrs, roedd dweud wrth Siân y câi hi fynd yn fuan yn golygu bod raid datgelu fod Nain Penucha' yn y gegin ac fe ddiflannodd y ddau fach fel mellt heb ddisgwyl am ddiwedd y stori. Roedd hynny'n gadael Mei ac Aled eu hunain. Ac roedd hi'n gwybod i'r dim i ble y basa fo'n troi'r sgwrs.

"Pam na fasat ti 'di gada'l Siân efo fi a mynd i'r jym am awran? " gofynnodd y llais rhyfedd hwnnw'n syth bin. " Ti'n talu digon iddi hi. Mi fasa dipyn o amsar i ti dy hun yn gneud byd o les i ti."

"Fedra i ddim meddwl mynd i'r jym, Aled. Ti'n gw'bod hynny. Dwi wedi treulio cymaint o orie yno efo Tony. Mi faswn i'n 'i weld o ym mhob man yna."

"Meddwl hynny wyt ti. Dwyt ti ddim yn gw'bod, nag wyt? Dim nes i ti drïo mynd yno."

"Fedra' i ddim, Aled. Wir yr. Ocê?"

"Ond fedri di ddim rhoi'r cwbwl heibio. Jest am 'y mod i fel hyn. Mae hi'n ddigon anodd gw'bod 'y mod i 'di difetha 'mywyd fy hun heb orfod byw efo difetha dy fywyd di hefyd."

"Dwyt ti ddim . . ."

"Do, os 'nei di ddim cario 'mlaen i gystadlu."

Wnaeth Mei ddim ateb. Roedden nhw wedi ailadrodd y sgwrs yma droeon. Welai hi ddim pwrpas rhygnu ymlaen ar hyd hen rigol.

"A be am Tony?"

Roedd hi'n gwybod mai dyna fasai ei eiriau nesa' ond roedden nhw'n dal i'w gwylltio hi'n gacwn. Teimlai am ennyd fel rhwygo'r pibellau ohono a'i adael yno i dagu fel pysgodyn ar dorlan.

"Paid, plîs, Aled . . ."

"Tasat ti ond 'di bod yno, yn sownd yn y fan 'na, fel ro'n i. Yn gorwedd yn fan'na, â'i waed o'n dripian drostat ti, yn methu stopio'r gwaed. Yn gneud i mi addo gneud yn siŵr dy fod yn dal ati, yn deud dy fod ti'n haeddu ennill . . ."

"Stopia. Aled. PLÎS".

Ac am y tro cyntaf ers y ddamwain, y tro cyntaf ers i Tony farw yn y ddamwain, y tro cyntaf ers ei droi'n ddim byd ond baich ar bawb roedd o'n eu caru, gadawyd Aled ar ei ben ei hun efo'r peiriannau oedd yn ei gadw'n fyw.

Canodd y larwm am bump. Yn yr eiliadau hyfryd hynny rhwng cwsg ac effro ymestynnodd Mei ei llaw yn y gwely mawr i ymbalfalu am gynhesrwydd corff Aled. Ac yna, yr un mor greulon heddiw â phob bore arall, daeth clec y cofio. Doedd Aled ddim yn cysgu efo hi yn y gwely mawr ddim mwy. A tasai hi'n dod i hynny, doedd ei gorff o ddim yn teimlo'n gynnes chwaith y dyddiau yma, ond yn debycach i'r toes chwarae oer, anghynnes hwnnw a brynai hi i'r efeilliaid mewn melyn a choch llachar a phiws.

Yna, ar y bore arbennig hwn, daeth clec arall o gofio. Doedd ganddi hi ddim amser i lolian hyd fa'ma'n hel meddyliau am y gwynfyd a fu. Roedd ganddi filoedd o bethau i'w gwneud a doedd hi ddim yn siŵr fedrai hi eu gwneud nhw – na chwaith yn gwybod oedd hi isio'u gwneud nhw. Ond roedd hi wedi addo. Ac roedd hi'n ormod o ferch ei thad i dorri addewid.

Tynnodd hen dracwisg flêr amdani a tharodd ei phen rownd drws y llofft ffrynt. Roedd Aled yn cysgu'n drwm a'i beiriant yn anadlu'n rhythmig braf. Roedd y nyrs nos yn darllen nofel Mills & Boon ond cododd ei phen i amneidio pan wnaeth Mei ystum yfed paned arni o'r drws.

Fel arfer, fe fyddai Mei'n trysori rhyw chwarter awr bach tawel ar ei phen ei hun ben bore fel hyn, cyn i holl fwrlwm y dydd ddechrau. Ond doedd dim amser heddiw i gael munud o lonyddwch – byddai'n rhaid iddi gael popeth yn barod ar gyfer y siwrnai a chael Aled wedi ei drin a'i lanhau a'i ddodi yn ei gadair olwyn cyn i Beti'r nyrs orffen am chwech – roedd hi wedi ei chyflogi am awr ychwanegol y bore abennig yma jest i'r perwyl hwnnw.

Wrth gwrs, fe gafodd Mei, fel pob un o'r cystadleuwyr eraill, gynnig ystafell foethus yng ngwesty Portmeirion, wedi ei thalu amdani gan Gwmni SoSo, y cwmni teledu oedd yn noddi'r holl jamborî, ac roedd Aled wedi bod yn daer y dylai hi dalu am nyrsys ychwanegol a mynd ei hun i baratoi a chystadlu a mwynhau'r cinio gwobrwyo ac ati.

"Mi wnâi les i ti gael amser i ffwrdd oddi wrth . . . hyn i gyd," meddai. Pe bai ganddo'r defnydd o'i ddwylo, buasai wedi gwneud ystum i gwmpasu ei hunan a'r holl geriach o'i gwmpas. Heb ddwylo, gwnaeth yr un ystum â'i lygaid a chyhyrau ei foch ond effaith hynny oedd peri i'r hen gudyn gwallt anwadal hwnnw ddisgyn dros ei lygad unwaith eto. Pob tro y digwyddai hynny, cofiai Mei fel y byddai'n codi ei law gannoedd o weithiau bob dydd i'w wthio'n ei ôl. Gwyddai mai'r peth gorau i'w wneud fasai torri ei wallt yn gwta fel na ddisgynnai'r cudyn o hyd i'w hatgoffa'n gyson o'r hyn a gollwyd ond, rywsut, fedrai hi ddim.

Gyda blaen ei bysedd, gwthiodd ei wallt o'i lygaid a dododd gusan ysgafn ar ei foch.

"Ga' i d'atgoffa di mai chdi sy 'di swnian a swnian nes i mi gytuno i fynd i'r gystadleuaeth 'ma i 'neud ffŵl ohonof fy hun ar ôl bod heb baratoi ers misoedd . . ."

"Dwi 'di gneud 'y ngorau i dy helpu di i gadw dy nerth i fyny! Yli faint o ymarfer codi pwysa' dwi 'di roi iti!"

"Ie, wel, ond dydi o ddim yn gynllun ymarfer strwythuredig, nac ydi? Beth bynnag, ti sydd yn mynnu mod i'n mynd, felly mae'n rhaid iti ddod i 'nghefnogi fi! Mae'n rhaid i ni ddechrau defnyddio'r wagon grand a'r gadair ddrud 'ma i rywbeth heblaw tripiau i'r 'sbyty."

Ond doedd hi ddim yn ymarferol meddwl am drefnu i Aled aros mewn lle heb ei addasu, felly trip undydd fyddai hwn. Roedd y technegydd yn ffyddiog y byddai dau bac pŵer ar gyfer y gadair a'i pheiriant anadlu integredig yn ddigon, ond roedd Mei wedi mynnu cael benthyg trydydd pac am y penwythnos. Rhag ofn.

Ac wedi gwneud y penderfyniad, roedd Mei wedi mynnu edrych ar y trip fel rhywbeth i dreialu cyfarpar Aled. Pwrpas eu diwrnod ym Mhortmeirion oedd gweld sut roedd Aled a'r gweddill ohonyn nhw'n dygymod â'r holl geriach a ffwdan. Nid mynd yno i gystadlu roedd hi bellach.

Erbyn hyn, doedd cystadlu go iawn ddim yn bosib. Pe bai hi wedi medru cadw at y drefn o ymarfer chwe awr bob diwrnod, pe bai hi wedi medru cadw at y cynllun maeth i fagu cyhyrau a lleihau braster, pe bai ganddi Tony yno i'w phlagio'n barhaus i ddal ati, efallai y basai hi wedi medru cystadlu ac ennill. Roedd Tony wedi bod yn ffyddiog y basai hi'n ennill.

"Dy flwyddyn di ydi hi 'leni 'ma," meddai fo droeon. "Rwyt ti'n barod ar gyfer yr Un Fawr."

Ond heb y paratoi corfforol a meddyliol, a heb Tony, doedd hi ddim yn barod bellach. Ond yng nghanol yr holl firi a phryder wedi'r ddamwain, roedd hi wedi anghofio tynnu ei henw yn ôl. A rŵan, os oedd cymryd rhan mewn cystadleuaeth nad oedd ganddi obaith mul mewn Grand National o'i hennill yn ffordd o gael Aled i wynebu'r byd unwaith eto o'r diwedd, yna doedd dim arall amdani. Roedd Aled, wrth reswm, yn credu y basen nhw'n mynd yn ôl fory ar gyfer gweddill y cystadlaethau ond doedd gan Mei ddim bwriad dychwelyd. Gwyddai o'r gorau y basai hi gymaint ar ei hôl hi ar ôl y pedair cystadleuaeth gyntaf na fyddai yna bwrpas yn y byd mynd yn ôl i gystadlu ar y pedair arall fory.

Ac roedd cyflwr Aled yn esgus perffaith dros dynnu allan cyn yr ail ddiwrnod. Fel roedd ei gyflwr wedi bod yn esgus da dros beidio ag aros yn y gwesty efo'r lleill a chael ei hatgoffa o'r hen gwmnïaeth ddifyr nad oedd hi'n bosib iddi fod yn rhan ohoni bellach. Aled oedd bwysicaf rŵan, atgoffodd Mei ei hun am y canfed tro.

Torchodd ei llewys a bwriodd iddi. Erbyn chwech o'r gloch, roedd Aled yn ei gadair olwyn wrth y drws cefn a Beti'n cynnig aros am chwarter awr arall – yn ddi-dâl hefyd! – i Mei gael codi a gwisgo a bwydo'r efeilliaid. Felly am chwarter awr wedi chwech pan gerddodd Beti drwy'r drws gyda'i nofel garu a'i gweu yn ei bag plastig gwyn roedd Carwyn a Cara'n brysur yn colli Coco Pops hyd fwrdd y gegin ac Aled yn dweud jôcs lloerig i'w cynhyrfu'n fwy fyth.

Dyna pryd y piciodd Mei i'w llofft i wisgo a hel ei phac ar gyfer y gystadleuaeth. Ers noson y ffrae fawr pan gerddodd hi o'r llofft ffrynt yn ei thymer a gadael Aled ei hun bach am ugain munud bron – a'i gael ar y diwedd yn ddim gwaeth ond yn gwisgo clamp o wên fawr – roedd hi wedi dod i dderbyn nad oedd hi'n bosibl iddi fod wrth ei ochr bob eiliad o bob dydd. Wedi'r cwbwl, roedd Aled yn arwr. Roedd o'n llawer mwy tyff nag oedd o'n edrych. A hefyd, roedd hi bellach wedi dod yn ail natur iddi wrando'n gyson ar sŵn y peiriant anadlu. Fe wyddai ymhell cyn iddo ddigwydd pryd roedd hwnnw am ddechrau nogio.

Teimlai'n rhyfedd iawn wrth wisgo'r gêr a phacio'r bag ar ôl cyhyd. Ond roedd wedi bod yn arferiad ganddi i osod popeth yn ei le yn y bag a disgynnodd yn ei hôl i'r hen arferiad hwnnw heb yn wybod iddi rywsut. Yna, taflodd y bag trwm dros ei hysgwydd, gwisgodd siaced ysgafn a brysiodd i lawr y grisiau. Anfonodd y plant i'r lle chwech a chliriodd y llestri. Yna aeth allan i'r fan a dechreuodd y broses o ostwng y lifft heidrolig i godi'r gadair i'w lle.

Roedd hi wedi troi hanner awr wedi saith erbyn cael Aled a'r efeilliaid yn eu llefydd ac roedd Mei braidd yn hwyr yn codi Siân. Fe fasai hi wedi bod yn haws ei chodi o'i chartre ond fe fynnodd honno ddod at ben y stryd fel pe bai arni ofn i Mei fod yn feirniadol o'i thŷ. Diolch i'r drefn nad oedd hi'n glawio. Yn wir, roedd hi'n argoeli bod yn ddiwrnod braf a phoeth. Byddai'n rhaid i Mei atgoffa ei mam i roi digonedd o eli haul ar yr efeilliaid. Ac ar hynny, fe ffoniodd Mei i ddweud wrth Hywyn ei bod ar fin gadael.

Roedd hi wedyn ar binnau'r holl ffordd am ei bod yn poeni na fyddai hi yno mewn pryd i gofrestru am wyth. Rywsut, roedd hi wedi anghofio nad oedd hi'n malio dim am gystadlu. Prin y dywedodd hi air yr holl ffordd tra oedd Siân yn brysur yn adrodd rhyw hanesion hirwyntog am y dyddiau pan oedd ei phlant yn fân ac Aled yn porthi yn union fel yr arferai wneud efo Tony. Roedd hi bron fel yr hen ddyddiau. Bron.

Wrth lwc, gan ei bod yn Sadwrn penwythnos Gŵyl Banc doedd yna ddim cymaint ag arfer o dyllu'r ffyrdd yng Ngwynedd ac roedd Mei yn parcio ym maes parcio Portmeirion am chwarter i wyth. Roedd Hywyn ac Olwen Owen eisoes yno'n eu disgwyl ac mi gymeron nhw gyfrifoldeb am yr efeilliaid tra gofalai Siân am Aled. Doedd yna ddim i Mei ei wneud ond ysgwyddo ei bag, dangos ei cherdyn cystadlu wrth y fynedfa a mynd at y Sgwâr ar gyfer y cofrestru. Ceisiodd beidio â theimlo i'r byw am nad oedd neb i'w weld ei heisio hi heddiw!

Cyn iddi gerdded hanner ffordd i lawr yr allt tua'r pentref roedd Mandy wedi ei gweld. Clywodd ei henw'n cael ei weiddi ac wedyn roedd Mandy'n ei chofleidio'n beryglus o dynn ac yn holi am Aled a'r plant a phopeth. Ac wedyn daeth Jess a Bernie a nifer o'r hyfforddwyr a gwŷr a mamau a ffrindiau ati i holi'n dawel sut oedd pethau a chydymdeimlo ar ôl Tony, a chyn pen dim roedd Mei'n powlio crïo. Doedd hi ddim wedi sylweddoli cymaint roedd hi wedi colli'r teulu mawr estynedig yma o ddilynwyr y gamp. Dim ond Aled oedd wedi sylweddoli hynny a cheisio dweud wrthi. Ond, wrth gwrs, roedd hi bob amser yn llawer rhy styfnig i wrando ar Aled.

Wedyn roedd rhaid i Mei, fel pob cystadleuydd arall, gofrestru a chael tynnu ei llun yn gwisgo crys-T y gystadleuaeth a rhoi ei sampl pi-pi ar gyfer y prawf cyffuriau a chael ei mwydro efo cwestiynau hollol dwp gan Mabon Blythe ar gyfer ei raglen deledu. Erbyn iddi wneud hynny i gyd a chrwydro i gyfeiriad y safle ar gyfer y gystadleuaeth gynta', y Meini Atlas, wrth ymyl y cerflun o Hercules, roedd hi wedi adennill rheolaeth arni hi ei hun a gallodd wenu a chodi llaw'n hwyliog ar ei theulu oedd wedi cipio safle penigamp y tu ôl i'r clwydi metel.

Roedd yna nifer o gystadleuwyr newydd, anghyfarwydd ymhlith yr hen ffefrynnau fel Buddug a Jess a Bernie ond teimlai Mei hithau fel rhyw sglodyn mewn cawl. Fesul un, edrychodd ar y naw cystadleuydd arall, pob un ohonyn nhw'n closio at ei hyffoddwr neu hyfforddwraig, pob un yn gwrando'n astud ar eu cyngor munud olaf a'r geiriau bach yna o anogaeth allai wneud y gwahaniaeth rhwng llwyddo a methu. A theimlodd hi erioed mor unig yn ei byw.

Ac yna, meddyliodd. Be fasa' Tony wedi'i ddeud pe bai o yno efo hi rŵan. Un peth da am sgwrs ailadroddllyd Tony oedd ei bod yn gwybod ei ddywediadau mor dda, wedi arfer â chlywed yr un cyngor, yr un siarsio, yr un geiriau o anogaeth bob tro nes ei bod yn disgwyl amdanyn nhw.

"Cymer ofal efo'r hen Feini Atlas 'na." Dyna fyddai Tony'n ei ddeud cyn y gystadleuaeth yma yn ddi-ffael. "Nid 'u pwysa' nhw 'di'r broblam, cofia; 'u siâp nhw sy'n 'u gneud nhw'n anodd ca'l gafa'l yn'yn nhw. Y peth pwysig ydi gneud yn siŵr fod dy ddwylo di yn y lle iawn o'r cychwyn un."

A thrwy ailchwarae tâp y geiriau yna yn ei phen drosodd a throsodd nes y daeth ei thro hi i gystadlu, ac eto cyn gafael ym mhob un o'r pum carreg, fe lwyddodd hi i orffen mewn amser reit ddel – nid y cyflyma', wrth reswm – nid hon fu ei chystadleuaeth orau hyd yn oed yn ei hanterth – ond roedd hi ymhell o fod yn ddwytha' chwaith.

Roedd hi'n anodd cadw gwên lydan rhag gorlifo'i hwyneb wrth gerdded draw at ei theulu am bum munud o sgwrs cyn i'r cystadleuwyr gael eu symud at safle'r Bwrw Boncyff. Roedd Carwyn wrth ei fodd yn eistedd ar ysgwyddau Hywyn, a Cara yr un mor ddiddig ar lin ei thad – efo Siân yn cadw llygaid barcud arni rhag ofn iddi wneud niwed i unrhyw offer. A safai Olwen Owen fel delw â'i cheg ar agor, yn methu credu'r hyn roedd hi'n ei weld. Oedd, roedd heddiw'n dipyn o addysg i'r hen Olwen.

"Go dda, rŵan, rhen hogan," gwaeddodd Aled wrth i Mei nesáu atyn nhw. Parodd hyn i ryw gwpwl canol oed gerllaw – oedd, erbyn deall, wedi bod yn syllu ar Aled ers ero fel pe bai ganddo bum pen – ddal eu gwynt fel pe baen nhw wedi gweld rhyw warth neu ryw wyrth. Roedd ei gadair olwyn a'i beiriant anadlu, mae'n amlwg, yn destun rhyfeddod mawr, ond roedd y ffaith fod y fath wrthrych yn gallu siarad yn gwbwl annisgwyl iddyn nhw.

Fu ond y dim i Mei roi pryd o dafod iddyn nhw ond daliodd Aled ei llygad hi mewn pryd. Gyda siglad bychan o'i ben a llawer o rowlio llygaid dramatig i gyfeiriad y cwpwl, fe fynegodd wrth ei wraig mai testun tosturi ac nid testun dicter oedden nhw yn ei farn o.

Ddywedodd Olwen ddim gair wrth ei merch ac er iddi ailadrodd "Wel, ar f'enaid i!" sawl gwaith, wrthi ei hun yn fwy na neb arall y dywedodd hi hynny.

Aeth y Bwrw Boncyff yn iawn a hynny heb newid fawr ddim ar safleoedd neb. Fasai hi ddim wedi dweud hynny ar goedd hyd yn oed wrth ei ffrind pennaf, ond roedd yn rhaid iddi gyfaddef iddi hi ei hun nad oedd codi lwmp mawr hir o bren i fyny a'i daflu fo yn gwbwl wahanol i godi Aled oddi ar ei wely a'i roi yn ei gadair olwyn. Roedd hi'n amlwg wedi bod yn hyfforddi ar gyfer y gamp yma ers misoedd heb yn wybod iddi ei hun! Wrth gwrs, doedd y boncyff ddim yn rhoi gwên fawr lydan a winc iddi ar ôl pob llwyddiant.

Yr unig beth annisgwyl ddigwyddodd yn y gystadleuaeth honno oedd Bernie'n llwyddo i roi clec iddi ei hun ar ei phen efo blaen ei boncyff. Er na wnaeth hi lawer o ffwdan am y peth, roedd y glec i'w chlywed o bell, meddai Aled dros fymryn o ginio. Roedd ganddo fo hefyd lawer i'w ddweud, a hynny'n ddigri iawn, am ryw ffotograffydd druan oedd wedi dod â phriodfab a phriodferch o ryw briodas grand yng Nghastell Deudraeth i sgwâr y pentre' i dynnu lluniau artistig ar gyfer yr albwm ac wedi cael hisi ffit go iawn pan na fedrai gael yr un llun i'w blesio oherwydd bod yna ferched cyhyrog yn llenwi pob twll a chornel o'i gefndir!

"Dach chi'n mwynhau, Mam?" holodd Mei. Gwyddai na ddylai ei herian ond fedrai hi ddim maddau.

"Wel, mae o'n sicr yn ddiwrnod allan go wahanol, yn dydi?" atebodd hithau. "Ac mae'r plant wedi bod yn dda ofnadwy."

Y Cynnal Cleddyfau oedd un o gystadlaethau gorau Mei wedi bod erioed a chafodd andros o hwyl arni eto heddiw; ei hamser gorau erioed. Unwaith eto bu raid iddi gyfaddef fod ei rôl newydd fel gofalwraig Aled wedi cryfhau rhan uchaf ei chorff yn fwy effeithiol nag oriau lawer o ddyrnu peiriannau'r gampfa. Ac am nad oedd ennill mor bwysig iddi mwyach, doedd yna ddim tyndra i achosi'r hen gryndod yn y cyhyrau a wnâi i'r cleddyfau wegian. Teimlai Mei ryw lonyddwch bodlon a'i caniataodd i ddal ati'n llawer hwy nag erioed o'r blaen.

Efallai nad oedd ennill yn bwysig ond roedd gwneud rhywbeth yn eithriadol o dda yn dal i roi boddhad iddi a cherddodd oddi wrth safle'r gystadleuaeth honno fodfedd neu ddwy yn dalach na chynt i dderbyn canmoliaeth wresog Aled a'r plant a Hywyn. Roedden nhw'n dal i ail-fyw ei llwyddiant tra oedd Siân ac Olwen yn trafod rhagoriaethau gwahanol fathau o fleinds pan ddaeth Mei'n ymwybodol o ryw gynnwrf anarferol o'r tu ôl iddi. Trodd i weld Bernie'n gollwng y cleddyfau mawr i'r llawr a tharo ei dwylo dros ei hwyneb. Rhuthrodd draw i weld beth oedd wedi digwydd, gan feddwl efallai fod cacynen wedi ei phigo neu rywbeth.

Doedd yna fawr i'w weld ond pobol yn pentyrru o amgylch Bernie a'i harwain yn dyner i gyfeiriad y safle Cymorth Cyntaf. Roedd y beirniaid – a Delta ar y meicroffôn yn benderfynol o gadw ei chynulleidfa'n ddiddig – yn awyddus i gadw pethau i fynd. Ond doedd yna fawr o hwyl ar y cystadlu am sbel wedyn. Erbyn i'r naw arall ymgynnull ar gyfer yr Heti Heglog am bedwar y pnawn, roedd y newyddion syfrdanol wedi dod o'r ysbyty fod gan Bernie retina rydd, neu a bod yn fwy cywir, dwy retina rydd, ac na fyddai hi'n cystadlu heddiw na fory na byth eto, debyg, gan ei bod bron yn hollol ddall.

Fel roedd ei cheg yn trosglwyddo'r wybodaeth yma i'w theulu roedd ei hymennydd yn mynd ar ei drywydd ei hun. Dyma hi'n dod, meddyliodd. Dyma gyfle iddi baldaruo ymlaen ac ymlaen am ferched yn esgus bod yn ddynion ac yn talu'r pris. Medrai ei chlywed hi cyn iddi ddechrau: tase Bernie ond wedi aros gartre i edrych ar ôl ei gŵr a'i phlant, fase hyn byth wedi digwydd . . .

Ond, er mawr syndod, nid felly y bu.

"Am beth ofnadwy!" ebychodd Olwen.

"Mae o'n gallu digwydd fel ene ar ôl cnoc i'r pen," ategodd Siân, y nyrs brofiadol.

"Glywes i rywbeth ar y radio," cyfrannodd Olwen, "am ddyn ffit – milwr dwi'n meddwl oedd o – gafodd gweir mewn clwb yn Llunden a doedd o fawr gwaeth. Ac wedyn, drannoeth, roedd o'n dreifio i fyny'r M1 ac mi dorrodd y ddwy retina'n rhydd a'i ddallu o yn y fan a'r lle tu ôl i lyw'r car."

"Nefi wen! Beth ddigwyddodd? Gafodd o'i ladd?"

"Naddo, trwy lwc. Mae o rŵan yn cystadlu dros Brydain fel sgïwr dall."

"Sgïwr dall? Ydi hynny ddim yn beryglus, deudwch?"

"Na, mae gynno fo rywun sy'n gweld wrth ei ochr o drwy'r adeg yn rhoi cyfarwyddiade iddo fo. Mae o jest yn dangos beth sy'n bosib, yntydi? Pwy a ŵyr na fydd Bernie'n gallu goresgyn hyn ryw ddydd? A tithe hefyd, Aled," ychwanegodd Olwen, gan osod llaw gysurlon ar ysgwydd ei mab-yng-nghyfraith.

"Dwi'n gwbod dw i'm hannar y boi oeddwn i, Olwen, ond

dwi ddim yn barod eto i gystadlu am deitl Merch Gryfa'
Cymru!"

A chwarddodd pawb. Heblaw Mei oedd yn dal i syllu'n
gegrwth ar ei mam. Roedd hi ar fin mynegi ei syndod pan
ddaeth yr alwad iddi gymryd ei lle ar ddechrau'r Heti
Heglog.

"Wrth gwrs dy fod ti'n mynd!"

O, na, ddim eto!, meddyliodd Mei. Oedd hi ddim yn bryd
i bobol newid eu tiwn a stopio deud wrth gwrs fod yn rhaid
iddi fynd? Chwarae teg, rŵan! Tair gwaith mewn llai na
phedair awr ar hugain!

Er mawr syndod i Mei, ei mam oedd y gyntaf i'w ddweud
o pan gyrhaeddon nhw'n eu holau ar ôl diwrnod cyntaf y
cystadlu ym Mhortmeirion. Roedd y ddwy ohonyn nhw'n
gorffwys dros baned ar ôl stryffaglu i gael Aled i'w wely. Prin
fod Mei'n credu ei chlustiau pan glywodd hi ei mam yn
dechrau dyfalu sut farciau y byddai hi'n eu cael drannoeth.
Cafodd Mei bleser o'r mwyaf yn rhoi stop ar ei chynlluniau
drwy ddweud na fyddai hi'n dychwelyd drannoeth.

"Wrth gwrs dy fod ti'n mynd!" oedd ymateb Olwen.

"Do'n i 'rioed 'di bwriadu mynd fory," atebodd Mei yn
rhesymol ac yn bendant, gan wneud ei gorau i anwybyddu'r
llais bach o'i mewn oedd yn ysu am golli'r ddadl roedd hi ei
hun wedi'i chreu. Wedi'r cwbwl, roedd hi wedi gwneud yn
dipyn gwell na'r disgwyl heddiw a byddai dwy o'i
chystadlaethau cryfaf hi yn digwydd fory. Ac roedd hi wedi
bod mor braf gweld y lleill eto, er gwaethaf beth
ddigwyddodd i Bernie, a basai hi wedi bod yn braf cael
cyfarfod Geoff Capes yn y cinio gwobrwyo ar ôl yr holl
flynyddoedd o glywed Tony'n deud ei fod o'n hen foi iawn.

Ond fasai hi ddim yn deg llusgo Aled allan eto; roedd yn
edrych fel petai o am ddarfod heno.

"Fedri di ddim gadael cystadleuaeth ar ei hanner! Faset
ti'n gadael pobol i lawr. Nid felly y cest ti dy fagu!"

Honno fu ffordd Olwen o gau pob dadl erioed, a doedd gan Mei ddim amddiffynfa yn ei herbyn fel arfer. Ond y tro yma cymerodd anadl ddofn a gwnaeth ei gorau.

"Taswn i ddim wedi bod mor andros o brysur y misoedd dwytha' 'ma, mi faswn i wedi tynnu'n ôl o'r gystadleuaeth, Mam. Ac yna mi ddaeth y pethe drwy'r post ac roedd Aled mor daer isio i mi fynd ac mi weles i 'nghyfle. Roedden ni wedi bod isio ei gael o o'r tŷ ac mi weithiodd fel ffordd i'w gael o allan. A dyna ni! Does dim rhaid mynd â fo eto – a chyn i chi ddeud, dwi ddim yn mynd hebddo fo! Mae o wedi cael sceg heddiw. A beth bynnag, sgen i ddim mwy o'r pacie ar gyfer y gadair olwyn. Ac efo Bernie allan o'r gystadleuaeth, mi fydd hi'n haws i'r trefnwyr aildrefnu'r Tynnu Rhaff os tynna i allan hefyd."

Y geiriau yna oedd ei rhai olaf i fod. Cloi'r ddadl. Dweud dim mwy. Ond unwaith y trodd y cwbwl lot ohonyn nhw arni hi – ei mam, Aled, y plant, ei brodyr, a hyd yn oed Siân y nyrs, roedd Mei wedi ildio. A dyna sut y bu i Olwen ffonio Eryl am ddeg y nos i ddweud wrtho am fynd ar ei union draw i Ysbyty Glan Clwyd i nôl y paciau pŵer.

Ac felly, yn groes i'r graen, yn erbyn ei hewyllys, jest i blesio pawb arall roedden nhw wedi stryffaglu drwy'r holl strach eto ddydd Sul – y gadair olwyn, y paciau pŵer, y fan, yr holl geriach. A mwy fyth ohonyn nhw hefyd gan fod Eryl a Glesni wedi penderfynu dod draw, a Siân wedi mynnu dod i weld gweddill y cystadlaethau er mai Beti oedd yn cael ei thalu am edrych ar ôl Aled. Tase 'na fwy, fe fase Mei wedi gorfod llogi bws.

Ar ôl y fath halibalŵ, roedd y cystadlu'n hawdd. Roedd cystadlaethau gorau Mei ar yr ail ddiwrnod, y Troi Teiar, y Tynnu Rhaff a'i chystadleuaeth orau oll, y Tynnu Tryc ar y diwedd. A chan ei bod hi fel pawb arall yn ddibrofiad yn y gystadleuaeth arbennig i dynnu angor Syr Clough, doedd yna ddim i boeni amdano yn honno chwaith. Aeth drwyddi'n ddi-fai fel y diwrnod cynt trwy ymlacio, dychmygu fod Tony wrth ei hochr, a gwneud y gorau allai hi dan yr amgylchiadau.

Na, doedd y cystadlu ddim yn fwgan. Y bwgan oedd y cyfweliad efo Mabon Blythe. Wrth gwrs, roedd pawb wedi cael gwybod fisoedd yn ôl fod Cwmni SoSo yn gwneud rhaglen ddogfen am y gystadleuaeth ar gyfer S4C ac y byddai gofyn i bob cystadleuydd roi cyfweliad iddyn nhw rywbryd yn ystod y penwythnos. Doedd hynny'n poeni dim ar Mei bryd hynny. Ac wedi iddi benderfynu'n ddiweddar ei bod hi am fynd wedi'r cwbwl, ac ar ôl cael gwybod y byddai ei chyfweliad hi fore Sul, doedd hynny'n poeni dim arni chwaith, oherwydd doedd hi ddim yn bwriadu bod yno fore Sul, nac oedd?

Ond pan oedd hi'n sefyllian efo'i theulu niferus – roedd ei hewythr a'i modryb o Ruthun wedi ymddangos erbyn hynny hefyd – yn gwylio Cara a Carwyn yn cael cystadleuaeth sefyll ar eu dwylo daeth rhyw eneth fain i'w nôl hi ar gyfer y cyfweliad. Edrychodd Mei arni fel pe bai hi'n fwgan go iawn.

"Na, wir, sori, fedra i ddim mynd," meddai Mei.

"Wrth gwrs dy fod ti'n mynd!" meddai Aled.

"Fedri di ddim gadael pobol i lawr fel'na," ategodd ei mam.

"Dach chi isio gweld Mam ar y teli, yn does, blantos?" meddai Hywyn gan beri i Cara a Carwyn gynhyrfu'n lân.

A mynd fu raid. Fel oen i'r lladdfa. Ac roedd o'n iawn, i ddechrau. Cwestiynau digon rhesymol – a digon dwl – fel "A sut wnaethoch chi ddechre cystadlu?" a "Ers faint dach chi wrthi rŵan?" ond fe wyddai Mei y byddai o'n troi at y ddamwain cyn bo hir. A, siŵr i chi, fe ddaeth y foment pan ofynnodd o'r cwestiwn mwyaf twp posibl:

"A sut oeddech chi'n teimlo pan glywsoch chi fod eich hyfforddwr yn farw a'ch gŵr yn hollol fethedig?"

Roedd Mei isio colli ei thymer efo fo. Roedd hi isio gafael yn ei wddf meddal, hunanfodlon a'i wasgu'n galed tra'n sgrechian a phoeri yn ei wyneb, "Sut faset ti'n teimlo'r sbrych?" Ond roedd yna rywbeth am gamera yn gwneud i rywun fyhafio – a hefyd roedd Mei wedi tyfu i fyny gryn dipyn yn ystod y misoedd diwethaf. Ochneidiodd yn ddwfn a bwriodd edrychiad llawn tosturi ar y cyfryngi bach anghynnes.

"Dydi Aled ddim yn gwbwl fethedig, Mr Blythe. Efallai nad ydi ei goesau a'i freichiau'n gweithio ac efallai bod arno fo angen cymorth i wneud rhai pethe ond mae ei ymennydd o mor finiog ag erioed ac mae o'n gefn i mi ym mhopeth dwi'n 'i neud. Ei ddewrder o a'i hiwmor o ac, yn bennaf oll, ei ddyfalbarhad o sydd wedi'i gwneud hi'n bosibl imi gario 'mlaen. Faswn i ddim yma rŵan oni bai amdano fo. A faswn i ddim isio gneud dim byd hebddo fo. Byth."

Ar ôl y cyfweliad hwnnw, aeth Mei ati fel llewes i lusgo'r angor yna. Ac yn y ddwy gystadleuaeth olaf hefyd. Nid drosti 'i hun roedd hi'n brwydro mor daer, nid hyd yn oed i brofi rhywbeth i'w mam – ei phrif gymhelliad mewn bywyd ers cyn cof – ond i Aled. Achos roedd hi wedi dweud y gwir wrth Mabon Blythe, ac o hyn ymlaen fe fyddai hi'n gwneud pob dim er mwyn Aled, fel roedd o wedi gwneud pob dim er ei mwyn hi ers iddo ei chyfarfod.

A rŵan roedd y cystadlu ar ben, a hithau, Meinir Pen Ucha', Mei Tanc, er na fu iddi hyfforddi ers misoedd, ddim ond ychydig farciau ar ôl Tania, enillydd y fedal efydd. Roedd Aled, er yn fwy nacyrd hyd yn oed na neithiwr, wrth ei fodd; roedd y plant wedi cynhyrfu cymaint na chysgen nhw byth eto; ac roedd ei mam newydd ddweud wrthi – am y tro cyntaf ers iddi ddysgu clymu ei chareiau ei hun yn bedair oed – ei bod yn falch ohoni. Ac roedd hi'n gwybod y basai Tony'n falch ohoni hefyd – nid lleiaf am ei fod o'n llygad ei le, fel arfer. Gwyddai Mei y basai hi wedi ennill tasai hi wedi medru parhau efo'r rhaglen roedd o wedi ei dyfeisio ar ei chyfer. Dim dadl.

Ac roedd hynny'n ddigon. Y cwbwl roedd hi isio rŵan oedd pacio'i gêr cystadlu yn y bag am y tro olaf un, llwytho Aled a phawb arall i'r fan a mynd adref i orffwys. Ond O, na!

Pan wnaeth hi feiddio rhannu ei bwriadau ar gyfer nos Sul dawel o flaen y teledu efo'i theulu, y cwbwl wnaethon nhw oedd swnian fod yn rhaid iddi fynd i'r cinio gwobrwyo. Aeth ei mam cyn belled â threfnu i Hywyn ei danfon yn ôl a'i hebrwng adref, rhag iddi flino gormod wrth yrru.

A phan drïodd hi brotestio, beth gafodd hi, yn gôr cydadrodd y tro yma, am y drydedd waith mewn llai na phedair awr ar hugain:

"Wrth gwrs, dy fod ti'n mynd!"

PROFFIL
TANIA LEWIS

Enw:	Tania Lewis
Llysenw:	Tans
Oed:	19
Taldra:	5'10"
Pwysau:	13 stôn 2 bwys
Magu:	Rhwng cegin Nan yn Abertawe a 'stafell sbâr Mam ym Mhontarddulais
Teulu:	Nan, Mam ac Anti Mary
Sêr:	Virgo
Lliw gwallt:	Brown
Hoff gerddoriaeth:	Bob Marley, Amy Winehouse ac Anweledig
Hoff ffilm:	Casino Royale
Hoff fwyd iach:	Tiwna
Hoff sothach:	Bwyd seimllyd Nan
Hoff ran o'r corff:	Cluniau
Cas ran o'r corff:	Bronnau
Swydd:	Myfyrwraig Lefel 'U'Cymraeg, Bywydeg a Ffiseg.
Diddordebau:	Rhedeg, gwrando ar gerddoriaeth a hel clecs 'da Nan
Nifer o flynyddoedd yn cystadlu:	1
Hoff gystadleuaeth:	Fflipo teiers
Rheswm dros gystadlu:	Moyn meistrioli 'nghorff a fy meddwl a jest bod y gore.

TANIA

"Up north? Why the hell are they 'avin it up north?"

'So Steve yn lico teithio. Fydd e'n adrodd yn ei lais dail crin bod rhywbeth fel lastig am ei stumog e, yn gwasgu'n dynn, dynn pan fydd e'n 'muno â'r M4 ac yn gadael Abertawe. Ac eto, ma' fe'n mynd 'da Tania i bob man. Yn gysgod iddi drwy bopeth.

"I'd follow you to the end of the earth, Tans, as long as you don't mind me shaking like a shitting dog every step of the way."

A dyne 'nath e 'fyd. Iste fel y cawr tawel ag yw e wrth ymyl Tania ar y trên yn crynu fel deilen yr holl ffordd lan i'r gogledd. Crynu fel deilen. Sibrydodd Tania'r ymadrodd o dan ei gwynt. Meddyliodd am un arall. Gwyllt fel cacwn. Dychmygodd law chwyslyd ei thiwtor Cymraeg yn naddu'r geirie â'i bin ffelt sgrechlyd ar y ford wen yn y coleg. Llawen fel y gog. Sut 'chi'n gallu gweud os yw 'deryn yn hapus, meddyliodd Tania wrthi'i hun pan ddarllenodd 'sgrifen orawyddus ei thiwtor. Caeodd ei llygaid mewn ymdrech i ddileu'r atgo' o'i meddwl. Doedd ots am yr arholiadau nawr. Agorodd ei llygaid drachefn a gwenu. Crynu fel ci'n cachu oedd Steve druan, doedd ots ganddi beth fyddai'i thiwtor yn ei 'weud.

"You sure you want to go through with this?"

"Minffordd isn't Memphis, Steve. It's not that far."

Ond roedd Tania'n gwybod nad y daith i Bortmeirion oedd yn ei boeni e.

"All I'm sayin' is that you don't 'ave to compete this year. With your exams an' everything."

"You know I 'ave to, Steve . . ."

'So neb yn ei deall hi. Ma' Steve wedi trial sawl tro, ac weithie fe fydd Tania'n credu'i fod e bron 'na. Pan fydd e'n sôn am ei salwch teithio, am y lastig 'na sy'n cydio'n dynn am 'i stumog e, ma' Tania 'da fe'n diodde'r un wasgfa. Fel 'na mae hi'n teimlo'r rhan fwyaf o'r amser, fel 'tai rhyw linyn am ei chanol yn gwasgu, gwasgu hyd nes ei bod hi'n ffaelu cael ei gwynt. Ond fe fydd e'n llacio o dro i dro pan fydd hi'n teimlo'i chyhyrau'n 'mystyn dan bwysau'r ymarferion. Pan fydd yr asid lactig y cronni a phinnau bach poeth yn pricio y tu mewn iddi. Bryd hynny mae'r llinyn fel 'tai'n torri am sbel ac mae hi'n cael anghofio. Anghofio'r gwasgu sy'n ei llethu'n feunyddiol.

"What you need is some feedin'. Look at you. All muscle and no softness. How will you get yourself a man when you look like a man yourself?"

Yr un yw tôn gron ei Nan wrth godi'r reis a chreu mynydd ohono ar blât gwag Tania, cyn gadael i'r cyw iâr lifo'n llyn o saim yn ei ganol. Does 'na'm pwynt i Tania brotestio. Mae'n rhaid iddi fwyta beth mae ei Nan yn ei roi iddi; fyddai neb yn mentro cystadlu 'da'i thafod parod.

"I don't give a damn about your *comp-e-tit-ions*."

Fel 'na 'ma'i Nan yn dweud y gair *competitions,* gan bwysleisio pob sillaf. *Comp-e-tit-ions.* Fel 'tai'n air hollol od ac estron iddi.

Mae Tania'n licio mynd i fflat Nan am ddau reswm; dim ond 'da Nan mae hi'n 'wherthin a dim ond 'da Nan mae hi'n cael teimlo'n ddu. 'So hi'n gwybod pam mae hi'n 'wherthin 'da'i Nan. 'So hi'n gwneud dim ond ei hinsylto hi. Ond mi fydd hi'n 'wherthin. Y 'wherthiniad o grombil stumog. Yr un sy'n peri i freichledau ei Nan i sgrechian am ei garddyrnau a'i bronnau ddirgrynu'n glychau mawr dan ei blows. Yr un y bydd Tania'n cau'i llygaid iddo fe ac yn taflu'i phen am yn ôl i drial dal y dagrau.

"What you laughin 'bout, silly girl?"

Ond fe fydd Nan yn 'wherthin 'da Tania bob amser wrth daro clwt hyd wyneb ei chypyrddau cegin-ogle-sbeis.

Da'th ei Nan draw o Jamaica yn 1948. Deunaw oed oedd hi. Blwyddyn yn iau na Tania, na fyddai'n mentro mynd lawr yr hewl heb Steve. Yn ddeunaw oed fe fentrodd Nan ar fwrdd y *Windrush* ar ei phen ei hunan i 'muno â'i gŵr oedd yn gweithio yn y dociau. 'So hi fyth yn sôn am y profiad. Mae hi'n osgoi siarad am y daith a'i cludodd o Jamaica, heibio Tampico, Havana a Bermuda cyn docio yn Tilbury. Dim ond yn ddiweddar wrth edrych ar yr we y ffindodd Tania'r holl ffeithiau 'ma mas.

"Tell me about Jamaica, Nan. Tell me about where you're from."

Tania'n tywallt paned i'r ddwy ohonynt cyn eistedd ar y stôl, a gwneud ei hunan yn barod i gael ei thrawsfudo i fyd sy'n llwyddo i fywiogi blas gorgyfarwydd y PG Tips.

"Where you're from, child. I'll tell you about where you're from."

Bydd Tania'n gwrando arni am amser, yn lico clywed ei hacen yn tewhau'n fêl wrth sôn am ddaearyddiaeth ei phlentyndod. Kingston. Port Antonio. Constance Spring. Sŵn y tramiau'n llithro hyd McQueen Street. Glas y môr y tu draw i *veranda* ei chartref. Blas y pysgod a goginiai ei Mam gyda'r *yams* sydd bellach i'w cael o Tesco.

"Over fifty years I've been in this country before they see sense to sell good West Indian food!"

"What about the journey over here, Nan, when you were all that time on your own?"

'So Tania'n hollol siŵr pam ei bod hi'n moyn gwybod am y daith, ond mae'r hanes fel darn o gortyn blêr yn ei llaw, a'i bodiau'n ysu i gael plethu a chlymu'r darnau'n dwt 'da'i gilydd. Fel arfer, fe fydd Nan yn llwyddo newid trywydd y sgwrs pan fydd Tania'n holi am y profiad, ond unwaith, mi fentrodd ateb.

"Some fool once said life's all about the journey. Now, I'm not clever, but your Grandfather was, and he once said that the journey is only the prologue to an immigrant's life.

The story begins when he sets foot in his new country".

"But the prologue is integral to the story, Nan . . ."

Roedd Tania'n gwybod ei bod hi wedi'i phechu. Ei Nan oedd piau'r trosiad, nid y hi, a thrwy drial ymddangos yn glyfar roedd ei Nan wedi colli amynedd 'da hi.

"What you using big words with me for? Just because you go to that fancy college doesn't make you clever in my eyes, child . . ."

Trodd ei chefn ar Tania a mynd ati i sgwrio wyneb y cypyrddau glân hyd nes bod y sebon coch yn dwyn yr oglau sbeis o'r gegin.

* * *

"Enw?"

"Sori?"

"Name?"

"Tania. Tania Lewis dwi".

Tania Lewis dwi. Fi. Rhagenw annibynnol. Bydd ei harholiad 'mhen 'mis.

" Dyma'r goriada i'ch 'stafelloedd chi. 'Dach chi isio help i gario'ch bag?"

"Sori?"

"Help. Efo'ch bag".

Doedd Tania ddim yn gwybod pwy oedd yn syllu wirionaf ar ei gilydd; y 'sgrifenyddes am nad oedd hi'n deall yr acen ddeheuol, neu Tania achos bod rhywun wedi gofyn i ferch â bôn braich fel hi os oedd hi moyn help 'da'i bag.

"Dwi'n licio'ch gwinadd chi," mae'r 'sgrifenyddes yn mentro eto wrth i Tania gymryd yr allweddi o'i llaw.

"O, diolch," ateba'n swil ac edrych ar y dreigiau coch, acrylig sy'n sgleinio ar ddiwedd pob un o'i bysedd.

"Rhywbeth i ddod â lwc dda i mi . . ."

Ond 'so'r 'sgrifenyddes yn gwrando. Mae hi wedi troi i deipio ar ei chyfrifiadur, ei bysedd tenau'n hedfan hyd yr allweddi i gyfeiliant clic-clac ei hewinedd gwyn a siapus. Edrycha Tania i lawr ar ei hewinedd ffug a sylwa bod un ddraig wedi colli'i chynffon yn barod.

"Gyda llaw, mae 'na bobol o'r wasg o gwmpas 'ma heno fysa'n licio'ch cyfweld chi cyn y gystadleuaeth fory. Fysa'n iawn i mi ddeud eich bod chi ar gael?" ychwanega'r ysgrifenyddes tra'n clic-clacian ar ei chyfrifiadur. Rhodda Tania'i dwylo'n frysiog ym mhocedi'i throwser cyn nodio'i phen.

"Pam na ewch chi i'r ardd i ddisgwyl? Mi alwa i'r un cyntaf draw atoch chi".

*   *   *

Yn y pellter mae Steve yn cerdded ar y traeth o dan y gwesty. Dilyna Tania'i gerddediad herciog o bellter gwyrdd yr ardd. Mae ei draed yn suddo i'r tywod gyda phob cam wrth iddo fe geisio cyrraedd y llain denau o fôr yn y pellter. Mae'n edrych fel rhyw arwr ar ddiwedd ffilm gowbois wael, yn diflannu i olau gwyn y gorwel. Am eiliad, dychmyga Tania ei fod e'n ei gadael. Teimla rywbeth yn gwasgu, gwasgu y tu mewn iddi, cyn ei bod yn llwyddo i ddarbwyllo ei hun. Fydda fe byth yn ei gadael hi 'ma'i hunan bach.

"Colin Jôs, Cron-i-cyl. Braf-ych-cwarfod-chi-lly."

Llwydda Tania i droi'i chefn ar Steve a'i orwel a darganfod mai 'da hi mae'r llais annealladwy'n siarad. Sylwa ar y darn o garden fregus ar goler siaced y llais. Colin Jones, Chronicle. Diolcha i Dduw am fathodynnau enw.

"Reit-chydig-o-gwestiynau-i-gael-inseit-i-fyd-bodi-bilding-chi-genod-lly . . ."

"'So 'na 'run peth," torra Tania'n uchel ar ei draws, gan synnu at gryfder ei llais. Edrycha Colin Jones i fyny'n araf o'i lyfr nodiadau gan deimlo'i glustiau'n poethi yn sgîl ei gamgymeriad. Sylwa Tania ar y wlithen o flew tywyll yn cysgodi'i wefus. Mae e'n ifanc, ychydig flynyddoedd yn iau na hi, falle. *Junior* y swyddfa a gafodd y stori nad oedd neb arall yn ei moyn.

"Nid bodi-bildo ni'n neud. 'So ni'n cerdded byti yn ein bicinis gyda *baby oil* hyd ein cyrff yn fflecso'n cyhyre. Ma' be ni'n neud yn *sport* o ddifri. Codi pwyse, fflipo teiers, tynnu tryc . . ."

Stopia Tania'n sydyn o sylwi ar glustiau'r newydd-iadurwr yn mynd yn gochach ac yn gochach. Teimla hithau'i hun yn gwrido yn ei gwmni nerfus. 'So hi'n trial codi cywilydd arno fe. 'So lot, mewn difrif, yn deall be mae hi a'r merched eraill yn wneud yn y cystadlaethau 'ma, a ma' hi'n trial ei gysuro fe trwy weud 'ny. Yn y diwedd ma' fe'n bodloni ar lun ohoni'n codi un o'r cadeiriau pren yn yr ardd uwch ei phen. Ma'r *pose* mor pathetig.

"Diolch-yn-fawr-i-chi-lly-a-gwd-lyc-fory-a-ballu . . ."

A ma' fe'n gadael, gyda strap ei gamera'n llusgo'n flêr rhwng ei goesau.

* * *

"Tania Lloyd? Rhiannon Dafydd dwi o'r *Mail* . . ."

Ceisia Tania ei chywiro, L-E-W-I-S, ond 'so hi'n gwrando . . .

"Chi'n ddeunaw oed, yr ieuengaf yn y gystadleuaeth . . ."

Pedair ar bymtheg, ond 'so hi'n gwrando.

* * *

"Meic o'r *Herald*. Be 'dach chi'n feddwl o'r cystadleuwyr eraill? 'Dach chi'n tynnu 'mlaen yn eitha'?"

Mae e'n gafael yn ei feiro'n dynn, fel 'tae'n arf yn barod i'w ddefnyddio mewn brwydr.

"'So i'n 'u nabod nhw."

"'Dach chi ddim yn ffrindia efo nhw, felly?"

"Fel wedes i, 'so i'n 'u nabod nhw."

Mae'r rhan fwyaf ohonyn nhw'n byw lan north, a rhai ohonyn nhw gymaint yn hŷn na Tania.

"Dim *camaraderie* rhyngoch chi, felly . . ."

"Wedes i mo 'na . . ."

Mae e'n sgriblo'n awyddus hyd bapur tenau ei lyfr nodiadau.

"'Dach chi'n gystadleuol iawn ... Duwcs, diddorol, de."

* * *

"Cwestiwn gan y cylchgrawn *Clywch* – be di *raison d'être* y pencampwriaethau 'ma? Be sy'n ddeniadol amdanyn nhw, lly'?"

Colla Tania'i hamynedd. Mae hi 'di blino ac ma'r newyddiadurwr yn edrych fel pric.

"Pam fod ci'n crynu wrth gachu?"

'So fe'n wherthin. Rhy rywbeth blwc annisgwyl am ganol Tania. Mae hi'n moyn Steve.

*　　*　　*

Gorwedda Steve ar wely Tania yn ei 'stafell foethus yn y gwesty gan gicio'i dreinyrs blêr oddi ar ei draed. Mae tywod yn tasgu hyd y carped hufen ac mae cylchoedd perffaith o chwys hyd ei sodlau. Mae'i draed yn gwynto, ond does ots 'da Tania. Mae hi mor gyfarwydd bellach â'i ogle byddai'n cwyno tase hi ddim yn ei wynto fe.

"This sounds like a good deal, Tans."

Mae e'n troi tudalennau'r cytundeb yn gyflym, yn darllen ei gynnwys yn awchus.

"I dunno, Steve. I don't think I'm ready for that kind of publicity."

"Not ready? How can you not be ready? This is a lucrative deal, Tans!"

Cipia Tania'r cytundeb oddi arno fe ac edrych ar y dudalen flaen. Mae sgets o ferch hardd mewn siorts a fest tynn, pinc yn tynnu tryc. Darllena'r dyfyniad o dan y llun yn uchel:

"Y fi, ac nid fy nhyweli mislif, sydd dan bwyse. Tania Lewis, Merch Gryfaf Cymru."

Bratha Tania ei gwefus yn galed i atal eu hun rhag 'wherthin gan ddwyn dafnau bach o waed i sbecian drwy'i chroen.

"You'd 'ave to win before signing the contract. Says in this clause 'ere . . . Who are these TM people, Tans? What's their product?"

TM. Tyweli Mislif. Am y tro cynta', diolcha Tania nad yw Steve yn deall Cymraeg.

"I'm not sure. Give them a ring an' find out . . ."

Cerdda Tania i'r 'stafell 'molchi gan wincian yn chwareus ar Steve. Gwena yntau'n ansicr yn ôl arni gan roi'r cytundeb i orwedd wrth ei ochor ar y gwely. Rhodda Tania glep i ddrws y 'stafell 'molchi cyn arllwys swigod oglau da i ymuno â'r dŵr poeth yn y bath.

Doedd ots gan Tania wir pan beidiodd hi waedu. Joiodd hi 'rioed 'mo'r profiad. Doedd hi 'rioed fel y merched eraill yn ei blwyddyn yn yr ysgol, yn ysu am fronnau a chluniau siapus. A phan ddaeth ei thro i esgusodi'i hun o'r gwersi nofio oherwydd y dolur misol, roedd ganddi gywilydd.

Dyna pam wnaeth hi ddechrau mynd i'r gampfa. Nofio oedd ei hobsesiwn cyn 'ny. Wedi iddi ddechrau gwaedu, trodd at y peiriant rhwyfo. Ac yna ymlaen at y fainc godi pwysau. Ymarfer ei choesau hyd nes bod ei chluniau'n galed. Cyfres o ymwthiadau ar y fainc hyd nes bod bronnau'n diflannu. Ac yna'r peiriant rhedeg. Rhedeg a rhedeg hyd nes bod pawb o'i chwmpas yn toddi o'i hamgyffred a dim ond Tania a sŵn ei thraed yn dyrnu'r peiriant nes llenwi'r gampfa. Y llinyn yn llacio am ei stumog a rhyw ryddhad mawr yn cydio yn ei chorff.

Fel 'na sylwodd Steve ar Tania, yn rhedeg fel cath i gythraul i 'nunlle. Roedd e wedi bod yn edrych arni hi'n ymarfer ers tro, yn sylwi ar ei chorff yn cryfhau ac yn newid siâp. Roedd hi'n meddwl taw rhyw ddyn brwnt oedd e hyd nes iddo estyn ei garden a phrofi'i ddiddordeb afiachus ynddi:

Steve Wilkinson
1998 Europe's Strongest Man
and Professional Trainer

Llaciodd y llinyn amdani a chymerodd ei garden.

*   *   *

"Cwestiwn gan ddarllenwyr *Ie i Iechyd* – sut gawsoch chi'r hyder i gystadlu yn eich pencampwriaeth gyntaf 'llynedd a chithau ond yn ddeunaw oed?"

"Mynd i weld y bencampwriaeth y flwyddyn cyn 'ny pan oedd e'n Gaerdydd."

Mae'r newyddiadurwraig yn gwrando'n ofalus cyn nodi'r ateb yn ei llyfr nodiadau.

"Roedd Steve, fy hyfforddwr, eisie i mi weld y merched wrthi'n cystadlu cyn ein bod ni'n mynd ati o ddifrif i ddwysáu'r hyfforddiant. Roedd e eisie 'mod i'n hollol sicr cyn ymroi'n hunan i'r gwaith."

"Naethoch chi fwynhau'r profiad, yn amlwg," ychwanega'r newyddiadurwraig gyda gwên.

"Do," cytuna Tania'n gelwyddog. Roedd pob merch gymaint mwy, hŷn a chryfach na Tania, a llygaid Steve yn deffro wrth iddo eu gwylio'n griddfan dan bwysau rhyw wrthrych astrus. Roedd e'n erchyll.

"Teg dweud bod y profiad wedi newid eich bywyd chi, felly", ychwanega'r newyddiadurwraig.

Do. Roedd Tania'n moyn i Steve edrych fel 'na arni hi. Edrych hyd nes bod y syniad o fod hebddi fel lastig yn gwasgu'i fod.

*   *   *

"You see, some men are born with a heart that beats to a different rhythm to the rest of us. And this rhythm makes livin' in our world very difficult. They just can't settle in one place. Always chasin' the dream that they'll find somewhere that plays the same rhythm as their own heart. Your father was just like that."

Chwarddodd Tania'n ysgafn o glywed barddoniaeth ei Nan yn addurno'r ffaith bod ei thad yn hen fastard.

"Your Aunt Mary was different. Sometimes I think her heart don't beat at all. I couldn't get rid of her till she was forty."

Mae Anti Mary bellach yn byw 'i hunan uwchben y siop *kebabs*. Mae 'da hi ddwy gath. Meddyliodd Tania am eiliad bod ei Nan, am unwaith, yn llygad ei lle.

*   *   *

"She's past it," sylweba Steve wrth sylwi ar Buddug Cadwaladr yn cerdded yn araf i gyfeiriad y gwesty. Mae'n sefyll wrth ffenest yr ystafell, ei freichiau cryf yn dal y llenni trwm o batrwm er mwyn cael cip ar gydymgeisydd Tania am y teitl 'Merch Gryfaf Cymru.'

"She's lost her swagger."

"Steve . . ." dwrdia Tania gyda gwên.

"You got a good chance this year, Tans," ychwanega Steve gan adael y llenni i ddisgyn yn llipa'n ôl i'w lle ac estyn rhestr enwau'r cystadleuwyr oddi ar y gwely.

"Cal . . . Caleenyg? Caleenyg Jôb? What kind of name in hell is that?"

"I never heard of her. She must be new," ceisia ymateb yn ddi-hid. 'So Tania'n moyn gwybod rhagor am y gweddill. 'So hi'n medru stumogi darllen y rhestr, heb sôn am wrando ar lais garw Steve yn cyffroi wrth adrodd yr enwau hen a newydd.

"Sesian Morgan Lloyd. Morgan Lloyd . . . 'ave I had a pint there once?"

"She's also new." Cipia Tania'r papur oddi arno a cheisio'i dawelu.

"Forget them! You'll get in the medals this year, Tans. You're stronger, fitter . . ."

Eistedda Tania ar y gwely gan wylio Steve yn martsio'n ôl ac ymlaen hyd y carped trwchus gan draethu'r hen araith gyfarwydd. Coda'i choesau o dan ei gên a chau ei chlustiau i rŵn ei hyfforddwr. 'So Tania'n siŵr pryd wnaeth hi fagu'r gallu i adael i eiriau 'muno â'r awyr o'i chwmpas cyn diflannu ar y gwynt. Ma' fe'n dalent arbennig, achos i lwyddo ma'n rhaid edrych fel 'taech chi'n gwrando. Nodo ambell waith. Wherthin. Ebychu. Edrych lan o dro i dro yn esgus cydymdeimlad.

Mae'n hawdd ganddi wneud hyn 'da Steve. Dim ond cytuno 'da fe sy rhaid iddi, ac mae e'n hapus.

"It'll mess with your head, Tans. Get off it before it does you some real damage."

Cytuno. Nodo. Rhoi'r chwistrell yn y bin. Cymryd ei law

wrth godi ar ei thraed a gadael y ffiol i chwalu ar lawr teils y 'stafell 'molchi.

Shiraz mae Tania yn ei galw hi. Er hynny, mae hi 'di gweld digon o boteli gwin gwag ei mam iddi wybod nad Shiraz yw ei henw iawn hi. Dydd Llun cynta'r mis, o dan yr ail gawod yn y gampfa. Roedd e'n drefniant oedd yn arfer cyffroi Tania, fel rhywbeth mas o James Bond. Dyw realiti'r sefyllfa ddim cweit mor gyffrous. Fferru o dan yr ail gawod, yn cael trochfa oer am y canfed tro wrth ddisgwyl amdani. Mae hi'n ymddangos dan 'whibanu cyn camu'n ddi-hid drwy'r dŵr budur, piblwyd ar ei daith i'r draen. Rhoi ei thywel ar y bachyn a gwlychu ei gwallt, cyn gofyn y cwestiwn cyfarwydd:

"Forgot my shampoo. Could I nick some off you, love?"

Tania'n taflu'r botel tuag ati. Shiraz yna'n agor y caead ac arllwys ei harian tabledi o'r botel cyn llithro'r cyffuriau yn gelfydd i mewn yn ei le.

"Cheers, love . . . shit showers these, aren't they?"

Tania'n nodo ac yn wherthin. 'So hi'n mentro edrych lan. 'So hi'n moyn gweld y ferch egr yn esgus cydymdeimlo 'da hi.

*   *   *

Mae hi'n dal yn olau tu fas, fel 'tai'r haul yn mynd i dymer ac yn gwrthod mynd i'w wely. Mae'r gwybed yn gwirioni ar wallt Tania a phaill y blodau'n denu'i dagrau. Mae Steve yn dawel, er gwaetha'r olwg boenus yn 'i lygaid e. Y lastig, falle, yn gafael yn dynn amdano.

"We'll be on the train on our way home before you know it."

Mae e'n trial gwenu, ond nid 'na mae e'n moyn ei glywed. Cerdda'r ddau i fyny'r grisiau, yn edrych ar yr adeiladau lliwgar yn llifo'n aur dan yr haul. Ceisia Tania gamu'r un pryd ag e fel bod eu traed yn clepian cân unsain ar eu taith i'r balconi uwchlaw sgwâr Portmeirion. Mae Steve yn cymryd ei llaw wedi iddynt gyrraedd y balconi. Dalia Tania'i hanadl a chyfri'r eiliadau cyn ei fod e'n gollwng ei afael. Un, dau, tri . . .

"Better get an early night. Big day tomorrow, Tans," sibryda Steve gan droi'i gefn arni a cherdded i lawr y grisiau i gyfeiriad y gwesty.

Dyw mam Tania ddim yn lico Steve. 'So hi'n ei lico fe achos 'so hi'n ei ddeall e. 'So hi'n deall eu perthynas, y cytundeb od sy rhwng yr hyfforddwr a'i merch. Ar y dechrau, pan oedd hi'n meddwl bod y ddau yn mynd mas, roedd hi wrth ei bodd 'da fe, er gwaetha'r ffaith ei fod ddigon hen i fod yn dad i Tania. Buan iawn y sylweddolodd hi nad oedd y ddau fel cyplau eraill. 'So'r ddau yn gwpwl, mewn difrif. Maen nhw'n gneud lot, ond 'so nhw'n gneud popeth 'da'i gilydd.

Fe drïon nhw unwaith, rhyw whech mis nôl. Newydd orffen sesiwn hyfforddiant oedden nhw, y llinyn wedi llacio am Tania a rhyw chwant dieithr yn ei llenwi. Hi afaelodd ynddo fe. Hi gusanodd e'n fyrbwyll ac yn flêr ar y llawr. Hi dynnodd ei dillad bant. Fe sychodd ei wyneb â'i law wrth syllu'n syn arni hi. Fe gododd ar ei draed drachefn a chau'r drws ar ei ôl. Fe adawodd hi'i hunan i sylwi ar yr hyn oedd wedi'i ddychryn e.

"'Da'i bidlen, ac nid 'da'i ben, ma' dyn yn difyrru'i amser," eglurodd ei mam wrthi ar ei phen-blwydd yn ddeuddeg oed. Roedd Barry, tamed diweddaraf ei mam, newydd eu gadael ac wedi dychwelyd i'w *semi-detached,* ei labrador a'i wraig yn Sgeti. Roedd Tania'n eitha ypset a gweud y gwir achos roedd hi'n eitha lico Barry. Roedd e'n gweithio mewn fan gwerthu hufen iâ ar draethau Gŵyr, ac am dri mis fe besgodd 'i mam a hithe ar *ice lollies* wedi toddi, *Cadbury's Flakes* a *wafers* meddal. Blodyn oedd e'n galw'i mam. Nid *love* neu *babe* neu *doll.* Roedd hi'n lico 'na. A fydde fe byth yn hambygo'i mam o'i blaen hi. Bydde fe'n disgwyl iddi fynd i'w gwely cyn y bydde hi'n clywed y cusanu, y wherthin a'r griddfan o gyfeiriad llawr y parlwr. Roedd hi'n eitha lico 'na amdano fe 'fyd.

Er gwaetha be ma'i Nan yn gweud ambyti hi, 'so'i mam yn llac 'i moesau. 'So hi jest yn lwcus iawn 'da'i dynion. Mae 'da hi'r gallu i ga'l ei swyno gan y diawled mwyaf annymunol a boerodd Duw ar y ddaear 'ma. Mei'r *bouncer* parod-ei-ddyrnau-nerthol a Marco'r cogydd parod-ei-glefyd-gwenerol. Barry dew a'i wraig yn Sgeti, ac Ashmael denau a'i fam yn Nhwrci. Tad Tania. Y dyn tal, tywyll a gipiodd ei chalon i gyfeilant LP's Bob Marley.

Mae'r LP's yn dal 'da'i mam, wedi eu cadw mewn bag plastig llychlyd 'da'r hen LP's eraill. David Bowie, The Smiths a Bob Dylan. Arwyddganeuon ei hieuenctid. 'So Tania felly'n wyllt am gerddoriaeth. Mae ganddi go' o ga'l tocyn yn anrheg Nadolig gan Mei i fynd i weld rhyw *boyband*. Roedd e'n nabod un o'r *roadies*. Doedd Tania ddim yn licio'r math 'na o fiwsig. Dim bod modd iddi glywed y miwsig y noson honno ar gownt y merched gwyllt oedd yn sgrechian ar dop eu lleisiau. Mae hi'n cofio meddwl pa mor fach oedd y tri bachgen ar y llwyfan yn edrych, yn trial yn ofer i edrych yn rhywiol wrth feimio geiriau gwag a rhwbio'u cyrff eu hunain.

Mae hi'n joio *reggae*. Mae hi 'di trial peidio achos swn ei thad yw e. Miwsig ei garwriaeth e 'da'i mam a 'so hi eisie bod yn rhan ohono fe. Ond, mae 'na rywbeth byti *reggae* sy'n ei deffro. 'So fe'n llwyddo i lacio'r lastig 'ma amdani, y teimlad ych-a-fi o fyw ar ei nerfau. Os rhywbeth, mae e'n gwneud i'r lastig gydio'n dynnach amdani. Mae'r boen yn un euog o neis, fel dechrau cyfres arall o *reps* er gwaetha'r ffaith bod ei chyhyrau eisoes yn llosgi'n dynn.

Fe driodd ei mam guddio'i siom yn ei merch pan ddaliodd hi'n hymian alaw *Turn your lights down low* rhyw noswaith wrth olchi llestri.

"Ti 'di bod yn gwrando ar fy LP's i 'to," sibrydodd tra'n sychu'r platie. Dau blât, dau fŷg, dwy fforc a dwy gyllell. Y ddwy'n unig yn cael swper da'i gilydd a 'run dyn i ddarfu ar eu dedwyddwch. Hynny yw, hyd nes i Tania hymian y gân wirion a dod â'i thad yn ôl i sefyll rhyngddynt yn y gegin.

Mae Tania'n edrych fel ei thad. Wrth reswm, mae 'da hi liw ei groen e, ond mae 'da hi gymaint mwy ohono fe ynddi hi. Yr un coesau hir ac ysgwyddau cadarn. Yr un trwyn llydan a'r talcen uchel. Weithiau, fe fydd Tania'n meddwl sut ma'i mam yn gallu edrych arni hi. Ma'i mam mor dlws. Gwallt golau mewn *crop* ifanc a chorff main a siapus. Mae hi'n edrych yn anhygoel mewn pâr o jîns. Does ryfedd bod dynion yn gwirioni 'da hi.

Mae Tania'n edrych yn fwy fel ei thad yn ddiweddar. Ma hynny'n naturiol, yn ôl Shiraz. Dyna holl bwrpas y cyffur. Pwmpio'r corff yn llawn *testosteron* a magu maint, cryfder a siâp dyn. Ond 'so'r hyn a ddigwyddodd i Tania'n teimlo'n 'naturiol'. Yr ambell flewyn tywyll a garw a dyfodd hyd ei breichiau, ei bronnau a'i gên. Un neu ddau i ddechrau a ddiflannodd yn fodlon 'da un plwc. Ond daeth mwy yn eu lle, ac roedd hi'n colli'r frwydr foreol o'u plycio. Dechreuodd hi golli'i thymer. Rhegi staff y gampfa a chodi'i llais ar Steve. Gododd hi'i llais ar ei Nan unwaith. Gaeodd hi ddrws y fflat yn wyneb ei hwyres. Methodd Tania'i harholiadau lefel 'U'. Dechreuodd ei mam fynd mas 'da Ashmael.

Bryd hynny fe afaelodd Tania yn Steve. Ei dynnu i'r llawr a'i· gusanu'n galed a theimlo'i ddannedd o dan ei thafod. Bryd hynny welodd Steve y prawf oedd ei eisie arno fe. Wrth edrych, roedd hi'n amlwg bod Tania wedi bod ar y steroidau ers tro.

Ei chlitoris, fel ffäen chwyddedig, yn pwmpio'n fawr ac yn binc o'i flaen.

*   *   *

"We'll 'ave a run on the beach tomorrow morning. Loosen your muscles before the competition."

Mae Steve yn dymuno nos dawch wrth Tania, ac yn cau drws ei hystafell ar ei ôl.

Estynna Tania am ei ffôn. *Menu. New message.* Nos da xxx. *Mam Mob. Send.* Mae'r ffôn yn blip-blipian 'mhen eiliadau. *Read.* Pob lwc fory www. Mae hi mas yn yfed, yn amlwg. Gobeithia Tania nad yw hi'i hunan. Coda ar ei thraed a mynd i gau'r llenni ar y goleuadau bach sy'n siglo fel gwybed meddw dros y dŵr yn y pellter. Mae crys-t pinc y gystadleuaeth ar yr hangyr y tu ôl iddi. Dychmyga'i mam yn y crys, y defnydd fel haenen o eisin melys amdani. Bydde hi'n edrych yn grêt ynddo fe.

Gorwedda Tania'n ôl ar ei gwely, yn yr union fan lle bu Steve yn gorwedd yn gynharach. Dychmyga Tania ef yn brwsio'i ddannedd, 'chydig o *pushups* falle, cyn rhoi'r teledu ymlaen a gwylio'r newyddion. Fe wna hithau'r un peth. Gwasgu'r past dannedd yn araf gan geisio osgoi'r drych uwch y sinc. Mae hi'n gwybod bod ei bronnau'n araf ddychwelyd. Wedodd Steve ar y ffor' lan i'r gogledd ei bod hi'n dechrau edrych fel y Tans oedd e'n 'i chofio ddwy flynedd yn ôl. Fe frifodd ei eiriau. 'So Tania'n moyn bod fel yr oedd hi ddwy flynedd yn ôl.

Tynna Tania ei dillad bant a gorwedd ar ei bola ar y llawr. 'Chydig o *pushups*, dim gormod. Eisie cadw'i hegni at y gystadleuaeth. Faint fydd Steve yn ei wneud heno, dyfala. Cant? Dau gant? Mae hi'n cau'i llygaid ac yn canolbwyntio ar gyfri. Saith deg un, saith deg dau . . . Ma'i Nan yn saith deg pedwar yng Ngorffennaf. 'So hi wedi bod yn ei gweld hi ers tro. Teimla'i stumog yn tynhau'n sydyn dan y llinyn sydd amdani, a choda ar ei thraed a rhoi'r teledu ymlaen.

Fflicia drwy'r sianeli cyn bodloni ar S4C. Mae'r cyf-lwynydd yn egluro eu bod nhw'n fyw o ryw gyngerdd lan yn y gogledd. Mae hi'n arllwys y glaw. 'So Mabon Blythe, y cyflwynydd hynod *annoying,* yn edrych fel 'tai e'n joio. Mae'i sgript e'n wan, ac mae e'n tueddu i ailadrodd y geiriau 'cerddoriaeth fyw' ac 'o'r gogledd' fel 'tai e'n yffach o *gamble* ar ran S4C i ddarlledu'r fath beth. Mae Tania 'di clywed y band sy wrthi nawr yn whare o'r blaen. Oedd y 'Steddfod yn cael 'i chynnal lawr yr hewl a dyma hi'n mentro 'da rhai o'r criw o'r dosbarth Cymraeg i weld beth oedd yr holl ffŷs. Roedd y band ar y teledu 'na'n whare. Cofia ei bod wedi gadael y ciw wrth y bar i wrando arnyn nhw, yn teimlo'r llinyn amdani'n tynhau wrth glywed y rhythm *ska* yn bloeddio mas o'r *speakers*. Dyma'r canwr yn neidio at y meic. Roedd 'na *sombrero* fawr am ei ben ac ysgwyddai ei damborin i'w rhythm herciog ei hun. Boddodd ei lais bachgennaidd y rhythm *ska*, y rhythm oedd wedi llusgo

90

Tania at y llwyfan yn y lle cynta. 'Drychodd o'i chwmpas a sylwi mai hi oedd yr unig un tywyll ei groen 'na. Gadawodd y babell. Roedd hi'n rhy hwyr i ddal y bws i dŷ 'i Nan, iddi gael chwerthin a chael teimlo'n ddu 'to. Bodlonodd ar ddychwelyd adref, a sleifio lan y grisiau mewn ymdrech i osgoi llais Ashmael oedd yn wherthin yn y parlwr. Rhoddodd ei wherthiniad isel a dwfn, wherthiniad dyn tywyll, ryw blwc annisgwyl i'r llinyn am Tania.

Diffodda'r teledu, wedi diflasu ar y canu, a mynd i'w gwely. Mae hi'n diffodd y lamp a thrial cysgu. Yn araf, cynydda sŵn chwyrnu Steve o'i 'stafell drws nesaf i darfu ar fudandod y tywyllwch, a cheisia Tania anadlu i'r un rhythm ag e. Ar hynny, mae hi'n teimlo'r gwasgu. Mae e am ei stumog i ddechrau, ac yna'n symud lan i'w 'sgyfaint a'i gwddf. Mae hi'n mygu. Neidia o'i gwely, yn ffaelu cael ei gwynt. Petruso am eiliad cyn estyn y ffiol wydr o'i bag, tynnu'r nodwydd o'r gorchudd papur a mwynhau 'pop' y nodwydd yn tyllu caead plastig y ffiol. Cau'i llygaid, plannu'r nodwydd yn ei chlun ac anadlu. Anadlu'n ddwfn ac yn araf hyd nes bod y lastig yn llacio. Anadlu gan lonyddu'i phen sy'n troi fel dŵr i lawr hen ddraen brwnt. Draen brwnt cawod y gampfa. Mae Shiraz yn sefyll uwch ei phen, ei chorff cadarn yn sgleinio fel darn o arian o dan y goleuadau llachar. Mae hi'n wherthin am ei phen.

"Shit showers these . . . shit . . . shit . . . shit."

Agora ei llygaid, gan ddiffodd llais Shiraz sy'n atseinio'n greulon yn ei phen. Mae hi'n moyn Steve.

"You'll get in the medals this year, Tans. You're stronger, fitter . . ."

Shit, shit, shit.

*　　*　　*

Mae 'da Nan Tania lais canu gwych. Llais isel a chryf, llais cyfarwydd, sy'n gwneud iddi deimlo'n gynnes, glyd. Doedd dim yn well ganddi na deffro ar yr hen wely soffa oedd gan ei Nan yn ei 'stafell fyw a'i chlywed hi'n canu wrth baratoi'r brecwast yn y gegin. Ei llais yn llifo'n felys drwy'r walydd a geiriau'r emynau dieithr yn lapio'u hunain yn dynn am Tania.

"Yes, Jesus loves me; Yes, Jesus loves me; Yes, Jesus loves me; 'Cause the Bible tells me sooooooo . . ."

Pan oedd Tania'n blentyn, doedd dim dwywaith ganddi fod *Jesus* ei Nan yn wahanol iawn i Iesu Grist ei mam. Roedd *Jesus* yn byw yng nghegin ei Nan, yn un o'r sbeisys a roddai flas da ar ei phrydau bwyd, neu'n gwpan a soser â phatrwm lliwgar a grudai sawl paned wrth i Tania wrando ar ei Nan yn hel atgofion am ei phlentyndod yn Jamaica. Doedd Iesu Grist ddim yn nhŷ'i mam. Roedd e'n byw ar strydoedd Pontarddulais, yn gôt *tweed* dydd Sul un o'r merched hŷn a ledaenai straeon cas am 'i mam, neu'n dreinyrs y bechgyn ifanc, gwyn a chwistrellai aneiriau eu rhieni ar walydd y Capel. *Nigger lover. Whore. Blacks out.*

Bryd hynny, roedd *Jesus* ei Nan yn apelio gymaint mwy nag Iesu Grist ei mam. Erbyn hyn, 'so hi'n siŵr. Bron nad yw'n well 'da hi ddarllen y graffiti sy wedi colli'i liw ar walydd y Capel na gwrando ar 'i Nan yn canu'i hemynau. Mae wynebu'r gwirionedd ffiaidd amdani hi yn llacio rhyw 'chydig ar y llinyn 'ma sy amdani hi. Yn taflu rhyw oleuni ar bawb a phopeth sy wedi'i chreu hi. Yn gwneud ei hapwyntiadau â Shiraz yn rhan hanfodol o'i bywyd hi.

*   *   *

Mae'r tywod gwythiennog, llwyd yn ymestyn yn gorff perffaith i dywyllwch y gorwel. Mae Steve a Tania'n ymestyn eu cyhyrau cyn dechrau rhedeg wrth eu pwysau hyd y traeth. Mae eu camau'n gadael ôl fel plorod ar wyneb y tywod llyfn gan ddifetha'i brydferthwch.

"Sleep well?" gofynna Steve wrth i haul gwyn y bore oleuo'r traeth.

"Not bad . . . things on my mind . . . the competition, my exams and stuff," mentra Tania'n gelwyddog.

'So Steve na Tania'n gweud rhagor. Yn hytrach, maen

nhw'n cyflymu eu camau ac yn troi eu cefnau ar y gorwel gan anelu tuag at y grisiau'n arwain at y gwesty. Yn y pellter, mae fan fawr yn parcio'n gam y tu fas i'r gwesty. Agora drws y fan a daw bachgen â sbectols haul anferthol ar ei drwyn mas ohoni. Mabon Blythe. Ar hynny, mae'r diawl yn sbarduno sodlau Tania ac mae hi'n rhedeg yn gyflym o flaen Steve, yn mwynhau clywed ei chamau'n dyrnu'r tywod. Mae Steve yn ceisio dal i fyny â hi, ac mae hi'n gallu teimlo'i anadl yn boeth ar ei gwar. Cyrhaedda'r grisiau o'i flaen, a chodi'i breichiau i'r awyr, yn arwydd o'i llwyddiant. Mae hi'n troi i annog Steve yn ei flaen. Edrycha'n flinedig ac yn hen. Am ennyd, mae hi'n moyn rhoi ei breichiau ambyti fe, ond mae'r llinyn yn gwasgu'n sydyn am ei chanol gan ei darbwyllo.

"Chi mas yn rhedeg yn gynnar iawn bore 'ma," dyweda rhyw lais main o gyfeiriad y gwesty. Edrycha Tania lan gan weld taw Mabon Blythe sydd biau'r llais hynod sylwgar.

"Who's that streak of piss?" gofynna Steve yn flin gan anadlu'n drwm. Teimla Tania'r un mor grac 'da Mabon Blythe am darfu ar ei hamser 'da Steve.

"We're making a documentary about women who participate in these kind of competitions," eglura Mabon yn hyderus gan dynnu'i sbectols haul yn araf. "Prime time telly. Exciting stuff."

Mae Steve yn cerdded heibio'r fan gan anwybyddu Mabon yn llwyr.

"Better get washed and changed. I'll wait for you at registration," gwaedda Steve, gan sychu'r chwys ar ei grys-t cyn cerdded i gyfeiriad ei ystafell.

"*Chance* am sgwrs fach?" gofynna Mabon gyda gwên.

Teimla Tania'r llinyn yn clymu'n dynn amdani 'to.

"Dim heb Steve," ateba'n bendant. "'So i'n gwneud dim heb Steve."

*   *   *

Mae Neuadd y Dre'n orlawn. Trefnwyr a noddwyr yn ysgwyd dwylo'n ganmoliaethus a swyddogion a staff yn trafod logisteg y dydd. Ar y darn o laswellt y tu draw i'r Neuadd fe wela Tania'r cystadleuwyr eraill, pawb yn edrych yr un mor chwithig yn eu crysau-t pinc. Yn eu canol mae'r ddwy gawres brofiadol, Buddug a Meinir. Byddai Tania'n hoffi petai ganddi'r gallu i fynd draw atyn nhw, gan gyf-lwyno'i hun ac esgus sgwrsio. Ar hynny, teimla rywbeth yn tynnu ar flaen ei bys bach. Wrth edrych yn agosach fe sylwa bod un o'i hewinedd plastig yn rhydd ac mae'n ei dynnu bant yn gyflym. Disgynna'r ddraig yn araf i'r glaswellt.

"Enw?"

"Sori?"

"Name?" ailadrodda swyddog y gystadleuaeth.

"Tania. Tania Lewis dwi".

Tania Lewis dwi. Fi. Rhagenw dibynnol? Teimla'r panig yn gyfog yn ei gwddf wrth sylweddoli ei bod am ffaelu'r dam arholiadau 'to.

Mae'r swyddog yn rhoi tic wrth enw Tania ar ei restr cyn ei thywys i'r ardd.

"Ychydig o lunia cyn y byddwn ni'n dechrau'r gystad-leuaeth yn swyddogol," gorchmynna'r swyddog, ac mae Tania'n ymuno â'r merched eraill i sefyll yn gôr o flaen y ffotograffydd.

"Gwenwch, genod!" ceisia'r ffotograffydd.

Ar hynny, sylwa Tania ar Steve yn camu i'r ardd. Mae e'n edrych yn ôl arni ac yn gwenu. Mae hi'n gwybod ei bod hi'n edrych yn dda. Mae merch 'so hi 'rioed wedi'i gweld o'r blaen yn y cystadlaethau 'ma yn sefyll ar y llaw dde iddi. Ymfalchïa Tania yn y ffaith ei bod bron droedfedd yn dalach ac oddeutu ugain mlynedd yn iau na hi. Mae'r llinyn yn llacio amdani, a chymera'i gwynt ati, yn mwynhau'r hyder annisgwyl sy'n disodli'r gwasgu am ei chorff.

"You'll get in the medals this year, Tans. You're stronger, fitter . . ."

Falle dy fod di'n iawn, Steve, meddylia Tania. On'd dyw e wastad yn iawn?

Mae'r ffotograffydd yn codi bawd bodlon cyn cael ei bwnio o'r neilltu gan ddyn camera chwyslyd. Mae Mabon Blythe yn cerdded o flaen y camera, a'i sbectols haul anferthol yn eistedd fel clustiau llygoden am ei dalcen.

"Ychydig funudau'n weddill cyn y bydd y frwydr am y teitl 'Merch Gryfaf Cymru' ar droed. Beth am gael sgwrs â rhai o'r cystadleuwyr . . ."

Cerdda Tania heibio'r merched eraill yn frysiog, gan osgoi'r demtasiwn o gymharu'i hun â'r gweddill ohonynt. Mae Steve yn trafod 'da un o swyddogion y gystadleuaeth yn y Neuadd. Clywa Tania'i lais e'n codi'n anghyffredin o uchel wrth iddi agosáu tuag atynt.

"I'm sure that Ms Lewis will be more than happy to co-operate, won't you Ms Lewis?"

Mae'r swyddog yn troi i edrych arni â rhyw olwg hunangyfiawn ar ei wyneb cul.

"Co-operate?" mae'n ailadrodd yn bryderus.

"They want an urine test . . ." dechreua Steve, gan edrych yn bryderus ar Tania. Does bosib ei fod e'n gwybod am neithiwr, prydera Tania gan deimlo'i stumog yn llosgi y tu mewn iddi?

"A complete medical. Rheol newydd eleni yn sgîl cynnydd mewn camddefnyddio cyffuriau ym myd chwaraeon," ychwanega'r swyddog yn bwysig.

Teimla Tania lygaid y ddau'n boeth arni, yn disgwyl iddi ymateb yn euog i'r newyddion. Mae hi'n ceisio pwyllo'i hunan, a daw llais 'i Nan o rywle gan leddfu'i chydwybod.

"Some fool once said life's all about the journey. Now, I'm not clever, but your Grandfather was, and he once said that the journey is only the prologue to an immigrant's life. The story begins when he sets foot in his new country."

Mae Tania jest moyn cyrraedd, cyrraedd uchelfannau'r gystadleuaeth ac ennill medal. A chael Steve yn edrych arni hi. Edrych hyd nes bo'r syniad o fod hebddi hi fel lastig yn gwasgu'i fod. Does ots sut ma hi'n llwyddo i wireddu hynny. Dyw sut mae hi'n cyrraedd pen ei thaith yn fusnes i neb. Ar hynny, mae Tania'n teimlo llaw amddiffynnol Steve ar ei hysgwydd ac mae hi'n mwynhau'r gwres sy'n treiddio drwy 'i chrys-t pinc.

"Dim problem," ateba Tania'r swyddog. "Dim problem o gwbwl."

*　　*　　*

Cerdded 'mlaen a'r dorf yn curo dwylo'n uchel. Poeri, a hwnnw'n boeth gan adrenalin, i gyfeiriad y pentwr blodau ger ei thraed. *Yes, Jesus loves me...*

Plygu coesau ac ymestyn cyhyrau sy'n cwyno dan straen y cystadlaethau blaenorol. *Turn your lights down low, low, low . . .*

Powdro'i dwylo a'u gwasgu'n ddyrnau gan anwybyddu'r doluriau coch. *Shit showers these, shit, shit, shit . . .*

Edrych lan, a gweld Steve. Ei chwar tawel yn edrych arni hi. 'So neb na dim yn medru llithio'i lygaid oddi arni hi. *You'll get in the medals this year, Tans. You're stronger, fitter . . .*

Codi'r rhaff oddi ar y llawr a'i hanwesu cyn ei chodi dros ei phen a rhoi'r gwregys am ei chanol. Troi ei chefn ar y tryc a cheisio anwybyddu'r ofn annisgwyl sy'n strancio'n sydyn y tu mewn iddi. Corn yn canu a chymeradwyaeth fyddarol. Clywed cloc yn tician yn uchel ac mae hi'n camu 'mlaen, yn araf i ddechrau, ac yna'n gynt ac yn gynt. Cyrraedd y llinell hanner ffordd a chyhyrau ei chefn a'i chluniau'n llosgi. Edrych lan. Ei weld e'n curo'i ddwylo. Y llinyn yn llacio a'r gwasgu'n peidio. Cyflymu wrth symud yn gadarn i gyfeiriad y llinell derfyn. Rhaid cyrraedd y diwedd, rhaid cyrraedd yn gyflym, rhaid ennill cystadleuaeth olaf y dydd . . .

Corn yn canu'n uchel yn y pellter. Arafu'i chamau a disgyn yn glep i'r llawr. Y gynulleidfa'n gweiddi mewn gorfoledd. Chwys yn driog a dagrau'n pigo.

A Steve. Steve a'i lygaid effro yn edrych ar neb ond y hi. Yn edrych hyd nes bo'r syniad o fod hebddi fel lastig yn gwasgu'i galon. Yn edrych gan flancedu'r boen a diffodd ei euogrwydd wrth iddi sefyll ar ei thraed a chodi'i breichiau reit lan i'r awyr.

PROFFIL
CERIAN FFRANSIS

Enw:	Cerian Ffransis
Llysenw:	Ceri
Oed:	36
Taldra:	5' 9"
Pwysau:	14 stôn
Magu:	De Sir Fôn
Teulu:	Un chwaer iau, Sera; yn briod â Danny
Sêr:	Dim syniad, ond mi ges i fy ngeni ddiwedd Medi
Lliw gwallt:	Browngoch byr – efo cymorth lliw potel
Lliw llygaid:	Glas dyfrllyd
Hoff gerddoriaeth:	Caryl Parry Jones a Mary Coughlan
Hoff ffilm:	The Full Monty
Hoff fwyd iach:	Smwddis protin
Hoff sothach:	Tecawê Indiaidd a pheint o gwrw
Hoff ran o'r corff:	Gw. isod
Cas ran o'r corff:	Ble mae dechrau? . . .
Swydd:	Cynorthwy-ydd mewn Sŵ Môr
Diddordebau:	Cerdded, trin planhigion, anifeiliaid mud, gwylio'r machlud o draeth Llanddwyn
Nifer o flynyddoedd yn cystadlu:	Dyma'r drydedd – ac os clywa i rywun arall yn sôn am Gymry a chynigion! . . .
Hoff gystadleuaeth:	Heti Heglog
Rheswm dros gystadlu:	I ennill, i gadw fy hun rhag hel gormod o feddyliau ac i ddangos i 'nheulu nad brêns ydi pob dim.

CERI

"Dyma chi Sera, brêns y teulu, a Cerian . . ."

Pe bai hi wedi cael punt am bob tro y clywodd ei mam yn ei chyflwyno hi a'i chwaer felly i'w ffrindiau a'i chydnabod fe fyddai'n byw yn un o'r tai lliw ffansi 'ma rownd y flwyddyn erbyn hyn ac fe fasa ganddi hi ddigon o newid dros ben i brynu Bwda aur go iawn yn lle'r peth boliog, paentiog 'na oedd yn gwenu'n hunanfodlon arni o ben yr allt.

Damia! Roedd y chwys yn bygwth llifo i mewn i'w llygaid hi, yn glafoerio i lawr ei hwyneb. 'Ceri flin, wynab tin.' Felly roedd hi'n dal i feddwl amdani ei hun, dros dri deg mlynedd ers i'w chwaer fach *petite* a pheniog landio ar yr aelwyd. Roedd *petite* yn un o hoff eiriau ei mam am ryw reswm. Mae'n debyg ei fod o'n awgrymu rhyw gymaint o steil a chwaeth, fel *chiffon* a *brie* a *petit fours*. Cymaint mwy deniadol na chotwm a chaws Llŷn a 'ffrâm fawr'.

"Sera, brêns y teulu, a Cerian . . ."

Y gair 'brôn' yn hongian yn y saib, fel sleisys o gig amrwd, pinc tywyll, a'i henw ffansi'n erthyl o jôc sâl.

'Callia, hogan! Canolbwyntia!' Ei hanadl yn ebychiad swnllyd. Doedd hi ddim wedi dod cyn belled â hyn er mwyn lluchio'r cwbwl o'r neilltu fel hen gadach. Doedd dim lle i'w mam yn ei meddyliau hi ar ddiwrnod fel heddiw. Dim lle i hunandosturi ac amheuon.

Roedd hi'n brynhawn poeth ym Mai ym Mhortmeirion. Ond nid yma i hamddena a mwynhau'r rhithiau Eidalaidd oedd Ceri ond yma i brofi fod ganddi'r nerth a'r grym ewyllys, i brofi fod y brôn bellach yn gyhyrau tynn a'i bod hi ymhlith merched cryfaf Cymru, os nad y gryfaf un.

Pa ots os nad oedd hi'n arbennig o osgeiddig? meddyliai, gan wenu'n gam wrth iddi weld llun ohoni ei hun yn ei meddwl fel hen ffarmwr coesgrwm o berfeddion Môn, a hithau'n trio canolbwyntio ar gario'r tanciau anferth, un ym mhob llaw, o gwmpas y pwll pysgod. Rhywle yng nghanol y criw oedd yn ei gwylio roedd Geraint. Roedd hi'n gallu clywed ei lais yn ei hannog ymlaen, "Ty'd Ceri! *Hang on in there* hogan! Mi fedri di 'neud hyn yn dy gwsg! *Go on* Ceri! *Go on!* . . ."

Ond roedd llais Danny yn mynnu torri ar ei draws a hithau'n clywed yr acen yddfol, llond mwg a hiwmor Lerpwl, yn tynnu arni ac yn gwneud iddi chwerthin y tro cyntaf hwnnw y gwnaeth hi ei gyfarfod yng Ngerddi'r Plas. "Hiya Blossom! Can I interest you in our rampant climbers? Or perhaps you're more into bedding plants. Lovely pink petals and a secret at their heart . . ."

"I've come about the job, saw the advert in the paper."

"Come to check us out first have you? Very wise. I'll go and fetch the boss now."

Ac ar ôl y syndod a'r cwestiynau arferol am ei chymhellion dros drio am swydd mor ddisylw â garddwr cynorthwyol mewn gardd fasnachol ar lannau'r Fenai a hithau'n "athrawes efo gradd", roedd hi wedi cael ei derbyn. Tri mis o gyfnod prawf i gychwyn, a'r dyfodol i'w drafod ar sail ei pherfformiad. Doedd Macs ddim wedi disgwyl iddi bara mwy na thair wythnos, fel y cyfaddefodd wrthi rai misoedd wedyn dros beint:

"Hogan fatha chdi efo llythrenna ffansi ar ôl 'i henw! Ro'n i'n poeni na fasat ti ddim yn medru deud y gwahaniaeth rhwng *baby-bio* a *baby-gro* myn uffar i! Ond ti'n siapio, Ceri. Wyt wir . . ."

A dyna beth oedd canmoliaeth! Doedd Macs ddim yn un am ryw sgwrsys hirfaith am deimladau, mwy nag am ragoriaethau gwahanol fathau o gompost a gwrtaith, ac felly roedd hi'n gwybod ei bod hi'n plesio go iawn.

"Diolch, Macs. Mae hi jest mor braf cael bod allan yn yr awyr iach a chlywed ogla pridd dan fy ngwinadd i. Mi faswn i wedi crebachu fatha chrysanths ar fedd taswn i wedi gorfod mynd i ddysgu. Dim ond er mwyn plesio Dad a Mam yr es i i'r coleg yn y lle cynta' chi . . ."

Ond roedd cyfaddefiad o'r fath yn rhy agos i'r bôn i Macs ac roedd o wedi croesawu'r esgus i nôl peint arall o'r bar a'i gadael hi i sgwrsio efo Danny. Hwnnw â'r tafod arian a'r winc yn ei lais. Ac erbyn diwedd y noson roedden nhw wedi cysgu efo'i gilydd am y tro cyntaf.

Nid ei bod hi wedi mopio'n wirion chwaith, er bod 'na rywbeth yn bendant yn ddeniadol amdano fo. Rhyw lithro'n gyfforddus i'r peth wnaethon nhw, Ceri'n ei chael ei hun yn ei ddilyn i fyny grisiau digarped ei fflat ac i'r 'boudoir' chwedl yntau'n eironig, a'r *whisky chaser* ar ôl y cwrw'n rhoi ryw wedd *soft focus* ar bopeth. Hithau, am unwaith, yn teimlo'n ddigon deniadol.

"You're a real hothouse plant under that no-nonsense exterior aren't you, pet? . . ."

A'i ddawn yntau efo geiriau'n dipyn mwy slic na'i grefft yn y gwely, pe bai hi eisiau bod yn frwnt o onest. Ond doedd hi ddim. Y cwbwl oedd hi eisiau ei wneud ar y pryd oedd gorwedd yn gynnes ar fatres bantiog Danny, swatio yn ei freichiau lliw haul, gadael i'w chorff reoli ei phen am newid a mwynhau mwydro a lolian y Sgowsar clên. A'r ffaith ei fod o mor gwbwl wahanol i ddelwedd Prins Charming ei mam yn ei wneud yn fwy o antur rywsut, fel unrhyw beth gwaharddedig.

Roedd hi'n dal i gofio ymateb ei mam pan fentrodd fynd â Danny adref am y tro cyntaf. Rhyw snwffian fel pe bai hi'n disgwyl clywed arogl tail, a'i gwefusau'n pletio'r mymryn lleiaf wrth iddi deimlo'i llaw yn cael ei gwasgu ym mhawen galed y "garddwr 'na" chwedl hithau. Roedd ei thad wedi trio lliniaru pethau drwy fynd â Danny am dro o gwmpas ei hances boced o ardd yn y cefn lle tyfai'r rhosod a'r marigolds mewn rheseidiau unffurf fel sowldiwrs. Hithau'n cochi at ei chlustiau wrth iddo ddangos y tomatos yn cwffio i dyfu yn y Gro-bag yn y *lean-to* y mynnai ei mam ei alw'n *conservatory*. Ond doedd Danny ddim yn un i frifo teimladau. Athrawon dwylo meddal oedd y rhai dan-din a bitshlyd yn ei phrofiad hi.

Diolch byth nad oedd Sera o gwmpas, yn dyst i'r ffiasgo! Roedd hi newydd adael cartre' i ddechrau ar y cwrs meddygaeth yng Nghaerdydd, fel y mynnai ei mam eu hatgoffa fwy nag unwaith yn ystod y pryd bwyd. "They only take the cream of course. It's so difficult to get a place there." Y direidi yn llygaid Danny yn cadw Ceri rhag plycio'r lliain bwrdd damasg yn sydyn a chwalu'r Denbyware yn chwilfriw yn y fan a'r lle.

Cyn pen dim roedd hi'n flwyddyn ers iddi ddechrau gweithio yng Ngerddi'r Plas ac er mai yn fflat y naill a'r llall y byddent yn glanio bum noson o bob saith ran amlaf, doedd gan Ceri ddim awydd newid y drefn letya am y tro. Roedd 'na rywbeth i'w ddweud dros fedru cau'r drws ar bawb a phopeth weithiau.

"Faswn i ddim yn para pum munud mewn dinas fel yma!" gwaeddodd uwchben sŵn y clincian gwydrau a'r gerddoriaeth uchel yn y *City Arms* ar un o'i hymweliadau prin â'r brifddinas. Sera'n ysgwyd ei phen ac yn hanner gwenu, fel pe bai hi'n chwaer fawr yn trio cadw trefn ar yr un ifanc anystywallt yn lle fel arall, yn cadw llygad hefyd ar faint o gwrw roedd Ceri'n ei ddrachtio mor frwdfrydig.

"Faswn inna ddim yn para pum munud taswn i'n llowcio 'nghwrw mor handi â chditha chwaith!"

"*Touché*, chwaer fach! Dydan ni yng nghefn gwlad ddim yn trafferthu efo ryw win a soda a nibls bach ffansi fel rydach chi lawr yma 'sti."

"Danny'n licio'i êl hefyd?"

"Fel unrhyw ddyn sy'n gweithio allan yn yr awyr agored, te? Does na'm byd i guro *lager top* ar ôl bod yn palu a chwynnu drwy'r dydd 'sti!"

"Jest gwatshiad nad wyt ti'n magu gormod o flas amdano fo!"

"Be? – Danny ta'r cwrw?"

A Ceri'n gwenu'n hanner cellweirus gan osgoi llygaid ei chwaer ac edrych i ddyfnderoedd ei gwydr peint.

Y gwir amdani oedd ei bod wedi cuddio ei chlorian ers tro byd a doedd y pwysau ychwanegol ddim i'w weld yn oeri dim ar frwdfrydedd trwsgl Danny. "I can't be doing with these stick-thin waifs! Give me a voluptuous, curvaceous lady any day!" meddai, ei farf dridiau'n crafu ei bronnau helaeth wrth i'w wefusau estyn yn farus am eu blaenau browngoch.

Mae'n debyg fod y bilsen fach wedi ychwanegu at y cynnydd yn ei phwysau hefyd. Ond roedd yn llawer gwell ganddi hynny na phe bai hi'n chwyddo am fod plentyn yn tyfu ynddi. Ac yn ôl fel y soniai Danny am ei deulu lluosog, Pabyddol draw tua Lerpwl doedd yntau chwaith ddim ar dân i ychwanegu at yr hil ddynol am rai blynyddoedd eto.

"They cramp your style and clamp down on your dreams. Let yourself soar, pet, let yourself fly . . ." A'i law arw'n daer rhwng ei chluniau hael, ei fysedd yn treiddio, treiddio, yn union fel pe bai o'n chwilio am ei gwreiddyn.

Er mor ymarferol oedd Danny, breuddwydiwr oedd o yn y bôn, dipyn o ramantydd penchwiban. Dylanwad gwaed ei hynafiaid Gwyddelig mae'n siŵr. A phan awgrymodd o, rhyw bythefnos cyn iddyn nhw hedfan ar wyliau i Lanzarote, eu bod nhw'n priodi tra oedden nhw allan yno wnaeth Ceri ddim synnu, nes iddi sylweddoli ei fod o'n gwbwl o ddifri'. Rhyw ddiawledigrwydd cynhenid, a synnwyr o antur, yn gwneud iddi gytuno, heb ddweud yr un gair wrth ei rhieni ymlaen llaw, er bod Danny wedi trio'n ofer i'w pherswadio i fynd draw i dorri'r newyddion cyn iddyn nhw deithio i lawr am y maes awyr.

Yn rhyfedd ddigon, a hithau'n cerdded yn droednoeth ar y traeth yn ei chafftan lliw hufen toc wedi'r seremoni fer, fe ddaeth rhyw bwl o hiraeth yn don drosti er na wnaeth hi gyfaddef hynny wrth Danny. Roedd yn well ganddi adael iddo feddwl mai emosiwn y funud, a swigod y *champagne* cynnes, oedd yn gyfrifol am ei llygaid llawn a'i gwefus isaf grynedig.

Teimlo'r tywod rhwng ei bodiau oedd wedi dwyn i gof ryw brynhawn hir o haf yn Llanddwyn pan oedden nhw'n blant ifanc. Codi'r castell, llenwi'r bwcedi lliwgar drosodd a throsodd a throsodd, y gronynnau'n crensian rhwng tafellau'r brechdanau, a Sera a hithau'n chwarae pêl ar lan y dŵr am oriau. Ei mam am unwaith wedi ymlacio'n llwyr ac yn gwenu wrth iddi eu gwylio o'i *lounger* blodeuog . . .

Roedd hi'n ormod o gachwr i ffonio ei rhieni noson y briodas. Defnyddio'r ffaith ei bod hi wedi yfed ar y mwyaf o sangria ar ben y *champagne* yn esgus. Ffonio Sera yn lle hynny a gadael iddi hi fraenaru'r tir caregog cyn iddyn nhw ei throi hi am adref yr wythnos ganlynol. Disgwyl ryw ddiwrnod neu ddau cyn mentro draw yno ar ei phen ei hun, a'r casgliad pitw o luniau o'r briodas – doedden nhw ddim yn medru fforddio'r pecyn *deluxe* – fel rhyw lun ar gymod yn ei llaw.

Waeth iddi fod wedi peidio â thrafferthu ddim. Er i'w thad ei chofleidio a mwmian "Congrats" yn ei chlust, roedd llygaid ei mam yn gwbwl oer a'r unig sylw a wnaeth hi wrth daflu cip sydyn dros y lluniau oedd: "Cafftan! Lliw hufen . . . Gobeithio nad wyt ti ddim yn disgw'l, ar ben pob dim arall . . ."

Cyn i Ceri gael cyfle i ateb, roedd hi wedi diflannu i fyny'r grisiau ac ar ôl rhyw hanner awr o sgwrsio poenus o chwithig efo'i thad roedd Ceri wedi gorfod derbyn na fyddai ei mam yn dod i'r golwg eto'r noson honno.

"Be ti'n disgwyl, pet?" holai Danny dros botel o win Sbaenaidd rhad yn ddiweddarach.

"Ro'n i'n meddwl y basa hi wedi rhoi cwtsh i mi o leia', dweud 'i bod hi'n falch drosta'i – am unwaith yn fy oes," meddai hithau, a'i llais bloesg yn drwm gan siom blynyddoedd, cyn rhoi clec i weddill y gwin yng ngwaelod ei gwydr mewn un llowciad. Danny, am unwaith, yn fud, yn methu â chynnig unrhyw gysur iddi wrth i'r dagrau rowlio i lawr ei gruddiau a waliau cyfyng y gegin.

Chwe mis yn ddiweddarach, a phrin ddwsin o eiriau rhyngddi hi a'i mam ers y briodas, dechreuodd Ceri weithio yn y Sŵ Môr ym mhen arall y pentref. Roedd hi wedi bod yn teimlo fel newid ers sbel ac roedd cael gweithio efo creaduriaid nad oedd yn ateb yn ôl, a gwylio eu symudiadau gosgeiddig yn y tanciau gwyrddlas, yn rhoi rhyw lonyddwch rhyfedd iddi.

Roedd Danny braidd yn biwis am y peth ar y dechrau. Bron nad oedd yn cymryd ei hawydd i newid cyfeiriad yn feirniadaeth bersonol. "Fi'n meddwl bod chdi'n licio yn y gerddi! Pottering around in the greenhouses, gweld petha'n tyfu . . ."

Hithau'n falch bod ei chefn ato wrth iddi olchi'r llestri swper. Fyddai hi ddim wedi medru cuddio'r cysgod a groesodd ei hwyneb wrth glywed y cyfeiriad at bethau'n tyfu. Roedd hi wedi cael rhyw bwl digon diflas ar ei stumog ryw ddeufis ynghynt. Cyri'r *Bombay Duck* gafodd y bai, ond beth bynnag oedd wedi ei achosi, fe fu'n fflatnar yn ei gwely am ddeuddydd ac yn wan fel cath am wythnos wedyn. Yn ei gwendid, a'r ffaith nad oedd hi ddim wedi cael noson gyfan o gwsg ers tro, roedd hi'n grediniol ei bod hi mewn peryg' o fynd yn feichiog. Roedd hi wedi clywed am ferched ar y bilsen yn mynd yn sâl, ac yn darganfod eu bod nhw'n disgwyl ymhen ryw dri mis wedyn er eu bod nhw'n dal i waedu'n artiffisial. Rhywbeth i'w wneud efo'r ffaith eu bod yn colli eu grym os oedd rhywun wedi bod yn chwydu'n ddrwg, fel y bu hi.

Roedd hi wedi mynnu bod Danny'n prynu pecyn o gondoms, rhywbeth nad oedd yn plesio er mor groch y bu yntau yn erbyn cychwyn teulu – "Mae o fel rhewi gums chdi yn y dentist! Come on pet, give me a break. Would it be so awful to find we were expecting anyway?"

Yn y pen draw bu'n rhaid iddi wynebu ei hofnau gwaethaf a phrynu pecyn prawf beichiogrwydd o *Boots*. Roedd y pum munud yna o ddisgwyl i weld a ddeuai llinell las i'r golwg yn rhai na fyddai'n eu hanghofio am beth amser a phan oedd hi'n hollol sicr nad oedd awgrym o liw – glas neu fel arall – yn y ffenest fach blastig claddodd y cwbwl yng ngwaelod isaf y bin cyn mynd ati i agor potel o win, y gwydr yn crynu'n ddireol yn ei llaw . . .

"Be ddigwyddodd, Ceri? Roeddat ti'n mynd mor dda . . ." Sut oedd dechrau esbonio wrth Geraint? Er mai hi oedd y ffefryn i ennill rownd yr 'Heti Heglog' roedd Tania Lewis a Buddug Cadwaladr wedi'i churo. Doedd deall bod Y Wal ar y blaen ddim yn syndod, ond Tania? Wyneb newydd sbon a'r ewinedd artiffisial 'na oedd hi'n feddwl oedd yn dipyn o jôc ar y dechrau yn ymddangos mwy fel *double bluff* go graff erbyn hyn. Sgleiniai ei chroen eboni gan chwys ac roedd hi i'w gweld ar i fyny, yn chwerthin yn uchel efo'i hyfforddwr, tra cyrcydai Ceri, â'i phen yn ei dwylo a'i hegni yn ei bodiau, ar lan y pwll pysgod.

"Wn i ddim fedra'i gario mlaen, Ger . . ."

"Ond fedri di'm rhoi'r gora iddi rŵan.. Fedri di ddim gada'l i un hic-yp bach fel'na sboelio'r cwbwl ar ôl yr holl waith paratoi. A fyddi di ddim yr un un ar ôl noson o gwsg rhwng cynfasa meddal Portmeirion."

Ond roedd meddwl am gael trefn arni hi ei hun ar gyfer y gystadleuaeth Troi Teiar peth cyntaf bore 'fory, heb sôn am gymryd rhan, yn ei llethu'n fwy na'r syniad o drio dringo Everest, a rhywbeth mwy sylweddol na 'hic-yp' yn boen corfforol bron o gwmpas ei chalon. Rhythai ar y pysgod aur yn ei gwatwar yn fud o dan y lilis dŵr a chwerthiniad crafog Tania yn ei hatgoffa hi o'r diwrnod arall hwnnw a drodd yn dipyn o hunllef . . .

Penwythnos Gêm oedd hi yng Nghaerdydd, Danny a hithau wedi gyrru i lawr yn syth ar ôl gwaith ar y nos Wener, llwyddo i gael cwpwl o beintiau cyn stop-tap, tecawê Indiaidd i ddilyn a Chlwb Ifor Bach i gloi'r noson. Roedd Sera wedi rhoi goriad ei fflat a'i gwely iddyn nhw am y noson, chwarae teg. Gan ei bod hi ar ddyletswydd y noson honno doedd hi ddim yn medru bod yno i'w croesawu ond roedd hynny'n siwtio Ceri i'r dim. Er ei bod hi wedi priodi ers tua phedair blynedd erbyn hynny, roedd hi'n dal i deimlo'n swil am garu o dan yr un to â'i chwaer fach. Roedd yn beth chwithig – a gwaeth na hynny rywsut – fel meddwl am ei rhieni'n caru neu'n mynd i'r tŷ bach.

Gwthiodd y ddelwedd honno i ben draw pellaf ei meddwl wrth iddi suddo'n braf o dan *duvet* swmpus Sera, yn canu grwndi bron, yn teimlo fel brenhines yn yr ystafell wely eang, *en suite*. A phethau rhyngddi hi a Danny bron fel oedden nhw ar y dechrau, y mwydro diniwed, y geiriau anwes cyfarwydd, eu cyrff yn lapio'n gyfforddus am ei gilydd wrth iddyn nhw blesio ei gilydd yn y ffyrdd cyfarwydd a dim awgrym o hiraeth o fath yn y byd yn ei hochneidio nwydus. Dim byd ond pleser syml, prin.

Deffro rhwng dau olau yn teimlo bod ei brest ar dân, ei bod yn mygu. Ofn symud gewyn i ddechrau, trio darbwyllo ei hun mai dal i freuddwydio oedd hi, y byddai'n deffro yn y munud, y byddai popeth yn iawn. Ond roedd y boen yn dal i bwyso fel gordd a'r pigiad cyntaf o ofn yn dechrau troi'n banic go iawn. Chwys oer yn llaith ar ei hwyneb a'i chalon yn dyrnu. Teimlo fel chwydu.

Ysgwyd Danny'n effro, hwnnw'n cwffio cwsg a rhywfaint o hangofyr i drio'i ddeall cyn lluchio'r *duvet* oddi arno a rhuthro, yn noethlymun groen, am ddrws yr ystafell sbâr a deffro ei chwaer yng nghyfraith o'i chyntun ysgafn. Roedd yr ambiwlans yno ymhen chwinciad a hithau'n sownd mewn pob math o beiriannau a thiwbiau yn Ysbyty'r Waun cyn iddi gael amser i hel rhagor o feddyliau dramatig.

Pwl drwg o *acid reflux* ac nid trawiad oedd wrth wraidd y cyfan yn ôl yr SHO ifanc ddwyawr yn ddiweddarach. "I'll give you a diet sheet with your prescription," meddai'n awgrymog cyn rhuthro yn ei flaen at y gwely nesaf a'i gadael yng ngofal mwy hamddenol nyrs groenddu â miwsig Jamaica yn ei llais. "No more beer an' takeaways for yo' for a while, girl," meddai â'i chwerthiniad cynnes yn atgoffa

108

Ceri o fêl yn llithro i lawr cefn ei gwddw pan fyddai dan annwyd yn blentyn.

Nid cysur ond rhyw adlais o hen edliw cudd oedd yn chwerthiniad Tania Lewis, meddyliai Ceri. Go damia! Doedd hi ddim yn mynd i adael i ryw *new kid on the block* chwalu'i chynlluniau mor handi â hynny chwaith. Ond sut oedd ailgodi stêm ar ôl y fath lanast? Teimlai ddwylo Geraint yn gadarn ar ei hysgwyddau, yn tylino'n ysgafn, yn ei hannog ymlaen yn gynnil.

Dyna fu ei steil erioed, fyth ers iddi fentro i mewn i'r gampfa leol a threfnu sesiwn gyflwyno, gwta wythnos wedi'r helynt yng Nghaerdydd. Er gwaethaf ei brafado roedd y profiad o gael ei chipio i'r ysbyty wedi'i dychryn, ac ar ôl sgwrs efo Sera am ei phwysau a'i deiet roedd hi wedi cytuno i roi cynnig ar fynd i wneud rhyw gymaint o ymarfer corff bob wythnos a thrio torri i lawr ar y braster a'r cwrw.

Gwyddai Geraint yn reddfol y byddai hi wedi rhoi'r gorau iddi pe bai hi'n cael ei gwthio'n rhy galed ar y dechrau, mai gan bwyll bach oedd y ffordd ymlaen. Hithau'n ymlacio o dipyn i beth yn ei gwmni a'i hawydd greddfol i guddio'i bloneg dan haenau o ddillad di-siâp yn cilio'n raddol wrth iddi deimlo'i hun yn cael 'madael ar y pwysau ac yn cryfhau. Ac er ei fod yn fistar digon caled yn ei ffordd ei hun, yn mynnu ei bod hi'n canolbwyntio ac yn ddisgybledig, roedd 'na hwyl ddiymdrech i'w gael yn ei gwmni hefyd.

Pan ddechreuodd hi ddangos addewid go iawn ymhen ychydig fisoedd a mwynhau'r *buzz* o wthio ei chorff i eithafion newydd doedd dim angen fawr o berswâd arni pan awgrymodd y byddai gosod nod iddi hi ei hun yn syniad da, yn darged pendant i anelu ato.

"Dydw i ddim isio mynd i edrach fel y merchaid dynol 'na o Rwsia chwaith cofia! Mysyls fatha brestia smalio a gyddfa fatha teirw!" meddai'n gellweirus.

"Faswn i'n gadael i hynny ddigwydd i chdi? Beth bynnag, *no way* fasa ti byth yn medru edrach fatha dyn. Ti'n llawar rhy ddel . . ." Yn yr eiliadau dilynol, roedd 'na dawelwch rhyfedd wedi codi'n fur rhyngddyn nhw. Hithau wedi troi at ei *kitbag* a dechrau chwilota am rywbeth annelwig yn ei ddyfnderoedd. Geraint, ar ôl rhyw funud neu ddau, wedi crafu'i lwnc fymryn yn annaturiol cyn dweud, "Wela'i di wsnos nesa, ta. Mi â'i ati i holi am gystadlaetha, dechra meddwl am blan deiet a ffitrwydd . . .", cyn troi ar ei sawdl a brysio i gyfeiriad ei swyddfa.

Er gwaetha'r chwithdod rhyfedd ar y pryd, roedd Ceri wedi fflïo adre'r noson honno a phan gyrhaeddodd Danny'n ôl sbel wedi *stop tap* roedd hi'n dal yn hollol effro ar ei hochor hi o'r gwely er mai smalio fel arall wnaeth hi pan blannodd sws wlyb, flêr ar ei boch yn ddiweddarach.

Wrth lwc, ac er mawr ryddhad – a rhyw fymryn o siom hefyd – doedd Geraint ddim yn y *gym* yr wythnos ganlynol. Wedi gorfod mynd â chriw ifanc o athletwyr i ryw gystadleuaeth i Aberystwyth ar fyr rybudd am fod eu hyfforddwr arferol nhw wedi cael ei daro gan chwiw stumog. Ac erbyn y sesiwn ar ôl hynny roedd popeth yn union fel y bu erioed rhwng y ddau i bob golwg, a digon o amser wedi mynd heibio i anghofio ac i gladdu'r embaras bach rhyfedd a gododd ei ben rhyngddyn nhw.

Trwyn ar y maen fu hi am chwe wythnos go dda wedyn, ar ôl iddo benderfynu ar gystadleuaeth fyddai'n addas. Dim malu awyr, dim jôcs, dim ond canolbwyntio ar y dasg mewn llaw. Rhaglen dynn a dim gwyro oddi ar y trywydd. Y *quads* a'r *glutes* i ddechrau, y cyhyrau llai wedyn. "Cym' bwyll! Paid â bod ar gymaint o ras!" A hithau'n gorfod rheoli ei hun i ymestyn ei chyhyrau'n drefnus ac o dan reolaeth. "Yn dy gwman fyddi di fel arall! Yn da i ddim ond i edrach ar y lleill yn mynd trwy'u petha!" Efallai mai dyna fyddai orau, meddyliai, ar yr adegau hynny pan fynnai'r hen amheuon frigo i'r wyneb, a'r llais main cyhuddgar 'na'n edliw, edliw . . .

"Chdi o bawb! Yr un oedd byth yn medru maddau i

damaid arall o bwdin a chwstard! Yr un oedd bob amser yn chwilio am unrhyw reswm i sgeifio yn y gwersi hoci a phêl rwyd. Chdi! Yn *Lady Lycra*! . . ."

Ond wrth weld ei chorff yn tynhau a theimlo rhyw egni newydd yn ei cherddediad gwyddai ei bod ar y trywydd iawn. Roedd trio dilyn y deiet yn fwy o fynydd er hynny. Cynyddu'r protein, bwyta llai, bwyta'n rheolaidd, rhoi'r gorau i'r cwrw bron yn gyfan gwbwl. Nid y resipi mwyaf delfrydol ar gyfer bywyd cytûn ar yr aelwyd:

"If I see another frigging banana I'll start swinging from that tree soon!"

Wnaeth hi ddim sôn wrth Danny am y gystadleuaeth tan y funud ddiwethaf bron. Cyn belled ag y gwyddai ef, dim ond cam arall yn ei 'hobsesiwn' fu'r cynnydd diweddar yn ei hymweliadau â'r *gym*. "It's that endorphin rush. Cyn ti'n troi rownd ti'n *hooked*. Safer by half to write poetry if it's the buzz you want . . ."

Ond fyddai'r un gerdd yn medru cystadlu; fyddai'r un llinell o gynghanedd, waeth pa mor ffansi, yn medru gwneud iddi deimlo fel y gwnâi ar ddiwedd sesiwn hyfforddi. Wedi ymlâdd yn llwyr ar un wedd ac eto ei syn-hwyrau i gyd ar dân a phopeth yn bosib'. Cadair 'Steddfod neu hanner cant o *bench presses*? Dim cystadleuaeth!

Roedd hi wedi dilyn trywydd y cachwr ac wedi dweud wrtho pan oedden nhw yng nghanol criw yn y dafarn ar nos Wener yn y diwedd. Rhyw hanner stori mewn gwirionedd. Cystadleuaeth fach ddigon di-nod yng Nghaerdydd ar y dydd Sul, y lifft wedi'i drefnu. Yn ôl ben bore Llun. Llond ffrij a rhewgell o fwyd. *No sweat*. Dim ond rhyw gyfle bach iddi roi ei bodiau yn y dŵr, gweld pa mor oer neu gynnes oedd o.

Ac erbyn iddyn nhw gyrraedd adre'r noson honno roedd effaith y cwrw wedi tymheru peth ar ei sioc gychwynnol – "Paid dod nôl 'di cael *heart attack*, OK?" – a'r ddau wedi'i throi hi gyda'i gilydd, am unwaith, i'r gwely.

Fel digwyddodd hi, roedd 'na ryw ddeg ohonyn nhw'n cymryd rhan yn y cystadlaethau i ferched. A'r hyn oedd yn rhyfedd oedd nad oedd pob un ohonyn nhw'n edrych fel *mean machines*, o bell ffordd. Roedd un yn edrych fel pe byddai mymryn o awel hegar oddi ar y môr yn ddigon i'w llorio hi, un arall yn foliog, flêr ac yn malio dim, un arall wedyn a oedd yn ddim ond clwstwr o gyhyrau a'i llygaid hi'n ddu a phell.

Un Gymraes Gymraeg arall oedd yno. Mel. O ochrau Caerfyrddin. Pwtan fach eithaf byr, mop o wallt cringoch, llygaid llawn direidi clên. Wedi bod wrthi'n cystadlu ers rhyw ddwy flynedd, am hwyl fwy nag oherwydd unrhyw uchelgais, ac yn mwynhau'r ochor gymdeithasol yn amlwg.

Amneidiodd i gyfeiriad Ms. Mysyls. "Paid â gadel i 'Rosemary' – Conley – *geddit*? – dwisto dy nics di, bach. Show ydi'r cyfan, t'wel'. Ma' ddi'n dod o Gasnewy', lico meddwl 'i bod hi'n tyff. Dyna pam ma' hi'n defnyddio'r enw Blaze. Ond 'wy wedi gweld honna'n llefen fel pwll y môr ar ôl twisto'i bigwrn unweth."

Roedd hi'n anodd credu hynny rywsut ond roedd hi'n falch o sgwrsio hwyliog Mel a'i chefnogaeth barod, Gymraeg. "Who've we got here then, Mel? Who's your new pal?"

"This is Ceri. Travelled all the way from up North, mun. First comp. Showing her the ropes."

"All the best, Ceri."

"Good on ya, Ceri."

Hithau'n diolch ac yn rhyfeddu fod cymaint o'i chyd-gystadleuwyr hi mor gyfeillgar. Dyna un peth oedd wedi bod yn ei phoeni hi wrth deithio i lawr efo Geraint; roedd yn fwy o fwgan o lawer na chymryd rhan yn y gwahanol dasgau, hyd yn oed y tynnu tryc. "Sgwn i sut groeso ga'i? Ti'n meddwl y bydd 'na dipyn o *aggro* am fy mod i'n newydd a 'rioed wedi bod o'r blaen. Ryw gangio i fyny yn fy erbyn i a ballu . . ."

"Ti 'di bod yn gwatshiad gormod o *Big Brother* hogan! Rilacsia! A chofia, os fydd 'na unrhyw fath o lol, mi fydda'i yno fatha shot i d'amddiffyn di!"

Roedd o yno rŵan, yn cadw llygad, yn edrych allan amdani, ond heb fod yn ei dandwn hi'n ormodol o flaen y lleill. Winciodd arni a chodi ei fawd.

Wrth lwc roedd y glaw wedi cadw draw, dim gormod o haul, a dim ond rhyw awel ysgafn yn troi o gwmpas y maes parcio anferth oedd wedi'i neilltuo ar gyfer y gystadleuaeth. Tu ôl i'r clwydi metel roedd cefnogwyr yn dechrau cyrraedd, rhai efo posteri: *Go for the burn, Bernie! Angie for champ!* Ac, mewn gwyrdd a choch llachar, *Maedda nhw, Mel!*

Yma, ar ddiwedd diwrnod crasboeth ym Mhortmeirion, a'r gwres erbyn hyn yn bygwth terfysg, ceisiai ddwyn i gof yr hwyl a'r egni rhyfedd oedd yn gymaint rhan o'r gystadleuaeth gyntaf honno yng Nghaerdydd. Teimlai fel planed arall, fel oes arall. Hithau â dim i'w golli, dim ond profiad newydd, cyffrous i'w flasu, wrth ei bodd o fod wedi cyrraedd y chweched safle ar ei chynnig cyntaf, ac yn ail agos ar yr Heti Heglog. Yn siarad yn ddi-dor yr holl ffordd yn ôl i'r Gogledd, a'r hen A470 droellog fel palmant llydan, aur yn ei chludo adref.

Roedd cymaint wedi digwydd ers hynny. Sawl cystadleu-aeth, ambell lwyddiant, rhai mwy ysgubol na'i gilydd, ac ambell ddiwrnod pig pan nad oedd unrhyw beth yn mynd o'i phlaid. Ond roedd hyn yn wahanol, fel pe bai hi wedi'i gwthio yn erbyn rhyw wal uchel, ddisymud a dim golwg o ffenest', heb sôn am hances boced o awyr las, i'w weld yn unlle.

"Waeth i mi dynnu allan o'r gweddill, ddim, Ger. Sgin i ddim byd ar ôl."

"Ty'd o'na, Ceri. Blindar 'di hynny'n siarad. Mae hi 'di gneud coblyn o ddiwrnod poeth a ma'n rhaid i chdi jest blancio'r rownd ola 'na allan rŵan. Meddylia am Bernie druan. Wedi gorfod rhoi'r gorau iddi efo *detached retina. . .* Dwi'm isio swnio'n hen fasdad oer, ond cofia fod hynny wedi gwella dy siawns ditha o ennill medal hefyd.

Cawod reit siarp a rest ar dy wely efo swp o gylchgrona'

113

glossy, prydan bach blasus, a fyddi di ddim yr un un. A mi fydd Sera yma erbyn bore fory, cofia. Fasat ti'n licio i mi'i ffonio hi i weld fedar hi ddŵad yma heno? . . ."

"Waeth i ti ddim, mae hi ar ddyletswydd. Mi fasa'n well i ti'i ffonio hi i ddeud wrthi am beidio trafferthu o gwbwl . . ."

Cydiodd yn ei bag a thynnu cantel ei chap *baseball* i lawr dros ei llygaid fel na fyddai'r llinyn trôns 'na o ohebydd teledu oedd wedi bod yn dilyn y gystadleuaeth drwy'r dydd yn cael ei demtio i stwffio meic o dan ei thrwyn hi a gofyn y cwestiwn merfaidd hwnnw: "Sut 'dach chi'n teimlo?" Ble roedd dechrau?

Llwyddodd i ddal y dagrau'n ôl hyd nes oedd hi wedi cau drws ei hystafell yn dynn y tu cefn iddi. Llithro'n raddol, fel doli glwt ddiymadferth, i'r llawr a chrïo'i hochor hi. Yn dawel, rhag ofn bod Geraint yn gwrando'r ochor arall, ei dwylo'n tylino'r carped trwchus fel pe bai'n lawnt felfed. Ac er ei bod yn teimlo fel tynnu'r gwead swmpus o'r gwraidd doedd dim mymryn o egni yn ei bysedd. Fyddai hi ddim wedi medru agor un o'r potiau bach ffansi 'na o jam oeddan nhw'n eu cynnig amser brecwast hyd yn oed.

Sôn am bathetig! Hithau'n cael aros yn y fath foethusrwydd, diolch i'r noddwyr, ac yn methu â'i werthfawrogi, yn teimlo bod y cyfan yn cau amdani, er gwaetha'r olygfa banoramig. Sychodd ei thrwyn â chefn ei llaw a chlywed twt-twtian ei mam yn ei phen yn syth. "Wrth gwrs, fuest ti 'rioed yn ryw *ladylike* iawn, naddo?" Ei hymateb cyntaf pan ddaeth i ddeall am ei diddordeb newydd. Gystal ag awgrymu mai'r unig rai oedd yn cymryd rhan mewn gweithgareddau o'r fath oedd lesbiaid bwtsh yn chwilio am goncwest sydyn a'u bod nhw i gyd yn ymdrybaeddu mewn rhyw fywyd gwyrdroëdig, islaw sylw.

Doedd hi ddim wedi trafferthu i'w goleuo ar y mater. A beth bynnag, roedd ei bywyd personol dipyn mwy dyrys na hynny ac ymhell y tu draw i ffiniau cyfyng dychymyg ei mam.

Wrth redeg dŵr i mewn i'r bath *jacuzzi* – waeth iddi foddi'n gyfforddus ddim – daeth y noson honno, rhyw ddau fis yn ôl erbyn hyn, i'w chof mor boenus â chwistrelliad iasoer annisgwyl o gawod. Hithau'n crynu'n sydyn yng nghanol stêm yr ystafell 'molchi helaeth . . .

Doedd hi ddim yn ei garu. Erbyn hyn. Roedd hi'n gwybod o'r cychwyn na fyddai eu perthynas fyth yn un o'r rhai hynny fyddai'n tanio fel papur glas ac yn ffrwydro o bryd i'w gilydd yn sbloets o dân gwyllt swnllyd. Yn dibynnu ar nwyd a theimladau cignoeth, yn pendilio o un eithaf i'r llall, yn eu hysu'n fyw. Nid dyna steil Danny ac nid dyna roedd hi'n chwilio amdano fo. Ar y pryd.

Ar ôl yr holl flynyddoedd o wylio lle roedd hi'n rhoi ei thraed ar y maes ffrwydron gartre, y peth olaf oedd hi ei angen ar y pryd oedd *rollercoaster* emosiynol yn troi ei bywyd hi ben ucha' isa'. Ac roedd Danny'n greadur mor annwyl, mor hawdd i fod yn ei gwmni.

Roedd hi wedi bod mor hawdd hwylio 'mlaen yn gyfforddus, ddiymdrech. Fel y byddai dal ati i wneud hynny. Ond y noson dan sylw, sylweddolodd nad hyn oedd hi eisiau bellach. Roedd yn gymaint o sioc, roedd hi wedi rhoi'r gorau i siarad ar ganol brawddeg, gan eistedd yno, yn rhythu i wyneb Danny druan, ei gwefusau'n tonni'n fud fel ceg pysgodyn. Yntau, yn ei ffordd arferol, yn troi at hiwmor er mwyn trio rowndio'r gongl chwithig yn ddianaf:

"Paid â sbio arna'i fel rhyw *convent virgin*, pet! Ti'n rhoi'r *heebie-jeebies* i fi! All I asked was whether we might try for a kid once this Wales' Strongest Woman lark's over. I know what I've said in the past but as I get older I'm thinking it'd be nice to have a kid around the place, mynd â fo i Anfield, dysgu fo i nofio, fly a kite on Llanddwyn beach."

"Danny, I . . ."

Yna sylweddoli ei bod hi mewn *cul-de-sac* a hithau eisiau bod ar draffordd, y gwynt yn ei gwallt ac yfory'n fap heb ei lunio, yn llawn posibiliadau di-ben-draw.

Cymryd arno nad oedd wedi gweld ei hawch am ryddid wnaeth Danny, a soniodd o ddim am y peth wedyn. Ond roedd pethau'n wahanol. Yn enwedig rhwng y cynfasau. Fedrai hi ddim yn ei byw â smalio. Ac roedd rhyw batrwm wedi sefydlu o dipyn o beth. Y ddau'n mynd i fyny ar wahân ran amlaf, y naill a'r llall yn gwneud yn siŵr bod un wedi dechrau hepian neu'n cysgu'n sownd cyn mentro am y ciando.

Tan yr wythnos ddiwethaf. Noson eu pen-blwydd priodas. Wyth mlynedd. Un yn fwy na'r saith oedd i fod i wneud i'ch croen chi grafu a'ch gyrru i chwilio am eli lliniarol ar silff wahanol. Llongyfarchiadau Ceri a Danny!

Argo! Roedd hi'n dechrau troi'n rêl hen bitsh sinigaidd, meddyliai, yn cwffio'r dagrau oedd yn rhy barod o lawer i neidio i'w llygaid y dyddiau hyn, a lliwiau'r cardiau cyfarch yn y siop-elwa-ar-emosiynau yn llifo i mewn i'w gilydd fel caleidosgop gwallgo.

Dewis cerdyn plaen, dineges wnaeth hi yn y diwedd a dethol ei geiriau prin yn ofalus. Hepgor y sws, tan y munud diwethaf un. Meddyliodd yn hir – yn afresymol o hir – am y peth cyn jibio ar ôl gweld ei wyneb, yn feddal, agored, wrth iddo gysgu yn yr oriau mân. Doedd dewis anrheg yn ddim haws chwaith. Ar ôl chwilio a chwalu, penderfynodd ar docyn o *B&Q* a'i stwffio i mewn efo'r cerdyn fel na fyddai gofyn iddi ysgrifennu unrhyw sylw ychwanegol.

Yn driw i'w natur ramantus, roedd o wedi prynu mwclis bach cain a blodau gan fynnu eu cyflwyno iddi yn y tŷ bwyta Eidalaidd lle roedd o wedi bwcio bwrdd mewn congl gartrefol y noson honno. "I was going to get you an eternity ring but I s'pose I've left it a bit late for that, haven't I? . . ." Fedrai hi ddim ei ateb; doedd dim angen iddi. Danny, yr hen ben, a'r galon fawr . . . Er mor flasus oedd y bwyd, ei bigo'n ddigon crintach wnaeth y ddau wedyn tra'n gweithio'u ffordd drwy ddwy botel o *Chianti* (gweddïai y byddai Geraint yn deall), a'r siwrnai adref yn y tacsi'n un niwl o deimladau cymhleth.

"For old times, pet?"

Yn ôl gartref, estynnodd y ddau am ei gilydd yn afrosgo, ac eto'n od o dyner, a'u caru – fel eu dagrau – yn hamddenol ac yn ffyrnig am yn ail, yn gwybod i sicrwydd bellach mai dyma fyddai'r tro olaf.

Pa ryfedd iddi'i cholli hi pan welodd gip ar y wisg wen a'r fêl o gil ei llygad fel roedd hi'n paratoi ar gyfer codi'r tanciau trymion? Y cwpwl hapus wedi crwydro i lawr o'r Castell yn yr haul ac yn gweld cyfle am lun priodas go wahanol. Y ddau'n chwerthin yn ddiofal ac yn awgrymog wrth iddi hi smalio codi'i chymar gan ddynwared osgo Hercules a'i belen loyw ychydig lathenni i ffwrdd. Yntau'n sibrwd yn ei chlust. Gallai ddychmygu'r math o sylw: "Dwi'n licio hogan 'fo dipyn o fôls!" Hithau'n cymryd arni ei bod wedi digio er mwyn y pleser o gymryd rhan yn y gêm o gael ei dandwn a'i mwytho, a'i gusanau ysgafn, pryfoclyd yn llawn addewid.

Rhythai arni ei hun yn y sgwaryn bach stemllyd a gliriodd yn y drych o'i blaen. Rhaid ei bod wedi socian yn y bath am hanner awr go dda. Bron nad oedd 'na wrymiau lle roedd topiau ei breichiau a'i choesau wedi llosgi yn y dŵr. O leiaf roedd ei brest hi'n teimlo'n llai tynn a'i stumog hi wedi rhoi'r gorau i blycio a gwasgu.

Mwythodd ei stumog gyhyrog â'i llaw, edrych arni ei hun o'r ochor, dychmygu sut y byddai'n edrych yn feichiog, pedwar mis, chwe mis, naw mis . . . Dyna oedd mor eironig. Doedd hi erioed wedi bod yn un famol, erioed wedi teimlo'r awydd. Ac eto, ers iddi wynebu'r gwir am ei theimladau tuag at Danny, roedd yr ysfa am gael teimlo babi yn ei breichiau, yn tyfu o dan ei chalon, fel gwayw bron.

Wrth sychu ei hun â'r lliain meddal, mwythai ei bronnau'n ddioglyd fesul un, eu dychmygu nhw'n dynn a llawn, y gwythiennau'n amlwg . . .

"Ceri!"

O dipyn i beth, sylweddolodd fod rhywun yn cnocio ar y drws.

"Ceri! Ti'n iawn?"

Cymysgedd o ryddhad, embaras a rhywbeth arall, cynilach a fflachiodd ar draws ei wyneb o'i gweld hi wedi'i lapio yn y gôt dywel wen.

"Sori – poeni – jest gwneud yn siŵr . . ."

"Nad o'n i wedi gwneud rh'wbath gwirion? . . ."

"Na . . . Ia . . . D'wn i'm . . ."

"Dwi 'yma o hyd' yli, chwadal Mistar Iwan."

Yn edrych i fyw ei lygaid. "Ty'd i mewn da chdi. Mi fydda'i wedi dal niwmonia os safai yn y drws agorad 'ma lawar iawn hirach."

'Fory heb ei dwtshiad'. Dyna'r geiriau a fynnai droi yn ei meddwl wrth iddi lithro i gwsg braf oriau'n ddiweddarach. Roedd hi wedi bod yn melltio a tharanu am yn ail ers tua deg o'r gloch nos ond am unwaith prin oedd hynny wedi tarfu arni. Y peth brafiaf oedd bod yr hen deimlad dychrynllyd 'na o fod mewn rhyw sosban brys, rhywbeth yn gwasgu i lawr ar ei phen a'i hysgyfaint, wedi cilio wrth i'r awyrgylch lacio efo'r storm ac roedd hi'n benderfynol o wneud cyfrif da ohoni ei hun ddydd Sul. Byddai Sera wedi cyrraedd erbyn yr ail gystadleuaeth, y Tynnu Angor, a byddai'n braf cael symud i lawr at ehangder y traeth a chael troi ei chefn am dro ar glydwch y pentref gwneud, er mor hardd yr adeiladau. Roedd o'n fodd i'w hatgoffa fod 'na 'bictiwr mawr', chwedl Ger, ar wahân i'r cystadlu brwd, waeth pa mor bwysig oedd hynny ar y pryd.

Gwyddai nad oedd ganddi obaith mul o ennill y gystadleuaeth bellach. Roedd hi rhwng Buddug, Jess a Tania oni bai fod 'na epidemig yn eu taro. Ond doedd medal ddim yn hollol allan o'i gafael. Mater o feithrin cryfder ewyllys oedd hi yn fwy na dim rŵan beth bynnag, credu ynddi hi ei hun go iawn. Credu fod ganddi hi'r gallu, os oedd ei breuddwydion yn rhai digon byw, i afael ynddyn nhw a'u gwireddu. A bod ganddi hi berffaith hawl i wneud hynny.

Ac yn yr ysbryd hwnnw y dechreuodd Ceri baratoi ei hun ar gyfer y diwrnod newydd oedd o'i blaen. Tynnodd y cyrtan trwm fymryn i'r naill ochor a gwenu wrth edrych i lawr dros Afon Dwyryd yn pefrio yn haul y bore cynnar, i gyfeiriad Traeth Bach a Thalsarnau y tu draw iddo. A chan gamu'n benderfynol ond yn dawel allan o'r 'stafell yn ei dillad rhedeg, caeodd y drws o'i hôl mor dyner â phe bai babi'n cysgu ym mhlygion y cynfasau cynnes.

PROFFIL
BETHAN HUGHES

Enw:	Bethan Hughes
Llysenw:	Casáu llysenwau
Oed:	34
Taldra:	5'5"
Pwysau:	10 stôn,4 pwys (12 stôn cyn dechrau ymarfer)
Magu:	Dyffryn Ogwen
Teulu:	Mam, nain; colli'i thad pan oedd hi'n 17 oed
Sêr:	Libra
Lliw gwallt:	Brown di-ddim, ond dechrau arbrofi gyda lliwiau a steils gwahanol
Lliw llygaid:	Brown
Hoff gerddoriaeth:	*Drive Anthems*
Hoff ffilm:	Thelma & Louise
Hoff fwyd iach:	Stêc a salad
Hoff sothach:	Siocled, siocled, siocled . . .
Hoff ran o'r corff:	Llygaid
Cas ran o'r corff:	Gwasg, neu ei ddiffyg
Swydd:	Gweithio mewn becws/siop fara/caffi
Diddordebau:	Osgoi meddwl am ei bywyd a'r dyfodol; smalio bod yn hapus
Nifer o flynyddoedd yn cystadlu:	Cystadleuaeth gyntaf
Hoff gystadleuaeth:	Ddim syniad eto, jest eisiau cwblhau'r gystadleuaeth
Rheswm dros gystadlu:	Ceisio hunaniaeth bersonol, ennill hunanhyder.

BETHAN

"Elin, sut wyt ti ers . . . ew, ers tro byd?"

"Iawn diolch, Bethan. A chditha? Prin dy weld ti dyddia ma. Ti'n edrach yn dda."

"Diolch . . . fyddan ni'n teithio dipyn . . . gwahanol gystadleutha aballu . . . ond fydda i'n trio dod nôl i weld Mam bob hyn a hyn. A pwy di'r rhein yn fa'ma gen ti? Tydyn nhw'n betha bach del – tynnu rôl 'u mam."

"Dwn i'm am hynny wir. Siân 'di hon – mae hi'n ddyflwydd – a Harri 'di hwn – mae o'n saith mis."

"Ew, llond lle o waith, Elin!"

"Ti'n deutha fi. Ond mae Gwyn yn dda iawn efo nhw, ac mi gafodd Mam naw byw cath o rwla ar ôl i Siân gael ei geni, felly mae hi'n help mawr hefyd. Sgin ti'm awydd . . . ?"

"Y fi? Na . . . na, dwi'm yn meddwl . . . mi fysa'n creu hafoc efo nhreinio i bysa! Nes mlaen ella."

"A Rhys?"

" O dan ni'n dallt 'n gilydd reit dda rŵan . . . ydi mae petha'n ok diolch . . . yli, rhaid i mi fynd . . . neu mi fydd Mam 'di galw'r heddlu a cheidwaid y glanna a phawb arall fedrith hi feddwl amdanyn nhw."

"A finna, gwell i minna fynd, neu mi fydd y ddau yma'n dechra gweiddi isio bwyd."

" Neis dy weld ti, Elin. A falch o gael cyfla i weld y plantos. Ta-ta."

"Hwyl fawr, Bethan. A phob lwc efo'r cystadlu – mi fydda i'n dilyn dy hanas ar y teli."

*   *   *

"O, dim ond un o'r dwmplens sy ma heddiw. Wedi rhoi'r ffidil yn y to ma hi ia? Ta wedi mynd nôl at y lwmpyn na o gariad sy gynni hi?"

Dal i fynd, Bethan, dal i bedlo . . . fel tasa chdi'n pedlo am dy fywyd. . . Paid â gwrando ar y sinach . . . Paid â gadael iddo fo dy dynnu di oddi ar d'echal.

"O, wnes i anghofio . . . does gin ti'm cariad i ddeud wrtha chdi bod yn well gynno fo genod cydli . . . nag oes, Bethan?"

Paid ag edrach arno fo . . . neu mi fydd hi wedi ta-ta arna chdi . . . a beth bynnag arall wnei di, paid â chodi dy ben ac edrach arna chdi dy hun yn y wal wydr felltigedig 'na . . . a chditha'n edrach fel Jaci Soch yn cael ei rostio'n fyw . . . Cadwa dy lygaid ar yr olwyn fach yn troi, yn mesur y milltiroedd . . . a meddwl bod y beic-sownd-yn-llawr ma'n medru codi i'r awyr a hedfan trwy'r ffenast a mynd â chdi'n bell bell o fa'ma.

"Bari ditha'm yn hir ar ben dy hun. Braidd yn hwyr i chdi ddechra meddwl cystadlu yn *Miss World* bellach tydi? . . . *And here we have Miss Dwmplen wearing a very fetching gown specially created from two family-sized tents . . . Her interests are eating, shovelling it in, and scoffing the left-overs . . .*"

Paid â chodi at yr abwyd . . . Paid â'i lyncu fo . . . Dyna mae'r basdad isio . . . Dal i fynd, dal i bedlo . . . hyd yn oed tasa chdi'n cael hartan yn y fan a'r lle.

"Cofia di, erbyn meddwl, ella na tydi'm rhy hwyr i chdi roi trei ar y *body-building* 'na chwaith . . . Ma raid bod gin ti gyhyra'n rwla dan yr holl fflab 'na . . . Neu beth am y genod 'na sy'n tynnu loris a chodi logs aballu? . . . Golwg fel dynion ar 'u hannar nhw . . . a'r hannar arall yn cerddad fel tasa nhw 'di gneud llond 'u nicyr."

Dos o'ma, Rhys Parri . . . dos o'ma i mi gael dod oddi ar y beic ma cyn i nghlunia i ffrwydro . . . ac i mi gael mynd adra a chael sterics a byth dwllu drws y blydi lle ma eto.

"Dwi am i throi hi . . . rhag ofn i chdi golapsio . . . a mi fysa gofyn i mi dy gario di i rwla a rhoi'r *kiss-of-life* i chdi . . . Fysa'r ddau ohonan ni wedi chal hi wedyn . . . Ew, un da

123

oedd y pennill 'na naethon ni ddysgu'n rysgol te? Sut odd o'n mynd dŵad? . . . O ia, dwi'n cofio rŵan . . .

Bethan ac Elin
Yn byta lot o bwdin,
Elin a Bethan
Yn byta lot o frechdan.
. . . Wela i chdi eto, ia?"

*   *   *

"Dyna ni, ledis, panad i chi. Helpwch eich hunain i'r bisgedi. A be gymrith y ddwy fach ma – llefrith, Ribena, te? – mae 'na dipyn ohonyn nhw'n licio te, efo rhyw lwyad o siwgwr i fagu blas. A cymrwch fisgedan neu ddwy iddyn nhwtha hefyd."

Roedd Bethan ac Elin wrth eu boddau'n dod i'r clinig babis gyda'u mamau, er na fyddent wedi gallu lleisio eu barn yn glir ac yn groyw mewn iaith fyddai'n ddealladwy i'r mwyafrif o oedolion. Byddent yn cŵan a gwichian a dweud gw-gw gyda'r gorau er mwyn mynegi eu mwynhad, a phan fyddai'r poteli llawnion yn dod i'r golwg, a'r platiau o fisgedi lliwgar yn cael eu pasio o amgylch, wel, roedd hi'n bryd gadael Doli a Tedi i morol amdanynt eu hunain, a fflewtian nerth eich pen-ôl i gyfeiriad y danteithion.

Petai Janet a Beti, mamau'r ddwy fach, wedi eu geni rhyw bum mlynedd yn ddiweddarach, ac oddeutu pum mil o filltiroedd tuag at y gorllewin, efallai y byddai eu bywydau wedi dilyn llwybr tra gwahanol. Efallai y byddent wedi ffeirio'r Capel a'r Ysgol Sul, sgertiau pletiau-am-byth, *twin-sets*, gwalltiau to sinc, a chinio gyda'u rhieni a'u rhieni-yng-nghyfraith bob yn ail ddydd Sul, am roc a rôl, y bilsen a *free love*, sgertiau cwta, cwta, a throwsusau llydan, llydan.

Ond yn niffyg dylanwadau'r chwyldro disglair a dilyffeth-air hwnnw, y ddwy fechan, Bethan ac Elin, oedd yn dod â lliw a llewyrch i fywydau eu mamau. Ac mewn cyfnod pan oedd babi bodlon, bochgoch, llond ei chroen yn cael ei chanmol lawer mwy na babi main, aflonydd, doedd ryfedd bod Janet a Beti wrth eu boddau yn bwydo'r ddwy â phob math ar felysfwyd, ac yn cael eu plesio wrth wylio Bethan ac Elin yn claddu bisgedi *wafer* pinc, *custard creams*, a bisgedi *bourbon*.

Newydd ddathlu ei phen-blwydd yn wyth oed oedd Elin pan dderbyniodd wahoddiad i fod yn forwyn briodas i Anti Delyth, chwaer iau ei mam. Ac roedd hi wedi gwirioni'n lân. Ac yn well fyth, yn sgîl y ffaith mai Janet oedd am wneud y ffrogiau ar gyfer y morynion priodas, ac oherwydd bod Janet, Beti a Delyth yn dipyn o ffrindiau, roedd Bethan hefyd wedi derbyn gwahoddiad i fod yn forwyn briodas.

Cafodd Elin a Bethan fynd ar y trên i Gaer un dydd Sadwrn, gyda Beti a Janet, ac Anti Delyth, ac Anwen, ffrind Anti Delyth, a fyddai hefyd yn forwyn briodas, i ddewis **y** ffrog. Roedd y ddwy wedi eu siarsio gan eu mamau na fyddent yn cael yr un fferin am wythnos gron gyfan petaent yn cambihafio. Ond mewn gwirionedd, anodd dweud pwy oedd wedi cynhyrfu fwyaf – y mamau ynteu'r merched. Roedd y daith ar y trên yn rhywbeth newydd ynddo'i hun, ac roedd Bethan ac Elin am fwyta eu brechdanau cyn gynted ag y gadawodd y trên y stesion. Yna, wedi cyrraedd Caer, dal y bws fawr goch o'r stesion i'r dref. Am bobl a phrysurdeb! Am siopau crand gyda phob math o ryfeddodau yn y ffenestri! A chael cadair aur i eistedd arni tra oedd Anti Delyth yn trio'r naill ffrog ar ôl y llall, ac yn edrych yn fwy fel tywysoges ym mhob un!

Yn y man, gyda'r ffrog yn ddiogel mewn crud o bapur sidan, mewn bocs crand, mewn bag crandiach fyth efo enw'r siop arno mewn sgrifen piws, roedd hi'n amser chwilio am batrwm addas a defnydd ar gyfer ffrogiau Anwen ac Elin a Bethan. Roedd y merched wedi mopio'n llwyr efo'r defnydd pinc golau a ddewiswyd, a phenderfynwyd yn unfrydol fod traed pawb angen saib fechan cyn dechrau chwilio am sgidiau.

Yn y caffi, roedd y merched oedd yn gweini i gyd yn gwisgo ffrogiau duon gyda ffedogau gwynion a chapiau efo ffrils arnynt. Roedd y chwech ohonynt, er eu bod ar fin tagu, yn swp sâl wrth yfed eu paneidiau, rhag ofn iddynt dorri'r llestri tsieina ceinion, ac yn rhyfeddu wrth gael brechdanau a'r crystiau wedi eu torri oddi arnynt. Daethpwyd â llestr arbennig at y bwrdd: dau blât gyda pholyn bach yn rhedeg drwyddynt a handlen ar ben yr plât uchaf, a'r ddau blât yn llawn teisennau bychain lliwgar. Welodd Elin a Bethan y fath beth erioed: hyd yn oed pan fyddent yn cael te dydd Sul gyda'u neiniau, tafelli trwchus o fara brith neu gacennau cri neu *Victoria sponge* fyddai'r arlwy. Dim byd yn debyg i'r teisennau bach yma oedd yn edrych mor ddel nes bod ofn eu bwyta arnoch bron.

Bu Janet wrthi am wythnosau lawer yn torri a phwytho a datod ac altro'r defnydd pinc sgleiniog nes bod gwisgoedd y tair yn ffitio'n berffaith.

Ar ddiwrnod y briodas edrychai Delyth hyd yn oed yn fwy fel tywysoges, ac roedd Anwen yn siapus a golygus yn ei ffrog binc. Roedd Elin wedi gwirioni gyda'r holl ffrils a fflownsiau oedd ar ei gwisg, a chyda'r sylw a gâi gan bawb. Ond gyda phob gronyn o ddoethineb a dirnadaeth ei naw mlwydd, gwyddai Bethan fod yr holl ffal-di-rals ar ei ffrog yn gwneud iddi edrych fel un o'r doliau hynny oedd yn cael eu defnyddio i guddio rholiau tŷ bach. A serch y dotio a'r gwirioni, a'r gwenu a wnaeth hithau yn wyneb y sylw i gyd, wylo dagrau distaw a wnaeth yn ei gwely'r noson honno.

Roedd Bethan ac Elin yn casáu gwersi ymarfer corff gyda chas perffaith. Yn eu casáu'n fwy na'r Ysgol Sul a chael eu galw'n nobl gan berthnasau difeddwl efo'i gilydd.

Yn gyntaf, y gwaradwydd o sefyll gyda gweddill y dosbarth tra byddai'r capteiniaid – a fyddai'n ddi-ffael wedi eu hethol o rengoedd yr heini a'r hoenus – yn dewis eu cyd-ddisgyblion fesul un ar gyfer eu timau, nes byddai Bethan ac Elin yn sefyll ar eu pennau eu hunain. Yna, gydag ochenaid o ddiflastod, byddai un ohonynt, ac yna'r llall, yn cael eu tynghedu i ddifetha cyfle y naill dîm fel y llall.

Buan iawn y dysgodd Elin mai dyddiau'r gwersi darostyngol hyn oedd y dyddiau pan fyddai poen yn ei bol, cur yn ei phen, neu gam gwag anffodus fyddai'n arwain at droi'i ffêr yn gallu profi'n gyfleus iawn. Y gamp oedd pwyso a mesur difrifoldeb yr anffawd yn gywir: gormod o stŵr a byddai'n rhaid iddi aros yn ei gwely'n drysu efo diflastod dan lygaid gwarcheidiol a ffyslyd ei mam; dim digon o anhwyldeb a byddai ar ei thalcen ar gornel y stryd yn disgwyl y bws ysgol heb y nodyn hollbwysig i Jean Flin *Gym*.

Roedd y dyddiau pan fyddai'n rhaid iddi wynebu'r gwersi hyn ar ei phen ei hun yn artaith i Bethan. Byddai wynebau aelodau'r tîm fyddai'n cael eu gorfodi i'w chael yn aelod ohono'n ddigon iddi, yn enwedig tra medrai weld wyneb Elin yn gwenu'n llon arni drwy ffenestr yr ysgol. Yna, y neidio dibwynt yn y gemau pêl-rwyd, nes byddai ei phenliniau'n rhincian wrth i'w thraed daro'r cwrt; y plygu diddiben dros y ffon mewn gemau hoci, nes byddai'i chefn yn teimlo fel petai ar fin torri'n ddau; ac yn waeth na'r rhain oll, y rhedeg traws-gwlad di-ben-draw yng nghanol gaeaf, nes byddai ei chluniau'n gig noeth ac yn llidiog, ac yn llosgi gyda phob cam a gymerai am ddyddiau.

Ac fel pe na bai'r wisg a'r weithred yn ddigon o warth, roedd Jean Flin *Gym* yn mynnu eu bod yn cael cawod ar ddiwedd pob gwers. Tra byddai'r merched eraill yn cymharu eu bronnau bychain yn blodeuo, a'u pen-olau pert, a dyfalu a fyddai un ohonynt yn ddigon ffodus i gael snog efo Rhys Parri neu Alun Puw yn y Disgo Dolig, byddai Bethan yn ceisio cuddio y tu ôl i'w thywel gydol y penyd, nes byddai ei thywel yn wlypach na hi'i hun gan amlaf.

Am ryddhad oedd cael gwthio a gwasgu ei hunan tamp yn ôl i'w dillad. Hyd yn oed i'w dillad ysgol hyll. A hyd yn oed os oedd yn rhaid iddi wisgo'r gardigan gwbl ddi-siâp y gwnaeth Nain ei gwau iddi, oherwydd nad oedd y botymau oedd ar y rhai yn y siop yn cau amdani.

Caeodd Bethan y drws y tu ôl i'r perthnasau-o-bell-bell olaf. Pwysodd ei chefn ar y drws ffrynt, cau ei llygaid a rhoi ochenaid ddofn o ryddhad. Roedd hi'n chwys laddar yn ei siwt ddu wedi treulio'r prynhawn cyfan yn gweini te a choffi a sieri melys ar y galarwyr a ddaeth i'r tŷ wedi'r gladdedigaeth. Heb sôn am y brechdanau ham a'r brechdanau ŵy a'r bara brith a'r cacennau cri. Ac roedd ei hesgidiau newydd wedi pinsio'i thraed nes bod ei bodiau wedi eu gwasgu at ei gilydd i'r fath raddau fel bod Bethan yn sicr na fyddai byth yn medru eu gwahanu eto. Ac ar ei sodlau roedd ganddi swigod fel y da-da *Flying Saucers* a brynai hi ac Elin yn siop Nain Jôs ar eu ffordd adre o'r ysgol. Roedd hi'n sicr nad oedd hi erioed wedi taro llygad ar hanner y bobl a ddaeth i'r tŷ o'r blaen. Sythodd Bethan a theimlo gwasg ei sgert yn brathu i mewn i'w chnawd. Fentrai hi agor y botwm? Siawns bod ei siaced yn ddigon hir i guddio'r bwlch. Llaciodd y dilledyn cyn iddi gael ei hollti'n ddwy.

Roedd hi ar fin dychwelyd i'r parlwr pan ddaliwyd ei llygaid gan het a chôt ac ambarél ei thad ar y stand dillad yn y cyntedd. Yng nghanol ei phrysurdeb ei hun, ac yn wyneb hunandosturi ei mam, doedd hi heb gael eiliad iddi hi'i hun i feddwl am ei thad ers camu o'r car mawr du a'u danfonodd o'r fynwent i'r tŷ.

Dyn distaw diffwdan fu ei thad erioed: ei mam oedd yr un fyddai bob amser yn prepian gydol amser brecwast ac amser swper. Ond er y byddai Bethan yn teimlo ar adegau y byddai'n braf petai'i thad yn fwy amlwg dwymgalon tuag ati hi, roedd rhyw ddedwyddwch ynglŷn â thawelwch ei thad a'i gwnâi'n llawer haws ymlacio yn ei gwmni nag ym mwrlwm siaradus a holi diddiwedd ei mam. A phan dderbyniodd hi le yn y coleg nyrsio, gwyddai Bethan fod ei thad yn hynod falch ohoni yn ei ddull digwafars ei hun. Roedd hithau'n falch iawn ei fod yntau wedi cael clywed y newydd da cyn i grafangau ei salwch creulon ei gipio oddi wrthynt. Ond byddai hi'n siŵr o weithio nerth deg ewin yn y coleg; roedd am fod yn deilwng o'i ffydd ynddi hi.

Symudodd yn araf tuag at ddrws y parlwr, gan wingo

gyda phob cam. Diolch mai dim ond Elin a'i mam, a'i mam a'i nain hi'i hun oedd ar ôl bellach. Roedd Bethan yn rhoi'i llaw ar ddolen y drws pan dorrodd y lleisiau o'r parlwr ar draws ei synfyfrio.

". . . a dwyt ti rioed am ddal d'afael yn y tŷ mawr ma ar ôl i Bethan fynd i'r coleg nyrsio?"

"Coleg nyrsio? Wel, deith hi ddim rŵan, siŵr, Mam. Fysa hi'm yn mynd a ngadael i ar fy mhen fy hun yn fa'ma."

"Na fysa siŵr. Hogan 'i mam 'di Bethan, te Janet. Fatha Elin ma. Chwilio am joban yn dre ma neith hi bellach. Fatha mae Elin 'di neud."

"Gawn ni fod fwy indipendant wedyn, Bethan – dim rhaid i ni fod adra erbyn hannar nos a chael *Twenty Questions* bora wedyn. A fedran ni gael partis a gwylio rwbath lecian ni ar y teli . . . a dod â rhywun yn ôl ma . . . tasan ni isio te."

Safai Bethan ger ffenestr y gegin yn y fflat fechan yn ymlafnio gyda llond sinc – a mwy – o lestri. Oedd hi wedi gwneud peth call, gadael i Elin ei pherswadio i symud mewn i fa'ma efo hi? Toedd Bethan ddim yn teimlo damaid mwy 'indipendant' yn golchi llestri yng nghegin y fflat nag a wnaethai wrth ymgymryd â'r un gorchwyl yn nhŷ ei mam.

Ond roedd y weithred o 'adael cartref' wedi bod yn llawer haws na'r disgwyl, gan fod Nain wedi mynd yn rhy fusgrell i edrych ar ôl ei hun yn ddiweddar ac yn gwrthod ar ei phen mynd i gartref henoed ("tydi'r llefydd ma'n llawn o hen bobol, Janet bach"). Felly, aeth Nain i fyw at Mam, a llwyddodd Bethan i sleifio oddi yno tra oedd Nain yn taflu ordors, troi'r tŷ â'i ben i lawr a'i draed i fyny, a gyrru Mam i fyny'r wal a rownd y nenfwd.

Bellach roedd Bethan yn amau'n gryf mai ystryw ar ran Elin oedd y syniad rhannu fflat, ac mai cael ei defnyddio oedd hi fel rhyw lun ar *alibi* parchus, parhaus a pharhaol, *alibi* oedd yn caniatáu i Elin dreulio faint fynnai o amser yn . . . yn gwneud . . . wel, yn gwneud dyn a ŵyr be y tu ôl i ddrysau caeëdig ei hystafell wely gyda'i chariad newydd,

Gwyn. Yn y becws lle roedd y tri ohonynt yn gweithio y cyfarfu'r ddau, ychydig fisoedd cyn i Elin a Bethan symud i'r fflat. Roedd yn ymddangos yn foi digon hwyliog, ond yn tueddu i atgoffa Bethan o *Mr Pilsbury* . . .

Ochneidiodd Bethan wrth gasglu llwyth arall o lestri oddi ar y bwrdd a'u sodro'n ddiseremoni yn y sinc. Serch yr holl sôn am fod yn indipendant doedd brwdfrydedd Elin dros sefyll ar ei thraed ei hun ddim yn cwmpasu unrhyw fath o waith tŷ. Roedd yn mynd â'i golchi adre i'w mam bob wythnos, a byddai angen map arni i ffeinidio'i ffordd o gwmpas rhyfeddodau'r gegin. A phe na byddai Bethan yn golchi llestri a hwfro a glanhau'r tŷ bach, yna byddai paradwys indipendant Elin wedi troi'n dwlc afiach cyn pen dim.

Go brin y byddai Elin a Gwyn yn dod i'r golwg am oriau, felly byddai'n picio i nôl y papur dydd Sul ar ôl gorffen y llestri, a'i ddarllen wrth gael ei brecwast. Suddodd stumog Bethan drwy'r llawr i'r fflat oddi tani: coffi du, *ryvita* a chaws bwthyn. Fyddai waeth iddi wledda ar y papur dydd Sul ei hun ddim – mae'n debyg y byddai gwell blas arno. Ochneidiodd wrth feddwl am y rhengoedd o farrau siocled fyddai ar y cownter yn ei herio wrth iddi dalu am ei phapur. Teimlai ei hymroddiad tuag at ei deiet diweddaraf yn toddi'n gynt na siocled ar ei thafod. Cystwyodd Bethan ei hun yn ddidrugaredd.

"Yli, waeth i ti fynd â'r teisenna ma hefyd ddim – fedran ni'm 'u gwerthu nhw ddydd Llun. Gawn ni nhw i swpar heno."

"O ia, Gwyn Morus, gwahodd dy hun i swpar . . . eto . . . a trio mhesgi fi fel twrci Dolig . . ."

"Twrci Dolig, wir . . . cydli wyt ti, Elin . . . faint o weithia sy'isio mi ddeud . . . a gwell gen i ferch efo dipyn o afael ynddi na rhyw sgerbwd . . . i nghadw i'n gynnas a'r gaea'n dŵad."

"Dy gadw di'n gynnas? . . . ti'n ddigon nobl i neud hynny

dy hun, y diawl digwilydd. Be di hwn yn fa'ma'n hongian dros dy drowsus di – *rubber ring* – rhag ofn i chdi foddi'n yr holl flawd 'na?"

"Aros di i mi gael gafael arnat ti, Elin, a be sy tu allan i nhrowsus i fydd y peth lleia fydd yn dy boeni di."

Gwasgodd Bethan y cadach yn filain. Noson arall yn teimlo fel gwsberan tra byddai Elin a Gwyn yn gwneud llygaid llo ar ei gilydd dros y pastis a'r teisennau. Wel . . . mi fedrai hi gael swper efo nhw, ac yna gobeithio y byddent yn diflannu i lofft Elin cyn i'r ysfa i chwydu am eu pennau fynd yn ormod iddi . . . Neu mi fedrai hi fynd allan . . . ond i ble? . . . ac efo pwy rŵan bod Elin wedi mopio'i phen efo Gwyn nes bod y ddau fel dwy fynsen wedi glynu at ei gilydd yn y popty? . . . Neu mi fedrai hi fynd i dreulio nos Sadwrn yn nhŷ ei mam, yn gwrando ar Nain yn dweud yr un hanesion drosodd a throsodd nes y byddai hi a'i mam yn barod i dynnu pob blewyn o'u pennau.

Ymosododd Bethan ar y mannau gweithio'n ddidrug-aredd efo'i chlwtyn. Petai hi ond yn gallu sgwrio ei holl rwystredigaethau ymaith yn yr un modd . . . Petai hi ond yn gallu tylino'i bywyd i siâp o'i dewis hi'i hun fel y byddai Gwyn a'r becars eraill yn ei wneud gyda'r toes . . . A phetai hi ond yn gwybod pa siâp fyddai hynny . . .

"Tyd laen, Bethan. Tipyn o hwyl . . . a mae o'n andros o foi neis medda Gwyn . . . mbach yn swil . . . ond clên iawn."

Bedair awr yn ddiweddararch, gwyddai Bethan y dylai fod wedi gwrando ar y llais bach rhybuddiol oedd yn sgrech-ian 'na, na' yn ei phen, a gwrthod yn blwmp ac yn blaen cytuno i fynd ar y *blind date* a drefnwyd ar ei chyfer gan Elin a Gwyn.

Bellach, roedd yn sicr y gwyddai bopeth y gellid ei wybod am stampiau . . . blydi hel . . . toedd hi ddim wedi sylweddoli bod 'na neb yn y byd dan ddeugain yn hel stampiau'r dyddiau yma. Ac roedd wedi'i thrwytho yn hyd a lled yr anghymwynas roedd technoleg megis e-bost a ffacs a ffôn symudol yn eu gwneud i gasglwyr stampiau. A hyn i gyd yn cael ei floeddio yn ei chlust i gyfeiliant synau rhythmig dy-dy-dy, dy-dy-dy, dy-dy-dy dy dy nad oedd yn deilwng o'u galw'n gerddoriaeth. Ac fel pe na bai hynny'n ddigon, roedd Sam Stampiau (Cen oedd ei enw go iawn, ond roedd y demtasiwn yn ormod iddi) yn dal ac yn fain fel . . . wel, fel polyn lein. Teimlai Bethan fod y ddau ohonynt yn edrych fel Jack Sprat a'i wraig. Yr unig beth y gellid ei ddweud o blaid y creadur oedd ei fod wedi gadael ei anorac gartref.

O leiaf doedd dim rhaid iddi wneud esgus dros adael yn gynnar: roedd ei phen yn bowndian yn sgîl y sŵn cras a'r lluwch o wybodaeth yn chwyrlïo o amgylch ei hymennydd. Dyheai am lonyddwch a distawrwydd . . . ac am baned o de . . . a thafell o dost a menyn . . . a *Kit-Kat* ella . . .

Ffarweliodd Bethan â'r tri arall ac anelu am y drws gan deimlo'n gwbl ffals am iddi dderbyn rhif ffôn Cen – *land line*, wrth gwrs – a gobeithio'r annwyl na fyddai'n rhaid iddi daro llygad arno eto byth bythoedd amen.

Cachu brics, cachu planciau a chachu stampiau. Oedd rhaid i hwn fod yn gweithio heno?

"Wel helô. Dim ond un dwmplen yn mynd adra'n gynnar? Ar 'i phen i hun? Sdim isio ti boeni sti, tydi dwmplens ddim yn troi'n bwmpens rôl hannar nos."

"Cur ym mhen, Rhys."

"O . . . a lyfyr boi ddim am dy ddanfon di adra – fawr o ŵr bonheddig nac di?"

"Go brin fysat ti'n nabod un o'r rheini tasa ti'n baglu drosto fo, Rhys. Ond gan dy fod ti 'di sôn, mi nath o gynnig."

"Debyg fod o'n saffach yn fa'ma – tasa hi'n mynd cyn bellad â dipyn o hanci-panci rhyngddoch chi, beryg iddo fo ddeffro'n bora a chditha 'di wasgu o'n dy gwsg. Mi fysa'n rhaid i chdi fynd â fo adra a'i lithro fo dan drws i tŷ wedyn."

Trodd Bethan ar ei sawdl ac allan i'r stryd. Roedd yn edrych o'i hamgylch am dacsi pan welodd olau gwahoddgar y siop tsips ar y gornel.

"... fedra i ddim, Elin, ddim yr wsnos honno ... taswn i'n gwbod, fyswn i'm 'di cytuno i neud y bwyd ar gyfer parti pen-blwydd 'i nain o, na fyswn."

"Deuda wrtho fo na fedri di ddim ... rwbath 'di codi."

"Does 'na ond dwyawr ers i mi ddeud y byswn i ... fedra i'm deud 'na' rŵan ... a beth bynnag, dyna'r wsnos ma Idris yn mynd i'r sbyty i gael 'i lawdriniaeth ... mi fyddwn ni'n brin o un pâr o ddwylo cyn cychwyn."

"Felly ma'i dallt hi ia, Gwyn – ma Idris a'i *ingrowing toe-nail* a Clive a nain Clive a'r blydi parti pen-blwydd ma'n bwysicach na fi felly!"

"Paid â bod fel'na, Elin ... plîs ... a chofia mai Clive sy'n cyflogi ni. A fedra i'm fforddio deud wrtho fo be i neud efo'i nain a'i pharti ... na chditha chwaith."

"A finna isio i ni gael gwylia bach rhamantus i ddathlu blwyddyn efo'n gilydd. A 'di cael bargan am gymryd y lle ar fyr rybudd ... *cosy cottage, ideal love-nest, 2 mins from secluded beach, 10 mins from village: shops, pubs, award-winning restaurants and all amenities ...*"

"Yli, Elin, mae o'n syniad grêt ... a dwi'n gwerthfawrogi'r ymdrach ti 'di neud ... a mi awn ni cyn bo hir ... dwi'n gaddo ... jest ddim yr wsnos honno ... mae'n amhosib."

Roedd Bethan yn gaeth yn y gegin. Roedd ganddi fŷg o goffi a chylchgrawn *Slimming World* o'i blaen. Ac roedd rhyw lembo'n siarad lol ar y radio. Ond doedd ei barablu dibwrpas ddim yn ddigon i'w hinswleiddio rhag gwres y ddadl oedd yn poethi yn y stafell fyw. Ac ni fedrai hi ddianc o'r gegin heb gerdded trwy'r stafell fyw. A chan fod Bethan yn adnabod Elin cystal â neb, gwyddai'n iawn cymaint y byddai peidio â chael ei ffordd ei hun yn ffyrnigo'i ffrind. Trodd y radio i fyny rhyw chydig a cheisio canolbwyntio ar ddeiet y mis. Ond cododd y lleisiau hefyd.

"Iawn ta, Gwyn ... llyfa di dîn Clive. A'i nain. Ac ella gei di fynd ar wylia rhamantus efo honno ar ôl y parti."

"Ella gwna i ... o leia fysa'i nain o'm yn paredio'i hun ar

y traeth mewn bicini deg seis yn rhy fychan . . . fel rhyw hwch dew . . ."

Daliodd Bethan ei dwylo'n dynn dros ei chlustiau.

"Dos di, Elin, os t'isio mynd . . . dwi 'di bod ar 'y nhraed trwy'r dydd . . . dwi 'di blino . . . dwi isio panad a rhoi nhraed i fyny a gwylio *Coronation Street.*"

"Plîs, Bethan . . . jest tro ma . . . fedra i'm mynd ar 'y mhen fy hun . . . ddim tro cynta . . . dala i drosta chdi . . . a mi dritia i chdi i ddeiet *Coke* wedyn . . ."

"Dim ond tro ma Elin . . . ti'n dallt? . . . Gei di fynd dy hun wedyn wir."

Yn ei llofft tyrchodd Bethan ymysg ei dillad . . . o leiaf roedd ganddi ddigon o rai slac a di-siâp i ddewis rhyngddynt. Eisteddodd ar ei gwely. Roedd hi wedi cael llond bol. Roedd wedi treulio'r wythnos ddiwethaf ar ei hyd yn gwneud esgusion dros absenoldeb Elin yn y becws; roedd wedi gwylio Gwyn yn mynd o gwmpas ei waith yn edrych fel petai am roi ei ben yn y popty efo'r toes; ac yna roedd wedi dod yn ôl i'r fflat bob gyda'r nos i weini gwin pinc, bisgedi siocled a thunelli o *Kleenex* ar Elin. A rŵan, am fod Gwyn wedi'i galw'n 'hwch dew' yn ei dempar, roedd Elin wedi cael chwilen yn ei phen am golli pwysau a chael corff fel un Katherine Jenkins neu Angharad Mair. Ond dâi hi ddim i'r *gym* heb rywun i afael yn ei llaw. A doedd yna ddim hyd yn oed rhestr fer o 'rhywuns', heb sôn am giw o'r drws ffrynt i'r stryd nesaf. Ochneidiodd Bethan wrth estyn am ei threinyrs – doedd 'na ddim llonydd i'w gael.

Wedi diwrnod arbennig o brysur yn y becws roedd Bethan wedi manteisio ar noson olaf absenoldeb Elin a Gwyn ac wedi cael bath ymlaciol a hamddenol a rhoi'i thraed i fyny. Gwyddai y byddai'r ddau'n dychwelyd oddi ar eu gwyliau rhywbryd yn ystod y nos, ond gan mai prin air a dderbyniodd gan ei ffrind gydol y deng niwrnod y bu hi a

Gwyn i ffwrdd, penderfynodd Bethan fynd i'w gwely'n gynnar. Gyda lwc câi ddihangfa rhag cymryd arni bod â diddordeb ysol yn nadelfeniad anorfod Elin o bob ystum a symudiad, pob coma a ffwl stop, o eiddo Gwyn ers iddynt adael y fflat.

Roedd Jean-Christophe Novelli wrthi'n gweini gwledd amheuthun ar Bethan . . . siaradai gyda hi mewn Cymraeg perffaith oedd yn diferu o acen Ffrengig fel siwgwr toddi. Closiodd hithau ato a sibrwd yn floesg yn ei glust mai dyma brofiad mwyaf orgasmig ei bywyd . . . syllodd yntau'n bowld o rywiol yn ôl arni . . . ac meddai . . .

"Bethan! Bethan! Deffra!"

Diflannodd Jean-Christophe a'i ddanteithion llithiog.

"Sbïa, Bethan, 'dan ni 'di dyweddïo!"

Chwifiodd Elin ei llaw dan drwyn Bethan a oedd yn dal dan ddylanwad Jean-Christophe Novelli a Huwcyn Cwsg fel ei gilydd. Erbyn i Elin orffen adrodd ei newyddion da roedd Bethan wedi dod ati'i hun ddigon i ddymuno'n dda i'r ddau ac i wneud ambell sylw go lew o gall.

Ymhen hir a hwyr aeth Elin a Gwyn am eu gwlâu. Gorweddai Bethan yn troi a throsi. Ac ni ddaeth Jean-Christophe na Huwcyn Cwsg i'w gwaredu.

Roedd Bethan yn chwys diferol. Oedd 'na bobol yn gwneud petha fel hyn ran sbort, fel diddanwch? Go iawn? Talu i ddiodda? Roedd eisiau sbïo'u pennau, siŵr. Hyd yn oed wrth ymweld â'r deintydd roedd rhywun yn cael eistedd mewn cadair gysurus a chael tipyn o dendans.

Rhoddodd y gorau i'r rhwyfo a cheisio cael ei gwynt ati. Teimlai ei breichiau o leiaf ddwylath yn hwy nag oeddynt pan gyrhaeddodd y *gym* gwta awr yn ôl. A'r unig reswm roedd hi yno o gwbl oedd oherwydd ei bod wedi talu crocbris o dâl aelodaeth pan gafodd ei llusgo yno gan Elin yn ystod ei mympwy byrhoedlog ynglŷn â cholli pwysau. Hynny a'r ffaith fod rhaid iddi ddianc i rywle o'r fflat i osgoi Gwyn ac Elin yn bod yn lyfi-dyfi.

Un tro bach arall ar y beic-sownd-yn-llawr, yna cawod a phaned yn y caffi. Stryffagliodd Bethan i godi oddi ar y peiriant rhwyfo, a chyda'i breichiau'n teimlo fel petai blaenau ei bysedd yn sgubo'r llawr, dringodd ar y beic.

Ymhen ychydig funudau roedd y poen arteithiol yn ei chluniau wedi peri iddi lwyr anghofio'r gwayw yn ei breichiau a'i hysgwyddau. Roedd newydd ddod i'r casgliad na allai pethau fod yn waeth pan glywodd lais y tu ôl iddi,

"O, dim ond un o'r dwmplens sy ma heddiw . . ."

*   *   *

Roedd Bethan yn y bath pan glywodd gnoc ar ddrws y llofft.

"Ia?"

"Dwi am gal un sbec arall ar y lleoliada ma. Fydda i'm yn hir."

"Iawn, Rhys."

Clywodd Bethan sŵn traed yn pellhau. Suddodd yn is i'r dŵr poeth, persawrus, caeodd ei llygaid a cheisiodd ymlacio. Wrth redeg y bath roedd wedi gwirioni gyda'r pecynnau bychain o sebon swigod a siampŵ a hylif a ganfyddasai yn y stafell molchi ac wedi bwrw iddi i wneud defnydd da ohonynt. Agorodd ei llygaid drachefn: roedd ganddi gystal siawns ymlacio ag a fyddai gan Nain o wau dybl-decar. Roedd ei meddwl yn neidio i bobman, fel sioncyn y gwair ar sbîd.

Wedi sesiwn o ymarfer ysgafn y bore ma roedd hi a Rhys wedi gyrru lawr ma, a chael eu croesawu a'u tywys i'w stafelloedd heb weld run o'r cystadleuwyr eraill. Petai hi ar ei gwyliau byddai wedi gwirioni ar bentre Portmeirion gyda'i dai bach o liwiau hufen iâ, ei adeiladau rhyfeddol, a'r môr yn llepian yn las ar y Traeth Bach. Ond gyda'i pherfedd yn llawn ffa sbonc, anodd oedd gwerthfawrogi atyniadau'r lleoliad.

Prin roeddynt wedi cael cyfle i ddadbacio pan gafodd ei llusgo i wynebu'r wasg leol, y naill ohebydd ar ôl y llall yn ei holi, yn gofyn cwestiynau nad oedd ganddi syniad sut i'w hateb.

"Beth wnaeth i chi benderfynu cystadlu?

"Deuda di wrtha i, cyw."

"Be dach chi'n feddwl o'r cystadleuwyr eraill?"

"Heb weld run ohonyn nhw'n y cnawd eto, ond yn cachu brics jest wrth feddwl amdanyn nhw."

"Dach chi'n ffyddiog fod gennych chi siawns go dda?"

"Nac ydw. Ar y funud fysa'n well gen i fod yn rhywle ond fa'ma. Yn gwneud cerflun o Lloyd George allan o dail holl eliffantod y byd. Neu geisio hedfan Môr Iwerydd mewn awyren wedi'i gwneud allan o ddau focs cornfflêcs a pheiriant injan wnïo Singer Mam. Os do i drwy'r deuddydd nesa yn un darn mi fydd hi'n wyrth."

"Sut y daethoch i nabod eich hyfforddwr?"

"Nabod o ers dyddia rysgol bach, pan oedd o a'i fêts yn galw enwau arna i a fy ffrind."

Fe fyddai dweud yr hyn oedd ar flaen ei thafod, yn hytrach na mwmian rhyw atebion dwlál, da-i-ddim, wedi gwneud gwell stori o'r hanner, siŵr o fod. Ac roedd cyfweliad ar gyfer y teledu i ddod eto.

Be ddiawl oedd hi'n wneud yma? Pam gebyst roedd hi wedi penderfynu cystadlu? Dipyn bach o glod gan Rhys Parri yn y *gym* wedi mynd i'w phen hi? Oedd hi'n rhy hwyr i dynnu allan? Dianc i rywle nes byddai'r penwythnos drosodd? Esgus fod ganddi gur yn ei phen, neu boen yn ei bol? Fel y byddai Elin yn ei wneud gyda'r gwersi ymarfer corff erstalwm?

Doedd hi erioed wedi aros mewn gwesty mor foethus. Go brin fod Rhys chwaith er ei fod yn trio'i orau i edrych fel petai o uchel dras ac wedi hen arfer â charpedi at ei benliniau a gwely pedwar postyn. Roedd Bethan yn edrych mlaen at weld sut y byddai Rhys yn delio efo'r cyllyll a ffyrc amser swper. Efallai y byddai'r rheini'n rhoi halen ar ei gynffon. Ond wedi meddwl, hyd y gwyddai hi, doedd 'na neb na dim wedi llorio Rhys Parri ers iddo gychwyn yn yr ysgol bach. Braf arno, gyda'i hunanhyder fel arfwisg amdano.

A ble roedd o? Byddai'n rhaid iddynt styrio er mwyn

mynd i gael swper. Oedd rhaid iddi fynd? Fyddai Rhys ddim yn gallu mynd ar ei ben ei hun?

Wel, byddai'n rhaid iddi symud o'r bath sut bynnag. Roedd hi'n dechrau oeri, ac olion y dŵr ar flaenau'i bysedd fel ôl llanw ar dywod y Traeth Bach. Cododd Bethan a lapio'i hun yn y tywel mwyaf trwchus, mwyaf fflwffiog a deimlodd erioed. Aeth trwodd i'r llofft – llofft â golygfa fendigedig trwy'r ffenest – ac eistedd ar ei gwely i sychu'i hun.

Roedd lwmp, megis dwsin o basteiod tatws a chig mwyaf Gwyn yng ngwaelod ei stumog. Ac roedd ei hysgwyddau fel y sgarff cynta hwnnw y gwnaeth hi'i wau i Tedi wedi i Nain ei dysgu i wau – yn glymau blêr i gyd. Petai Rhys yn cyrraedd gallai ofyn iddo dylino'i hysgwyddau . . . caeodd Bethan ei llygaid a dychmygu dwylo Rhys yn rhwbio'i hysgwyddau, yn anwesu cefn ei gwddw, yn . . .

Agorodd ei llygaid. Roedd y gystadleuaeth ma wedi pydru ei hymennydd. Be haru hi'n hel y fath feddyliau? Gorfododd ei hun i godi a mynd i sbïo yn y wardrob. Lwcus ei bod wedi pacio cwpwl o bethau teidi yng nghanol yr holl geriach arall. Beth oedd y drefn mewn lle fel hyn? Fyddai'r lleill i gyd yn dod i swper? Efo'u hyfforddwyr? Oedd rhywun i fod i wisgo'n grand o'i cho (nid fod ganddi obaith gwneud hynny gyda'r hyn oedd yn ei wardrob), neu jest rhywbeth nad oeddent yn ddillad ymarfer neu ddillad cystadlu?

Cyfarfu hi a Rhys ag un neu ddwy o'r cystadleuwyr eraill pan aethant am dro i weld y lleoliadau, a doedd dim golwg fampaidd arnyn nhw bryd hynny. Roedd y rhai a welsant yn ymddangos yn ddigon clên ac wedi dod draw atynt i ddweud helô. Roedd Bethan yn falch iawn pan sylweddolodd fod ambell un arall – Calennig a Ses, os oedd hi'n cofio'n iawn – yn cystadlu am y tro cyntaf hefyd. Ac roedd Jess wedi'i chyfarch fel petai eisoes yn un o'r 'criw'. Ac er bod ymddangosiad Tania gyda'i hewinedd draig goch a'i chyhyrau amlwg a'i Chymraeg chwithig wedi codi ofn mawr ar Bethan, doedd dim byd cas o'i chwmpas hi. Er, meddyliodd Bethan, fyddai Tania'n gwneud famp o'r radd flaenaf . . . Ond yn ôl y sôn, Buddug Cadwaladr oedd yr un i'w gwylio . . . dipyn o deyrn, meddan nhw, a ddim hanner call chwaith . . .

Ble roedd Rhys wedi mynd? Oedd o wedi mynd i gael swper hebddi? Na, byddai yn ei ôl unrhyw funud rŵan a hithau'n dal yn ei dillad isaf. Beth petai'n cyrraedd yr eiliad hon ac yn llamu i'w llofft heb gnocio na dim? Beth petai —

Clywodd Bethan sŵn traed yn agosáu. Gwisgodd yn gyflym.

*   *   *

Fe aeth swpar reit dda neithiwr – pawb yn llgadu ei gilydd, nenwedig y rhai fatha Bethan sy'n newydd i'r gêm ma. A dwi'n meddwl bod 'na amball i sweip yn cal i daflu rhwng y rheini sy'n nabod ei gilydd yn barod. Ond neb yn gas go iawn chwaith. Ac roeddan nhw i gyd 'di gwisgo i fyny dipyn bach. Swn i'm 'di licio pigo ffeit efo nhw – hyd yn oed yn 'u dillad gora. Tydi Meinir ddim yn dod tan fory – problema teuluol – 'i gŵr hi 'di cal damwain ddifrifol – byth mynd i gerddad eto meddan nhw. Dim golwg o Buddug Cadwaladr, neu 'Y Wal' fel mae'r lleill yn 'i galw hi chwaith. Tydi'm yn un am gymysgu – cadw hi'i hun iddi hi'i hun yn ôl y sôn.

Mae'n drybeilig o gynnar, ond sgin i'm gobaith hen feic peniffardding fy nhaid yn y *Tour de France* mynd nôl i gysgu. Dwi am sleifio allan am smôc cyn cynnig gneud panad i Bethan a gweld sut ma hi bora ma.

A finna 'di diodda am fisoedd wrth roi'r gora i'r ffags ma. Dyna ma' sdres . . . ne rwbath . . . yn neud i rywun. Mi fydda i fel corn simdda eto ar y rêt yma.

Dwrnod a hannar! Dwrnod a thri chwartar! Roedd hi'n wych, bril, ffantastig! Rôn i mor falch ohoni rôn i isio'i sgubo hi oddi ar 'i thraed a . . .

Roedd hi'n cachu brics bora ma. Isio tynnu allan, isio mynd adra, isio syrthio'n gelan yn y fan a'r lle. Mi fuo raid i mi'i llusgo hi i'r Neuadd i gofrestru. A wedyn dyma 'na ryw lembos yn penderfynu tynnu llunia cyn cychwyn. Cuddiad yn y cefn a'i phen yn 'i phlu nath hi. Ac erbyn y prawf dŵr a'r *medical* rôn i'n dechra meddwl y bysa rheini'n rhoi'r *tin hat* ar betha cyn cychwyn.

Sut bynnag, cystadleuaeth y Meini Atlas oedd gynta. Diawl o gystadleuaeth i gychwyn arni – job cal gafal iawn ar y blydi peli. Roeddan nhw i gyd yn chwys laddar mewn dau funud – hen dywydd trymaidd – peth dwaetha roeddan nhw isio a deud y gwir. Tywydd sych, ffres efo dipyn o awal – dyna 'di'r gora ar gyfer rhyw gampa fel hyn. Dwaetha ond un o'dd hi, ac rôn i'n gweld y lluwchyn lleia o hunanhyder oedd gynni hi'n diflannu. Dyma fi'n penderfynu 'i bod hi'n amsar rhyw *pep talk* bach. Wel, mi wylltiodd yn gacwn – deud wrtha i am feindio'n effing busnes, mai hi o'dd yn gorfod codi'r effing petha. Mi ddoth hi hannar ffordd yn y gystadleuaeth nesa, y *Log Lift*.

Taswn i'n byw am byth, wna i byth ddallt sut ma meddylia merchaid yn gweithio . . .

Ma 'na glamp o beth handi'n gneud y *links* ar gyfar y teledu – Delta Jones – ma hi'n gyn-bencampwraig 'i hun. Dynas smart – ac yn gwbod hynny hefyd, ddyliwn i. A ryw lo gwlyb oedd 'di bod yn ponsian efo'r criw tynnu llunia bora ma'n 'i dilyn hi i bobman efo clipbôrd – fo sy fod i neud y cyfweliada efo'r genod erbyn dallt. Ond bob tro roedd o'n mynd yn agos at un ohonyn nhw, roeddan nhw'n canolbwyntio gymaint ar y cystadleutha nes bod yr olwg ar 'u hwynaba nhw'n 'i ddychryn o i ffwrdd. Dyfodol disglair o flaen hwnna dwi'n meddwl. Yn ôl y sôn tydi o mond 'di cal y job am fod 'i dad o'n un o ben bandits Cwmni So-so – y nhw sy'n ffilmio'r gystadleuaeth . . . Mabon Blythe . . . dyna i chi enw. Fatha ddudis i gynna – Mabon llo gwlyb yn nes iddi.

A fuo bron iddi fynd yn flêr ma amsar cinio. Roeddan ni i gyd 'di cal 'n *cold buffet,* a'r genod i gyd yn barod am gystadleutha'r pnawn. Y Cynnal Cleddyfa oedd gynta. Bitsh o gystadleuaeth 'di honno hefyd. Beth bynnag, dyma 'na griw o bobol mwya la-di-da'n dod lawr i'r pentra, yn ffrils ac yn fflownsys ac yn siwtia pengwyns i gyd, isio tynnu llunia. Rhyw brodas posh yng Nghastall Deudraeth. Dyma hannar y criw teledu'n gadal 'u stondins a mynd i swsian efo'r lleill – ne swsian yr aer o'u cwmpas nhw, fel fydd y cyfryngis ma'n neud. A'r merchaid crand ma i gyd yn biwis am na fedran nhw gal tynnu llunia lle roeddan nhw isio. Un hen gnawas – mam y briodferch dwi'n ama – het fwy na neb – fyswn i'm yn cymryd honna'n fam-yng-nghyfraith taswn ni'n cal 'y nhalu – yn deud, wel harthio, "rydan ni 'di bwcio'r lle ma ers dros flwyddyn i Annabel a Justin" – ne Siôn a Siân, ne John ac Alun, tydw i'm yn cofio'u henwa nhw – "gael diwrnod i'w gofio, a'r diwrnod yn cael ei ddifetha gan rhyw gystadleuaeth goman fel hyn". Doedd y llipryn ddim yn gwbod be i neud, ac yn y diwadd fuo raid i un o bwysigion y Castall ddod lawr ar frys gwyllt a gaddo llond y Foryd o ddiodydd am ddim iddyn nhw i neud iawn am eu siom. Siom wir – roedd y pengwyns i gyd yn llgadu'r genod yn 'u *lycra,* a'u gena'n twtsiad 'u penlinia bron iawn. Ac yn trio sleifio'n nes atynt heb i Herr Het Fwy Na Neb 'u sbotio nhw.

Erbyn hynny, roedd nyrfs y rhan fwya o'r genod yn racs ac mi gymrodd dipyn o amsar i bawb setlo lawr yn barod ar gyfar y Cynnal Cleddyfa. A dyma 'na greisus arall, un go iawn tro ma. Bernie oedd un o'r rhai cynta i gystadlu a dyma hi'n dechra gwegian yn syth bron. Rwbath 'di digwydd i'w llygad hi. Methu gweld. Wel, mi gymrodd y doc un golwg arni ac mi roedd hi ar 'i chefn mewn ambiwlans ac ar y ffordd i'r sbyty cyn iddi gal cyfla i ddadla. Roedd y doc yn ama bod ganddi *detached retina,* er dwn i'm byd be 'di peth felly chwaith. Ses yn meddwl 'i bod hi 'di gweld Bernie'n hitio'i phen yn ystod cystadleuaeth y *Log Lift.*

Wel, os oedd 'u nerfa nhw'n racs cynt, roeddan nhw fel *Semtex* ar draed erbyn rŵan. Mi es i draw at Bethan ac agor ngheg, gan feddwl deud rwbath calonogol, ond mi roddodd hi'r fath olwg i mi nes i mi benderfynu 'i chau hi, rhag ofn i mi ffeindio fy hun fel *kebab* ar un o'r cleddyfa 'na. Ond ma raid mod i 'di gneud rwbath yn iawn, ne'n uffernol o rong, achos gath hi drydydd yn yr Heti Heglog, y gystadleuaeth ola am heddiw. Dwi'n falch – mi neith hynna roi hwb i'w hunanhyder hi ar gyfer fory.

Dwi di ymlâdd jest gwylio'r cystadlaetha ma.

Ma rhan fwya ohonyn nhw, 'di mynd i gal 'u pampro – *sauna, jacuzzi, massage, the works* . . . blaw am 'Y Wal' sy 'di diflannu i rwla mewn hyff am na ddoth hi'n gynta ym mhob cystadleuaeth heddiw. Dwi'n meddwl bod y llipryn 'di cal ordors i fynd ar ôl y genod i edrach geith o rei o'r cyfweliada 'na 'di gneud. Swn i'm yn rhoi llawar am 'i jansus o yn y *sauna* efo rheina . . . taswn i'n cal bod yn bry ar y wal te . . .

Ma 'na ryw hen gymyla'n dechra hel. A ma hi'n dal yn uffernol o glòs. Ond mi a i heibio i leoliada cystadleutha fory dwi'n meddwl . . . a chal smôc . . .

*   *   *

Rôn i 'di edrach ar y lleoliada, cal dwy ffag a darllan y *Guide to Top Ten Visitor Attractions in North Wales* erbyn iddi gyrraedd nôl o'r pampro'n llawn hanesion. Roedd pawb 'di cal hanas pawb tra oeddan nhw'n cal tendans, ac roedd hi'n gwbod o ble roedd pawb yn dod, pwy o'dd 'di priodi ac efo pwy, a faint o blant o'dd gynnyn nhw . . . Sut ma merchaid yn cofio'r holl betha ma, dwn i'm . . . ac eto sgin 'u hannar nhw'm syniad sut i osod y teimar ar y fidio na sut i newid teiar . . . Beth bynnag, roeddan nhw 'di penderfynu mysg 'i gilydd y bysa pawb o'dd isio'n cal swpar efo'i gilydd eto . . .

Ma'r giamocs swyddogol ma heno, felly does na'm gobaith 'i chal hi ar 'i phen i hun cyn mynd o'ma. Fel 'na ma merchad te – hel at 'i gilydd fel pryfaid ar gachu.

O leia ma hi'n ddwrnod gwell heddiw – mi nath hi goblyn o storm neithiwr. Ond ma hi'n wlyb iawn dan draed – gawn ni weld be fydd gin y sdiwardiaid i ddeud am hynny. Go brin byddan nhw isio chwanag o ddamweinia yma.

Blydi hel! Am ddwrnod! Dwi am riteirio o'r busnas hyfforddi ma. Gormod o sdres. Fel rôn i'n ama, chawson nhw'm cychwyn am sbelan bora ma. Roeddan nhw ar biga drain a fiw chi sbïo ar run ohonyn nhw jest. Doedd y nerfa inna fawr gwell. Roedd gin i ofn mynd draw ati felly mi es i lawr i'r traeth i guddiad a smocio fel stemar.

Troi Teiar oedd y gystadleuaeth gynta – mi gaethon nhw i gyd draffarth. Fawr o afael ar y teiars, a'r gwair yn dal dipyn yn llithrig. Nath hi'm gneud yn dda iawn – dau o'r gwaelod. Cadw draw wnes i . . . rhag ofn i mi neud petha'n waeth.

Ond os cawson nhw draffarth efo'r teiars, doedd hynny'n ddim i'r stryffâg gawson nhw efo'r gystadleuaeth nesa, Tynnu Angor. Roedd rhaid iddyn nhw lusgo angor haearn ar hyd y traeth. Wel, roedd 'u traed nhw'n suddo i'r tywod, nes 'u bod nhw'n methu'n glir â dod iddi. Ac roedd y tywod yn hel yn dalpia mawr o flaen yr angor wrth iddyn nhw'i dynnu o. Dim ond pump ohonyn nhw nath orffan y cwrs – a nacw'n un. Roeddan ni i gyd wedi closio wrth 'u gweld nhw'n cal y fath strach ac yn gweiddi 'Cym on' a 'Tyd laen' aballu, a phawb yn annog 'i gilydd chwara teg. A dyma finna'n gweiddi efo'r lleill 'Tyd Bethan, tynna' . . . iff lwcs cwd cil, chwadal y Sais, mi fyswn i'n un swp. Y peth nesa welish i oedd 'i choesa hi'n pwmpio fel diawl a'r angor yn bownsio tu ôl iddi hi fel tasa fo 'di neud o sbwnj . . . Calennig o'dd yn yr un rownd â hi, a roedd hi'n *dead heat* rhyngddyn nhw. Y ddwy'n ail, y tu ôl i Jess, a'r Wal yn sbïo dagyrs arnyn nhw, achos mond trydydd gath hi.

Doedd na fawr o fynd ar y cinio. Er 'i bod hi'n well dwrnod heddiw, mwy ffres, rhwng y nerfa a'r cystadlu, roedd y genod yn nacyrd. A roedd y gystadleuaeth ola 'na 'di hannar lladd amball un. Deud gwir, rôn inna'n teimlo fel pacio mag a'i heglu hi o'ma. Rôn i 'di llwyddo i neud mwy o gorddi nag o hyfforddi, ac er bod hynny fel petai'n gneud y tric, dim dyna sut o'n i 'di gweld y brîff.

Sut bynnag, nôl â ni i'r traeth ar ôl cinio, a phawb yn cwyno a thuchan a swnian. Tynnu Rhaff oedd y gystadleuaeth ola ond un, ac roedd rhaid jiglo petha rhyw chydig oherwydd mai naw oedd yn y gystadleuaeth ar ôl damwain Bernie. Tydan ni'm 'di clŵad mwy amdani hitha, mond 'i bod hi'n dal yn yr ysbyty. Mandy oedd yn tynnu'n erbyn Bethan – slaban fawr hyll oedd yn ennill hannar stôn o fantais bob tro roedd hi'n rhoi'i mêc-yp. Doedd trwal ddim yn dod yn agos iddi – lori redi-mics yn nes iddi. 'Di gweld dyddia gwell. Ond yn hen law ac yn gwbod y tricia i gyd. Mi fedrwn i 'i gweld hi'n slacio'r mymryn lleia ar y rhaff ac yna'n rhoi coblyn o blwc iddo fo. Chwara teg i nacw – mi ddalltodd hi'r dalltings yn reit sydyn a churo'r gnawas efo'i thric i hun. Ond colli ddaru hi i Tania yn y rownd nesa – uffarn dân, ma gin honna fysls . . . ne rwbath. Mi gododd Bethan oddi ar 'i thraed fel doli glwt bron iawn. Ond mi ddoth nacw jest dan hannar ffordd yn diwadd.

Y gystadleuaeth Tynnu Tryc oedd y ffinale – sglyfath o gystadleuaeth. Job cal y peth i ddechra symud. Tydi'm yn ddrwg wedyn . . . ond cychwyn . . . Methodd un neu ddwy'n gyfan gwbwl – wedi'i chal hi go iawn. Jest cal y peth i symud nath Bethan, ond o leia mi nath o symud. Ses oedd yr ola ond un i fynd . . . Rôn i 'di sbotio'r ddau foi ma'n sdelcian o gornal fy llygad ers meitin . . . Mewn *civvies* oeddan nhw, ond bod penna'r ddau run fath â dau ŵy – dipyn o *give-away* . . . Wel, y munud ddaru'r hogia dynnu'r harnas oddi ar Ses, dyma'r ddau yma ati. Peth nesa, dyma 'na gar plisman efo'i seiren yn sgrechian dros y lle yn sgrialu lawr i ganol y pentra a dyma Ses yn cal 'i sdwffio'n ddiseremoni mewn i'r car a ffwrdd â nhw. Un o hogia'r wasg 'di clŵad si 'i bod hi 'di gneud i ffwrdd efo'i mam. Erbyn i bawb droi 'u llygaid nôl at y cystadlu, roedd Y Wal 'di llwyddo i dynnu'r tryc yn bellach na neb, a neb 'di cymryd affliw o ddim sylw ohoni – roedd hi'n gandryll!

Roedd rhaid mynd trwy'r ddefod o gyfri'r pwyntia a chadarhau safleoedd er bod pawb yn gwbod mai'r Wal oedd 'di ennill, Jess yn ail, a Tania'n drydedd. Seithfed oedd nacw – mond hannar pwynt tu ôl i Calennig – dipyn o gamp a hitha mond 'di bod yn treinio o ddifri ers tua chwe mis. Rôn i'n meddwl 'i bod hi reit hapus efo'r canlyniad, ond roedd hi fel cadach llawr erbyn hynny – cystadleutha heddiw 'di 'i rhoi hi trwy'r mangl o ddifri.

Sut bynnag, dyma nhw'i gyd yn cal 'u galw nôl at y meddyg i gal *once-over* a chal prawf dŵr arall. Mi ddechreuodd Tania gega efo'r swyddogion – deud 'i bod hi 'di rhoi un sampl ddoe a nad oedd dim rhaid iddi roi un arall. Mynd fuo raid – ac ma raid bod 'na ryw fisdimanars 'di bod yn mynd mlaen achos mi gafodd hi 'i dileu o'r gystadleuaeth a phawb a ddaeth yn is na hi'n symud i fyny un safle. Felly gafodd nacw chweched. Da te?

Ma hi'n cal bath . . . cyn y blydi swpar ma. Dwi'n falch ofnadwy drosti . . . ma hi 'di profi be fedrith hi neud, ddim i mi . . . unwaith y gwelish i hi nôl yn y *gym* ar ôl y noson 'na fues i'n . . . wel, ar ôl i mi actio'r bili-ffŵl a saethu nhun yn 'y nhroed, mi wyddwn i y bysa hi'n llwyddo . . . ond iddi hi'i hun . . . Ond dwi 'di colli mynadd yn y blydi lle ma erbyn rŵan . . . Ma hi 'di 'neud yn anhygoel o dda, yn wych, ffan-blydi-tastig. A wnes i'm byd ond mynd i fyny 'i thrwyn hi a'i rhwbio hi fyny ffordd rong. Ac unwaith bydd hi'n sylweddoli be mae'n tebol ohono fo . . . ta-ta Rhys Twat y Ganrif Parri . . .

Gallai Bethan deimlo'r dŵr poeth yn stwytho'i chyhyrau. A'r arogl lafant yn treiddio trwyddi nes bod ei blinder corfforol a meddyliol yn dechrau cilio a chaniatáu iddi ymlacio. Doedd hi erioed wedi teimlo mor flinedig yn ei bywyd. Hyd yn oed wedi'r sesiynau cyntaf hynny yn y *gym,* a phob darn o'i chorff yn sgrechian a chrefu am drugaredd, theimlodd hi rioed wedi ffagio i'r fath raddau.

Chweched . . . oedd, roedd chweched yn ocê. Seithfed yn dderbyniol – mond hanner marc y tu ôl i Calennig, ac ymhell ar y blaen i Mandy oedd yn gwastraffu hanner ei hegni'n cario'r holl golur 'na ar ei gwyneb. Gwenodd. Ai hi ddwedodd hynny? Bethan trio-plesio-pawb? Hyd yn oed wrthi hi'i hun? Ond oedd, roedd chweched yn well. Er mai oherwydd bod Tania wedi cael ei dileu o'r gystadleuaeth y digwyddodd hynny. Biti hefyd – roedd hi wedi cymryd at Tania.

Ymddangosiadol lawn hunanhyder . . . ond ar y cyrion rywsut . . . ddim yn perthyn. Gallai Bethan gydymdeimlo efo hynny.

Tro nesaf? Ac fe fyddai yna dro nesaf – byddai'n anelu am fedal. Wedi'r cwbl, os gallai gwblhau'r gystadleuaeth a chyrraedd y chweched safle – lapiodd ei gwefusau o amgylch y geiriau – y chweched safle – wedi cwta chwe mis o baratoi . . .

Ychwanegodd ragor o ddŵr poeth a cheisiodd edrych yn wrthrychol dros ddigwyddiadau'r ddeuddydd diwethaf . . . na, gwell gadael y post-mortem am y tro . . . roedd y cwbl fel lobsgows yn ei phen . . . câi drafod popeth gyda Rhys yn y man. Wedi meddwl, er ei fod wedi neidio dros bob man fel dyn gwyllt ar ddiwedd y gystadleuaeth, roedd golwg digon pethma arno wrth iddynt ddod yn ôl lawr i'r gwesty. Siawns nad oedd o'n siomedig ynddi hi. Doedd bosib. Roedd hi wedi gwneud yn dda, yn anhygoel o dda wrth ystyried mai hon oedd ei chystadleuaeth gyntaf. Hyd yn oed os oedd hi'n dweud hynny ei hun. Gobeithio y byddai gwell hwyl arno erbyn y swper.

Roedd Bethan wedi clywed bod Geoff Capes yn dod i lawr i gyflwyno'r gwobrau. Roedd hi'n cofio ei weld yn cymryd rhan mewn cystadleuthau fel hyn ar y teledu. Byddai hi a'i thad yn eu gwylio, tra byddai ei mam, bob tro y byddai'n pasio trwy'r stafell fyw ar wib, yn twt-twtian. Be haru nhw'n 'gwylio rhyw hen ddynion mawr tew yn gwneud sioe ohonyn nhw'u hunain' a fyddai Janet 'ddim yn mynd trwy ddrws tŷ mewn siorts fel'na'. Gwenodd Bethan wrth feddwl am ei mam yn mentro i'r capel mewn siorts *lycra*. Fyddai ei thad yn falch o'i llwyddiant? Ynteu fyddai o'n siomedig oherwydd nad nyrs mewn iwnifform deidi'n tendiad ar y cleifion oedd hi? Wyddai Bethan ddim. Ond roedd yn gobeithio y byddai'n falch ohoni.

Ond efallai'i bod hi'n hen bryd iddi roi'r gorau i boeni gymaint am beth oedd pobl eraill yn ei feddwl ohoni . . . Toedd hi wedi profi'i hun dros y ddeuddydd diwethaf ma?

Llifodd ton o egni newydd drwyddi, gan olchi'i blinder ymaith. Roedd hi, Bethan, wedi gosod her iddi hi'i hun, wedi cydio'n y danadl, ac wedi llwyddo. Styriodd . . . na, pum munud bach arall . . . wedyn byddai'n mynd i weld sut hwyliau oedd ar Rhys cyn dechrau pincio ar gyfer y swper.

PROFFIL
SESIAN MORGAN-LLOYD

Enw:	Sesian Morgan-Lloyd
Llysenw:	Ses
Oed:	28
Taldra:	5'8"
Pwysau:	8 stôn 2 owns (10 ston a hanner yn cychwyn)
Magu:	Y Coed Tal, Llandygái
Teulu:	Colli ei thad mewn damwain car yn 10 oed. Byw gyda'i mam Heddwen Lloyd. Un brawd 30 oed yn byw yn y *States.*
Sêr:	Acwariws
Lliw gwallt:	Brown tywyll hir
Lliw llygaid:	Gwyrdd
Hoff gerddoriaeth:	Jack Johnson, Catrin Finch, SFA
Hoff ffilm:	La Boheme
Hoff fwyd iach:	Salmon a salad gwyrdd a swshi
Hoff sothach:	Siocled tywyll
Hoff ran o'r corff:	Llygaid
Cas ran o'r corff:	Pen-ôl
Swydd:	Rhan-amser mewn labordy yn yr Adran Gemeg yn y Brifysgol
Diddordebau:	Chwarae'r *cello* a Tai Chi
Nifer o flynyddoedd yn cystadlu:	Cystadleuaeth gyntaf
Hoff gystadleuaeth:	Dim un gan ei bod ofn pob un a jest eisiau cwblhau'r gystadleuaeth
Rheswm dros gystadlu:	Magu hyder, dianc o grafangau pwerus ei mam, adennill ei chyn-gariad.

SES

OBITUARY yn *Wythnos Arall.*

> Bu farw Mrs Heddwen Lloyd 53 oed yn dawel yn ei
> chartref, Y Coed Tal, Llandygái, Gwynedd ar Ebrill
> 25, 2006. Bydd cynhebrwng preifat yn Eglwys
> Llandygái ar Fai 2 am 11 :00 y bore ac yna fe'i
> rhoddir i orffwys yn y fynwent. Blodau'r teulu yn unig.
> Derbynnir rhoddion trwy law'r Ymgymerwr Mr T. O.
> Hughes a'i Fab tuag at Ymchwil Cancr.

Cydiodd Ses yn y siswrn a thorri drwy'r papur newydd o
gwmpas y llinell ddu a amgylchynai'r geiriau. Llithrodd y
darn papur yn daclus i mewn i amlen wen, lân. Estynnodd
am ei phin ysgrifennu Parker ac ysgrifennodd, mewn
llawysgrifen hardd:

> Mr. Lawrence Cadwalader Stevens, MSc
> Tree Tops,
> Primrose Avenue,
> Pembroke
> S. Wales.

Rhyfedd mai'r un enw oedd ar gartrefi'r ddau ohonyn
nhw, meddyliodd Ses am y canfed tro, wrth lyfu'r glud ar
ymyl yr amlen a llithro'i bys ar hyd ei gefn. Llyfodd y stamp
dosbarth cyntaf a'i daro ar flaen yr amlen. Dim llythyr, dim
eglurhad, dim byd arall. Rhuthrodd allan o'r Coed Tal a
neidio ar ei beic, lawr y lôn gefn fechan o brysurdeb y dre, a
phostio'r amlen yn y blwch postio.

Dyna hynna 'di neud, meddyliodd, ac ochenaid hir yn llithro o'i henaid.

Penderfynodd ei bod yn fore llawer rhy braf i hwfro ac aeth am reid. Gwyddai mai siarad fyddai'r cymdogion y tu ôl i'w dwylo a sisial o du ôl i'w llenni, "Allan ar ei beic, a'i mam ddim hyd yn oed yn oer eto, cywilydd o beth".

Dyna fyddan nhw'n ddeud. Ac wedyn galw acw â thorth frith gartref yn eu dwylo, yn ffugio cydymdeimlad. Doedden nhw'n *teimlo* dim am ei mam, mwy nag yr oedd hi, a deud y gwir. Dod i gadw wyneb i'w gilydd oedden nhw. Dyna'r oll. Gwyddai hynny.

Roedd ei brawd gartref ers y noson y bu farw eu mam, felly gallai o siarad â'r bobol yma heddiw.

Teimlai'n ysgafn a rhydd wedi postio'r amlen.

Wrth seiclo, gwibiodd ei meddwl yn ôl, ymhell yn ôl, flwyddyn. Ai blwyddyn oedd ers iddi gael y syniad gwyllt hwnnw? Crafodd ei chof a chofio'r noson honno iddi sylwi ar erthygl yn *Y Ffedog* a chyfweliad gyda Delta Jones, Pencampwraig Merch Gryfaf Cymru. Sut gallai anghofio? Oni syllai ar y llun o Delta yn ddyddiol ar sgrîn ei laptop? Onid Delta oedd ei harwres hi ers blwyddyn? Onid hi a'i hysgogodd i ofyn iddi hi ei hun a allai *hi, Ses,* fod y Ferch Gryfaf yn y Byd? Gogleisiodd y syniad hi gymaint nes peri iddi giglo'n wirion dros bob man. Trodd y giglo'n rhuo chwerthin nes bod ei hochrau'n brifo. Hi, Ses Morgan-Lloyd yn Ferch Gryfaf yn y Byd i gyd? Oedd y ffasiwn beth yn bosib tybed? Neu os nad y Byd, be am Gymru? Allai hi, Ses, fod y Ferch Gryfaf yng Nghymru?

Rasiodd ei dychymyg i bob cyfeiriad, nes ei bod yn chwerthin ac wedi drysu 'run pryd. Roedd wedi meddwi'n wirion ar y syniad. Ac yna sobrodd, a chofio iddi ddwrdio ei hun ac i ofalu peidio â dangos dim o'i chynnwrf i'w mam. Doedd fiw iddi.

Y bore canlynol cofiodd iddi fentro allan i loncian, yn blygeiniol o gynnar am 6:00. Doedd hi heb weld chwech y bore ers blynyddoedd. Cofiodd iddi edrych arni hi ei hun, roedd hi'n ddi-siâp, yn wan ac yn ddiog. Cywilyddiodd wrth iddi sleifio o'r Coed Tal, drwy'r drws cefn. Doedd fiw iddi fynd allan drwy'r drws ffrynt rhag i'w mam sylwi arni. Smwcio glaw oedd hi, cofiodd, glaw gwanwyn glân, digon i ddeffro'r briallu a chlychau'r gog o'u trwmgwsg gaeafol i dymor newydd.

Teimlodd hithau fel newydd, a bron na allai redeg marathon, roedd cymaint o egni yn rhuthro drwy'r gwaed yn ei gwythiennau.

'Pwylla,' sibrydodd wrthi hi ei hun, 'loncian i gadw'n ffit wyt ti, nid rasio.'

Penderfynodd redeg at y polyn telegraff nesaf, doedd hi ddim isio gor-wneud pethau ar ei diwrnod cyntaf un. Wedi cyrraedd, gwaniodd ei phengliniau a rhaid oedd iddi orwedd yn y gwair tamp ar ochor y ffordd.

Gorweddai yn y gwlith, y glaw smwc a'r ddraenen wen. Roedd yn braf, cael gorwedd a gweld castell yn y cymylau, naci, morfil mawr, tew, ac wedyn dyma hwnnw'n troi'n Tony Blair. Chwarddodd dros bob man o weld wyneb y cyn-brifweinidog yn gwenu arni o'r cymylau.

Gallai orwedd yma drwy'r dydd yn breuddwydio a chanu iddi hi ei hun. Roedd hi'n rhydd i wneud fel y mynnai. Cododd ar ei heistedd a rhwbio'i fferau. Roedd y treinyrs newydd yn brifo'n barod, a byddai'n rhaid iddi roi plastars ar y swigod wedi cyrraedd adref. Rhwbiai ei chluniau yn ei gilydd wrth iddi ailgydio yn y loncian. Damia nhw! Gormod o fraster yn fanna'n amlwg. Ac nid yn fanna'n unig, ond o gwmpas ei chanol hi hefyd, ac roedd 'na doman yn hongian o ddwy foch ei thin hi. Teimlai'r pwysau yn neidio o un ochor i'r llall wrth iddi symud. A deud y gwir, roedd y pwysau 'ma yn ei slofi i lawr yn gythreulig. Dim ond dipyn bach eto, at y polyn telegraff nesaf ac fe gâi swig o ddŵr, ac ista i lawr ar y fainc.

Pasiodd dau lonciwr hi, ar uffar o sbid, o'dd hi'n meddwl. Bron iddyn nhw ei tharo i lawr a meddyliai ella y dylai hi wisgo 'D' ar ei bol a 'D' ar ei chefn er mwyn i bobol ddallt mai dim ond *dysgu* loncian oedd hi.

"Watch it!" gwaeddodd ar eu holau'n flin.

Codi dau fys arni 'nath yr hen foi. Damia'r polyn telegraff; roedd hi'n haeddu *sit-down* rŵan ar ôl y ffasiwn driniaeth. Roedd hi'n meddwl fod hen bobol o'i oed o, ac roedd o'n prysur nesu at ei drigain, i fod yn fwy parchus na hynna. Codi dau fys wir!

Ac fe chwifiodd hithau ddau fys o'i dwy law nôl arno fo.

Welodd o mohoni, roedd o wedi hen loncian dros y bryn tuag at y gorwel pell.

Arhosodd ar ganol y lôn, a sylwodd fod ei chluniau wedi rhwbio yn erbyn ei gilydd gymaint nes bod y croen wedi dechrau cochi a chrafiadau mân yn dechrau dangos. Craffodd ar ei wats Timex, roedd yn dal i dician ers pan oedd hi'n ddeuddeg oed. Wedi'i chael hi'n anrheg gan ei nain ar ei phen-blwydd. Diwrnod rhyfedd oedd hwnnw 'fyd. Dyna lle'r oedd hi efo'i ffrindiau i gyd yn cael hwyl yn chwythu'r canhwyllau ar y deisan, a'i nain yn y parlwr yn ista yn ei chadair esmwyth o flaen tân oer, wedi marw ers oriau. Yr unig un oedd yn gwybod bod ei Nain wedi marw oedd Socs y gath. Mewian a mewian oedd honno a sboncio o ysgwydd Nain i'w throed bob yn ail i geisio'i deffro hi.

Taflodd ychydig o ddŵr oer dros ei phen, i'w oeri. Er mai dim ond dechrau Mai oedd hi, roedd hi'n 65 gradd, siŵr o fod. Rhy gynnar i fod rhy boeth meddyliodd. Gwynt a glaw gawn ni'r ha 'ma.

Cododd o'i heistedd eto a stryffaglio cerdded nôl am Y Coed Tal.

Roedd misoedd o ymarfer caled o'i blaen, gwyddai hynny. Suddodd ei chalon i'w *Nikes* newydd sbon,

"*Just do it* wir! Dydi hi ddim mor hawdd â hynna," sibrydodd wrthi hi'i hun.

Lled-orweddai Mrs Heddwen Lloyd ar wely teilwng i Frenhines. Diolchai'n ddistaw bach ei fod o'n wely mor fawr, roedd lle i dri ynddo'n braf meddyliai. Er mai prin y byddai'n ei rannu efo dau arall chwaith. Na, roedd y gwely yma i gyd iddi hi ei hun a neb arall. A fuodd 'na neb arall chwaith ers i Capt. Roger Lloyd, ei gŵr hi o gwta ddeng mlynedd, farw yn drawiadol o sydyn mewn damwain car.

Crynodd drwyddi wrth i'r atgof gripian i'w chof. Fe fuodd hi'n lwcus, os lwcus oedd y term cywir. Fe dorrodd ei braich a rhyw fân anafiadau i'w hwyneb, ond fe gafodd *hi* fyw.

Doedd hi ddim isio cofio'r atgof hyll hwnnw ond mynnai dreiddio o'i meddwl poenus i'w chalon, a gadael honno'n ysgwyd a chrynu am rai munudau. Gwyddai Heddwen mai'r ffordd orau i ddelio â hyn oedd gadael i'r galon fach grynu faint a fynnai ac yna byddai'r profiad yn pasio yn ei amser ei hun – ond mynnodd y lluniau ddod eto ac, yn ei chryndod, yn y car, cofiodd iddi godi'i phen o'i brest ac edrych i weld a oedd ei gŵr yn iawn. Doedd o ddim yn sêt y gyrrwr lle'r oedd o funud ynghynt. Cododd ton o banig o'i stumog i'w gwddw ac yna tawelodd y sgrech y tu mewn iddi wrth feddwl mai wedi mynd i chwilio am gymorth roedd Roger, siŵr. Wedi'r cyfan, ni allai hi a Roger godi'r Volvo yn ôl ar ei bedair olwyn, roedd yn rhy drwm.

Pan drodd ei llygaid tuag at flaen y car, gwelodd fod y ffenest wedi diflannu i rywle. Od, meddyliodd, roedd y ffenest flaen yn bendant yno pan gychwynnodd y ddau ar eu taith nôl o Lundain.

A dyna pryd y syrthiodd ei llygaid ar lwmpyn glwyb tywyll yn gorwedd ar fonet y Volvo. Yn syllu'n syth arni roedd dwy lygad agored Roger.

Estynnodd ei llaw drwy'r twll lle arferai'r ffenest flaen fod, i gyffwrdd yn ei wyneb. Roedd yn oer.

Cododd Heddwen ar ei heistedd.

"Dyna ddigon rŵan," dwrdiodd ei hun. "Thâl peth fel hyn ddim" a thywalltodd baned o de poeth iddi hi ei hun o'r *Teasmaid* gafodd hi gan ei modryb ym 1972.

Cysur oedd y *Teasmaid* erioed, a doedd dim ots nad oedd gan y *Teasmaid* glustiau; gallai fwrw ei bol iddo fo 'run fath yn union. Gwrandawai'r *Teasmaid* arni bob amser.

Teimlodd Ses ei chalon yn suddo wrth iddi gyrraedd y giatiau haearn oedd unwaith yn wyn, giatiau Y Coed Tal.

"Ma' isio côt o baent ar y dam giatiau 'ma", meddyliodd am y canfed tro yr wythnos yma. Gwyddai hefyd mai job iddi hi fyddai honno rhywbryd.

Ymddangosai'r tŷ fel *cruise liner* enfawr o'i blaen. Fe fu'n hardd unwaith, paent newydd o gwmpas pob ffenest, y pres ar y drysau'n sgleinio yn yr haul a'r gerddi wedi eu tocio, a'u chwynnu, a'u torri, ac yn edrych fel llun allan o *Homes and Gardens*. Erbyn heddiw diflannodd y llwybrau bach dan lwyni o ddrain ac roedd y rhododendron wedi meddiannu'r rhan fwyaf o'r ardd, a lladd pob planhigyn arall. Brwydrai'r rhosys cochion rhwng y drain a'r mwyar. Beryg mai'r drain oedd yn ennill. Doedd 'na ddim llawer allai Ses ei wneud; roedd yn ddigon iddi hi fynd ar y *ride-on* a thorri'r gwair bob hyn a hyn ac roedd caeau o hwnnw o gwmpas y tŷ.

Wyth o'r gloch ar y dot, a dim ond fyny'r lôn y buodd hi. Be fuodd hi'n neud am ddwy awr? Byddai ei mam yn sipian ei the rŵan. Ond fyddai 'na ddim siâp codi arni am hir eto chwaith. Damia hi.

Fel arfer, âi i mewn i'r tŷ drwy'r drws cefn ond heddiw penderfynodd fynd i mewn drwy'r drws ffrynt crand. I be oedd hi isio sleifio i mewn drwy'r drws cefn fel rhyw forwyn fach? Roedd hi'n byw yma, a chyn bo hir, hi fyddai Ledi'r tŷ. Fe wnâi hi'n saff o hynny.

Cymerodd gawod sydyn a tharodd blastar ar y swigan yn frysiog. Dechreuodd wneud brecwast iddi hi a'i mam. Ŵy wedi'i ferwi'n feddal a thost tenau wedi'i dorri'n sowldiwrs bach main a'r rheiny'n gwarchod yr ŵy, i'w mam. Weetabix a mefus iddi hi. Cymerodd ddau Weetabix heddiw gan ei bod yn treinio.

Cododd tiwn fach i feddwl Ses wrth iddi ddringo'r grisiau mawr derw i stafell wely ei mam. Tiwn a gofiodd o'i phlentyndod. Cân a ganai ei thad iddi hi cyn cysgu. Gwenodd wrth gofio am ei thad. A chysur iddi oedd gweld ei wên yntau'n pefrio o'r cannoedd lluniau a batrymai waliau'r grisiau wrth iddi ddringo.

"Bore hyfryd," meddai Ses yn ysgafn a gosod yr hambwrdd blodeuog ar lin ei mam.

"Ddim yn fa'ma, Ses," cwynodd ei mam yn ddiamynedd, a'r hen 's' 'na fel 's' neidr yn gwenwyno calon Ses bob tro. "Fyta i fy mrecwast wrth y ffenest bore 'ma dwi'n meddwl," meddai Heddwen yn flin. Dynas flin fuodd hi erioed? gofynnodd Ses iddi hi'i hun. Ia debyg.

"Chênj," oedd unig sylw Ses.

Lleia'n byd y siaradai â'i mam, gora'n byd.

Doedd fiw iddi hi herio dim a ddywedai ei mam. Hi oedd y Frenhines, ac roedd pawb yn ufuddhau iddi hi. Wel, Ses a Jos garddwr oedd yn helpu ddeuddydd yr wythnos, dyna'r unig ddau oedd ym mywyd Heddwen Lloyd bellach.

Ddeudodd 'run o'r ddwy air arall wrth ei gilydd ac erbyn chwarter i naw roedd Ses ar y bws ac ar ei ffordd i'w gwaith yn y dre.

Eisteddodd yn ei sedd arferol, ac wedi gosod ei rycsac wrth ei hochor, cododd ei llygaid a mentrodd olwg fach chwareus i gyfeiriad drych y gyrrwr. Chwiliai dwy lygaid lliw siocled *Green and Black* am ei llygaid hi. Ei hoff siocled oedd *Green and Black*.

Taflodd Mr *Green and Black* winc ati, winc felys oedd yn ei gwahodd i'w wely . . . rŵan. Teimlai ei chluniau'n crynu rhyw fymryn.

Gwenodd ei llygaid hi'n ôl ac yna llusgodd ei llygaid at ffenest y bws. Doedd fiw iddi feddwl am eiliad y gallasai ddyheu am hwn.

Gorweddodd ei llygaid ar y caeau du.

Ar ôl brecwast bu Heddwen yn pori drwy'r albwm lluniau. Hen albwm coch wedi goleuo'n wawr oren dros flynyddoedd. Un o'i thrysorau. Byseddodd y lluniau a'u hanwylo fel croen meddal babi bach.

Llun o Roger yn ei iwnifform, 21 oed a smart. Pob blewyn yn ei le, a'i olwg yn bell ar ddyfodol disglair yn y Fyddin.

Roger ar gefn Cyrnol ei geffyl a Chyrnol yn edrych i fyw

llygaid y camera fel tasa fo'n gwbod fod rhaid iddo ufuddhau.

Un fel'na oedd Roger, mynnu ufudd-dod tawel gan bob un. Ac roedd pobol yn gwneud yn ddigwestiwn. Hedfanodd llun rhydd o ddalennau'r albwm. Llun bychan a'i ochrau'n felyn. Syrthiodd ar ei glin a gafaelodd Heddwen ynddo'n chwilfrydig. Oerodd ei llygaid wrth syllu ar y pâr ifanc nwydus yn taflu dŵr y môr ar ei gilydd. A chwerthin; bron na allai glywed sŵn eu chwerthin hapus yn tasgu o'r tonnau. Ysgyrnygodd ar y llun a chlywodd ei hun bron â chwyrnu arno fo. Dychrynodd gymaint oedd cryfder ei chynddaredd tuag ato wedi'r holl flynyddoedd.

Doedd o ddim yn rhan o'i bywyd hi bellach. Doedd o'n neb, neb o gwbwl. A tharodd ei lun yn ôl rhwng y tudalennau a rhoi clep galed i'r albwm a'i gau.

Amser cinio, ac roedd gan Ses awr union. Fel arfer bwytai'i brechdan ac iogwrt yn y Lab efo Reg ei chydweithiwr ond roedd heddiw'n wahanol. Heddiw oedd diwrnod cyntaf ei bywyd newydd. Diwrnod ei haileni. Rhedodd i mewn i'r *gym* gan lusgo'r rycsac tu ôl iddi fel rhyw Labrador blêr. Neidiodd i'w dillad treinio yn gynnwrf i gyd. Cyn pen dau funud roedd hi'n sefyll o flaen Ben ei threinyr hynclyd yn derbyn ei hamserlen am y tri chwarter awr nesaf. Chwibanodd wrth ddarllen be oedd o'i blaen a damio'i bod wedi anghofio taro *deodorant* yn ei rycsac y bore hwnnw.

Wedi tri chwarter awr o waith caled a 'chydig funudau yn y gawod i oeri mymryn, teimlai fod stimrolar wedi rowlio drosti a fflatio'i hymysgaroedd. Sut ddiawl oedd hi'n mynd i ddioddef blwyddyn gyfan o hyn? Edrychodd yn y drych a gwelodd blwmsen biws yn edrych nôl arni hi. Ni wyddai fod croen dynol yn gallu newid ei liw mor anhygoel o drawiadol â hyn. Doedd fawr o bwrpas paentio plwmsen efo colur rhywsut; ni fyddai'n gwneud fawr ddim gwahaniaeth.

Pan gyrhaeddodd Ses y caffi ac eistedd wrth ymyl Ben,

roedd platiad go helaeth o basta yn disgwyl amdani. Criodd tu fewn; doedd o rioed yn disgwyl iddi fwyta hynna i gyd?

"Yes you need to eat all of it," medda fo'n syth cyn iddi ynganu gair. "And another plateful before you go."

Nodiodd Ses yn wan, ac estyn am y fforc. Gobeithiai'n wir fod hyn i gyd yn werth yr holl ymdrech. Nid yn unig roedd hyn yn mynd i gostio'n ddrud iddi mewn ymroddiad ac egni, ond byddai wedi gwario miloedd ar basta. Ac i be? I gael ei chariad yn ôl, dyna i be. I gael Lori'n ôl. Rhaid oedd cadw hynny mewn cof yn barhaus.

Heb hynny doedd dim gwerth i hyn i gyd. Y wobr am ei holl waith fyddai Lori, ei Lori hi.

Gorfododd ei hun i yfed y sgytlaeth banana a gwyliodd Ben hi'n sugno'r dropyn olaf un o waelod y gwydr.

Gwenodd arni, a gwenodd Ses yn wan. Yna, yn ddiseremoni fe chwydodd dros ei threinyrs newydd sbon.

Cododd Heddwen o'r gwely lle bu'n gorwedd ers rhai oriau, llusgodd ei thraed at ffenest ei llofft. Diwrnod braf, meddyliai. Gwelodd ambell lori a bws yn pasio ymhell tu hwnt i'r prifet uchel a amgylchynai'r Coed Tal. Weithiau gwelai bobol. Y bobol hynny a fyddai'n hoffi dringo i lofft bysus deulawr i eistedd. Pobol a hoffai edrych o'u cwmpas, ond yn fwy na hynny, pobol a hoffai weld i mewn i erddi pobol eraill ac i mewn i'w tai. Pobol fusneslyd ydyn nhw. Pobol yn byw bywydau diflas ac yn awchu i weld drama bywydau pobol eraill.

Wel, doedd dim drama i'w weld yn y Coed Tal, a bron na ddymunai Heddwen osod arwydd enfawr yn ei ffenest llofft yn dweud: 'Tŷ diflas, a phobol ddiflas sy'n byw yma. Dim byd yn digwydd yma byth, sori.'

Gwyddai fod rhai pobol yn teithio yn llofft y bws yn arbennig er mwyn cael sbec i mewn i'r Coed Tal. Gwyddai hefyd ei bod hi'n destun siarad yn yr ardal.

Chwilfrydedd pobol yn cael y gorau arnyn nhw. Isio gwybod oeddan nhw, pam fod dynes 52 oed, iach o gorff a meddwl wedi'i charcharu ei hun yn ei chartref am ddeng mlynedd, a hynny o'i dewis ei hunan.

Gofynnodd y cwestiwn hwnnw iddi ei hun droeon ac er iddi wybod mai'r sioc o golli Roger oedd y rheswm, mae'n debyg, gwyddai fod rhywbeth mwy wedi cael gafael arni bellach. Rhyw aflwydd ofnadwy. Teimlai mai'r tro nesaf yr âi hi allan o'r Coed Tal fyddai yn ei harch. Crynodd ei chalon am yr eilwaith y diwrnod hwnnw a rhaid oedd mynd i orwedd lawr i ymdawelu. Fe fyddai'n bum munud wedi chwech cyn hir ac fe gâi sgwrs efo'i chwaer ar y ffôn. Cododd ei chalon rhyw fymryn wrth feddwl am ei sgwrs ddyddiol efo'i chwaer. Ei hunig gysur mewn bywyd. Hynny a chofio am Roger. A'r *Teasmaid*.

Cyrhaeddodd Ses y Coed Tal yn hwyr, a hithau wedi hen dywyllu. Gwyddai y byddai ei mam isio gwybod lle buodd hi mor hir.

Wrth gwrs, ni fyddai'n deud wrthi. Ei chyfrinach hi fyddai hon, ac ni fyddai'n rhannu'r gyfrinach efo neb, ddim hyd yn oed Lori. Feiddiai hi ddim. Pe gwyddai ei mam am ei chynllun fe fyddai'n siŵr o roi stop arno'n stond. Person fel'na oedd hi erioed. Pwerus. Er ei bod yn byw bywyd *Miss Havisham* i fyny yn y llofft 'na, wedi rhewi yn yr unfan ers un deng mlynedd, doedd ei phŵer hi ddim wedi pylu. Yn wir, roedd ei phŵer dros Ses yn gryfach nag erioed. Gwyddai Ses hynny'n iawn a gwyddai y byddai'n rhaid iddi fod yn ofalus iawn, iawn. Cuddio petha, twyllo, deud celwyddau fyddai rhaid iddi hi neud er mwyn ennill Lori yn ôl. O heddiw 'mlaen ei hunig bwrpas mewn bywyd oedd anelu at y diwrnod pryd y câi lapio'i choesau o gwmpas rhai Lori, a'i garu am byth.

Wedi swper o ŵy a tsips aeth o lofft ei Mam gan sisial rhywbeth ei bod am wneud ychydig o waith ymchwil. Byddai hynny'n ei chadw'n ddistaw gan ei bod yn gweithio yn Lab yr Adran Gemeg yn y Brifysgol, a byddai'n dod â gwaith adref yn amal.

Heno roedd hi angen rhoi trefn ar ei Chynllun. Roedd yr hedyn o syniad a gafodd ddoe wedi tyfu'n Gynllun Enfawr yn ei phen, ac roedd yn troi a throi ac yn beryg o fynd yn rhemp os na châi drefn go dynn arno.

Teimlai'r cynnwrf yn cynhesu ei gwaed, a gallai deimlo ei chalon yn curo unwaith eto.

Pryd deimlodd hi ei chalon yn curo fel'na ddiwethaf?

Yn wir, teimlodd ei bod yn fyw am y tro cyntaf ers blynyddoedd. Roedd yn deimlad da, teimlad da iawn.

Chwe mis yn ddiweddarach a hithau'n Ddolig bron, doedd dim rhaid i Ses lusgo'i hun o'i gwely. Am 6:00 ar y dot neidiodd o ddyfnderoedd y dwfe a neidio i'w dillad loncian a'i threinyrs *Nike* – *doing-it-and-doing-it-well*! Roedd rhedeg at y polyn telegraff agosaf yn rhy hawdd iddi bellach, ac erbyn hyn byddai'n rhedeg tair milltir bob bore. Rhwbiodd ei chlun liw cneuen, clun a welodd fwy o heulwen yr haf hwn nag erioed. Ei chlun luniaidd, hardd hi'i hun. Teimlai'n falch ohoni hi'i hun, a phenderfynodd mai heddiw y byddai'n ysgrifennu ei llythyr cyntaf at Lori, llythyr go iawn. Llythyr ar bapur arogl rhosod ac mewn amlen liw hufen drud. Fe allai hi e-bostio Lori, ond nid oedd Rhamant wedi bod yn rhan o'i bywyd ers blynyddoedd a bellach roedd hi'n barod am 'chydig o Ramant.

A rhyw? Roedd wedi cael 'chydig o hwnnw, pan oedd *hi* eisiau ac ar ei thelerau hi. Nosweithiau gwyllt a meddwol gan amlaf, yma ac acw, heb ronyn o gariad yn perthyn iddyn nhw. Chwant yn unig, chwant cnawdol gwallgo, bron yn anifeilaidd, oedd hi wedi ei brofi yn y blynyddoedd ers iddi golli Lori.

A pham lai, meddyliodd. Pawb isio byw dydi? Doedd hi ddim yn brifo neb . . . wel, ar wahân i wraig Mr *Green and Black*, y dreifar bws. O do, fe gafodd ei fflingsan efo Mr *Green and Black* gorjys yn sedd gefn y bws.

Hwyr y nos oedd hi ryw nos Sadwrn, a hithau 'di bod

allan efo Jackie o'r swyddfa a Reg o'r Lab. Y *Tequila Sunrises* ar ddiwedd y noson oedd y drwg. Jackie'n dathlu ei phen-blwydd yn 38 a bod ei hysgariad wedi dod drwodd, ac felly roedd 'rhen Jackie isio dathlu go iawn doedd? Doedd hi erioed wedi blasu *Tequila Sunrises* o'r blaen, nid ei bod wedi blasu llawer arnyn nhw'r noson honno chwaith; roedden nhw'n mynd lawr mor sydyn nes eu bod nhw'n methu ei thafod ac yn llosgi'i gwddw. Roedd fel bod mewn ras, ras alcohol, a phwy bynnag oedd yn gallu yfed fwyaf yn yr amser byrraf oedd yn ennill. Jackie enillodd. Reg yn ail a hi, Ses, yn drydydd agos.

Ond Ses enillodd y ras boncio. Nid bod y ddau arall yn y ras honno. Doedd gan Jackie ddim diddordeb mewn dynion ers ei hysgariad. Sgỳm oedd dynion iddi hi. A Reg? Wel roedd Reg druan yn boeth am Ses erstalwm a gwyddai hithau hynny'n iawn. Fe ddôi â thusw o flodau garej a lliw inc wedi'i chwistrellu i'w coesau, iddi hi tua unwaith y mis. 'For the most beautiful girl in the world' fydda fo'n ddeud ar y cardyn a chusan ar ôl yr 'R' am Reg bob tro.

Roedd hi'n haeddu gwell na hynna, gwyddai hynny, a fynta hefyd, petai o'n onest efo fo'i hun. Ond ella fod y blodau garej wedi mynd yn arfer bellach, hen arfer bach undonog, fel pigo'i drwyn.

Cyfogodd Ses wrth feddwl am Reg yn pigo'i drwyn a rhaid oedd iddi loncian yn galetach i gael y llun hyll o'i meddwl. Cododd sbid rhyw fymryn a llusgo'i chof yn ôl at noson y *Tequila Sunrises*. Doedd hi ddim wedi bwriadu bachu'r noson honno. Teimlai mai hi oedd yn gyfrifol am Jackie rhywsut. Yn gyfrifol am ei chael hi adref yn saff beth bynnag. Roedden nhw fel y dall yn arwain y dall. Tra oedd un yn baglu dros ei sodlau roedd y llall yn taro pob polyn lamp wrth rowlio adref. Pan gyrhaeddon nhw dŷ Jackie, syrthiodd honno drwy'r drws a chau hwnnw'n glep ar ei hôl yng ngwyneb Ses. Chwarddodd Ses nes ei bod yn sâl ac wedyn gweiddi arni drwy'r twll llythyrau i agor y drws. Doedd 'na ddim symud ar y jolpan feddw; roedd hi'n chwyrnu cysgu ar y llawr y tu ôl i'r drws ffrynt. Câi Meinir a Meic, ei hefeilliaid 14 oed, ffit yn y bore wrth weld eu mam yn gorff ar lawr y cyntedd.

Penderfynodd Ses fynd i chwilio am dacsi. Doedd hi ddim ffit i gerdded adref i'r Coed Tal ar ei phen ei hun, roedd hi'n gw'bod cymaint â hynny.

Pan glywodd arogl *kebabs* yn dod o *Kylie's*, rhaid oedd cael un. Byddai'n difaru yn y bore ond gwyddai fod y drwg wedi'i hen wneud bellach. Aeth i mewn i gynhesrwydd *Kylie's* a phan drodd y dyn mewn siaced ledr o'i blaen i'w hwynebu, gwyddai'n syth mai ei Mr *Green and Black* hi oedd o.

Y llygaid siocled yna'n toddi ac yn dweud y cwbwl.

Doedd dim angen geiriau rhywsut, roedd llygaid y ddau'n gweiddi ar ei gilydd: "Dwisio chdi, a dwisio chdi rŵan."

Fe rannon nhw gebab rhyngddyn nhw ac igam-ogamu am y Depo Bysus ym mreichiau ei gilydd. Gwyddai'n iawn beth oedd ganddo mewn golwg ac roedd gwybod eu bod am ei wneud o yng nghefn y bws yn fwy o *thrill* rhywsut.

Doedd hi erioed wedi caru yng nghefn bws o'r blaen. Mewn ciosg ffôn, do, ond nid yng nghefn bws.

A chafodd hi mo'i siomi chwaith. Caru gwyllt a rhydd a'r ffenestri'n stemio'n gynt na'u hanadlu nhw. Am funud cafodd ei hatgoffa o'r olygfa 'na yn Y *Titanic* lle mae'r ddau'n caru yn y car a ffenestri hwnnw wedi stemio. Chwarddodd yn uchel wrth feddwl pa mor wirion o ramantus oedd hyn, pa mor wirion o ramantus oedd hi. Ac yna sylwodd ar y fodrwy ar ei law chwith, coblyn o fodrwy aur dew a honno'n sgleinio yng ngolau lamp y stryd.

Oerodd wrth feddwl fod ganddo wraig, plant ella, yn disgwyl amdano yn rhywle.

Cododd o'i afael a gwisgo amdani. Ddeudodd o ddim byd, na hithau chwaith. Doedd 'na ddim byd i'w ddeud. Gafaelodd yn ei bag a baglu drosto. Gafaelodd amdani a'i chusanu'n dyner.

"Sori," sisialodd yn ei chlust.

"A finna," medda hithau, "a finna," ac allan â hi i'r düwch

mawr, am adra. Carai Lori yn fwy nag erioed, a gwyddai fwy nag erioed be oedd raid iddi hi ei wneud.

Cododd am chwech fel arfer y bore canlynol, ac i'w threinyrs. Ond prin oedd hi'n gallu cerdded heb sôn am loncian. Chafodd ei mam mo'i brecwast chwaith a diolch byth fod ganddi'r *Teasmaid*. O leia' câi baned o hwnnw.

Cyrhaeddodd y tŷ bach mewn pryd i chwydu'r *Tequila Sunrises* a'r cebab i mewn iddo. Bu yn ei gwely drwy'r bore a'r rhan fwyaf o'r p'nawn. Meddyliodd am Jackie druan a sut siâp tybed oedd ar honno. Ac yna llithrodd ei lygaid siocled tywyll O i'w meddwl. Llithrodd deigryn bychan i lawr ei boch a chuddiodd ei phen o dan y dwfe plu a chysgu tan y nos.

Teimlai Heddwen Lloyd fod rhywbeth yn wahanol am Ses. Ni allai roi ei bys ar ddim yn benodol. Oedd, roedd wedi colli 'chydig o bwysau, ac edrychai'n harddach, mwy gosgeiddig rhywsut. Ac roedd hi'n siŵr ei bod yn ymddangos yn hapusach os rhywbeth.

"Biti," meddyliodd, "biti ein bod wedi pellhau cymaint a dim ond ni ein dwy ar ôl". Ond dyna cyn belled ag yr âi Heddwen Lloyd. Doedd dim awydd mawr arni i siarad â'i merch am y peth, na chwaith awydd i wella pethau rhyngon nhw. Efallai, meddyliodd, ei bod yn rhy hwyr i hynny bellach. A gwyddai yn ei chalon nad oedd Ses wedi maddau iddi am anfon Lori i ffwrdd. Lori! Am enw! Laurence ydi enw'r dyn, am anfon Laurence i ffwrdd fel ag y gwnaeth hi. Ond doedd ganddi ddim dewis, ac ni ddeallai Ses hynny fyth, a doedd fiw iddi wybod y gwir. Na byth. Wedi'r cyfan, wnaeth hyd yn oed Roger ddim dod i wybod am hynny. . . ac roedd hi'n gresynu'n fawr nad oedd wedi medru dweud wrth Roger o bawb. Onid ei chariad hi, ei gŵr hi, oedd o? Onid oedd cariadon i fod i allu rhannu popeth â'i gilydd? Ond ni allodd ddweud wrtho erioed, ac fe aeth i'w fedd heb wybod y gwir am Laurence.

Crynodd drwyddi. Yr hen gryndod 'na eto. Anadlodd yn

ddwfn ac yn hir a thawelodd y crynu yn ara bach. Edrychodd Heddwen ar y cloc. Chwarter wedi un y p'nawn. Roedd hi'n llwgu. Be oedd yn bod ar Ses heddiw? Roedd hi'n Ddydd Sul a doedd hi ddim yn gweithio ar y Sul. Pam na chafodd hi damaid i'w fwyta? Canodd y gloch fach a gadwai wrth ochor y gwely. Yn uwch tro yma ac yn hirach. Dim byd. Dim byd o gwbwl.

Doedd dim amdani ond mynd lawr i'r gegin i gael bwyd. Un ai hynny neu farw o newyn yn ei gwely.

Clywodd Ses dincian ysgafn cloch yn bell, bell i ffwrdd. Anwybyddodd y sŵn a chau ei llygaid trwm eto. Roedd am gysgu a chysgu. Roedd hi angen gorffwys, gwyddai hynny rŵan. Ella ei bod wedi gor-wneud yr ymarfer yn ddiweddar a bod popeth wedi dal i fyny â hi. Cyn pen pum munud roedd hi'n chwyrnu'n braf unwaith eto.

Breuddwydiodd Ses, breuddwyd frawychus, breuddwyd fawr. Breuddwyd am fyw ac am farw. Cododd Ses ar ei heistedd yn foddfa o chwys. Gollyngodd ochenaid fer a sylweddolodd cyhyd roedd hi wedi bod yn dal ei gwynt yn ddiarwybod bron. Roedd ei hwyneb ar dân a'i choesau'n crynu'n afreolus ac roedd hi'n boeth ac yn oer 'run pryd. Edrychodd ar y cloc. Hanner awr wedi pedwar yn y bore. Cymerodd lwnc o ddŵr ac yn araf bach cofiodd ei breuddwyd. Ynddi, roedd wedi lladd ei mam.

Deffrôdd Heddwen Lloyd o'i hysgafngwsg, a gweld drwy lygaid caeëdig ei bod yn hanner awr wedi pedwar y bore ac yna cofiodd be oedd wedi ei deffro. Sgrech annaearol dros y tŷ. Sgrech Ses. Ac yna, fwy neu lai yn syth, aeth Heddwen Lloyd yn ôl i gysgu.

Cododd Ses o'i gwely, ac aeth i bi-pi. Daeth yn ôl i'w gwely a swatio unwaith eto. Lladd ei mam? Gwelodd ei breuddwyd eto, nid mor glir â'r tro cyntaf; roedd yn niwlog erbyn hyn ond oedd roedd hi'n bendant wedi lladd ei mam.

Crynodd drwyddi. Nid oedd isio gweld *Tequila Sunrises* byth eto, ac yn bendant doedd hi ddim isio eu hyfed. Gwastraff llwyr o ddiwrnod ymarfer, er, wedi dweud hynny, roedd yn falch o'r gorffwys. Sylweddolodd yn sydyn nad oedd wedi gorffwys yn iawn ers wythnosau. Efallai mai fel hyn y teimlai Fflwffi y bochdew oedd ganddi tra'n hogan fach; y cwbwl oedd hwnnw'n wneud drwy'r dydd, bob dydd, oedd chwyrlïo mynd rownd a rownd yr olwyn fach 'na fel peth gwirion. Na, rhaid oedd cael y peth 'ma mewn persbectif. Fe fyddai'n ffonio Ben ei threinyr yn y bore a gofyn ei gyngor.

Bu'n hir iawn yn cysgu nôl; mynnai'r hen freuddwyd 'na droelli yn ei phen.

Erbyn y bore gwyddai be oedd rhaid iddi ei wneud . . .

Deffrôdd Heddwen Lloyd am 6:20 a.m. ac ar ei chythlwng. Cofiodd iddi gael darn o dost a mêl y pnawn cynt ond nid aeth i lawr y grisiau wedyn i gael swper.

Roedd hi rhy dywyll i fentro.

Canodd ei chloch fach i ddeffro Ses.

Y gloch. Cododd Ses ar ei heistedd yn simsan braidd. Llifodd popeth yn ôl i'w meddwl, a'r freuddwyd. Cododd o'i gwely ac aeth i lawr y grisiau yn ei phyjamas. Wrth basio stafell wely ei mam, gwaeddodd arni fod brecwast ar ei ffordd. Paratôdd yr ŵy wedi'i ferwi a gosod y tost yn sowldiwrs bach o'i gwmpas. Gosododd yr ŵy a'r coffi ar yr hambwrdd, mynd â'r cyfan i'w mam ac yna aeth nôl i'r gegin ac eisteddodd wrth y bwrdd i ysgrifennu ei llythyr at Lori. Llythyr syml, di-lol yn dweud ei bod yn dal i'w garu ac y byddai'n rhydd i'w briodi mewn ychydig iawn o amser. Cododd, rhoi'r llythyr yn ei rycsac, neidio ar ei beic, ac am y Lab. Postiodd y llythyr ar y ffordd.

Roedd hi'n hanner awr wedi saith a dim ond rhai pobol wedi codi a chychwyn eu diwrnod. Doedd hi ddim yn hoff o fore Llun fel arfer, ond heddiw, wel, roedd heddiw'n wahanol. Cyrhaeddodd y Lab am bum munud wedi wyth, yn gynt na'r arfer, newid o'i dillad treinio ac i'w throwsus gwaith. Diolchodd nad oedd Reg wedi cyrraedd. Câi hanner awr bach iddi'i hun yn gyntaf. Gwyddai'n union be oedd isio'i wneud. Aeth i ddrôr waelod desg Reg ac estyn y goriad i'r Cwpwrdd Gwenwyn. Aeth at hwnnw a'i agor yn ofalus, chwiliodd ymysg y poteli a daeth o hyd i'r botel Thaliwm yn y cefn.

Agorodd y botel a'i gosod ar y bwrdd o dan y cwpwrdd. Aeth i nôl potel fechan wag, ac yna tywalltodd 10ml o'r Thaliwm i'r botel fach. Caeodd gaeadau'r ddwy botel a gosod y botel fawr yn ôl yn union yn yr un lle, a chloi'r cwpwrdd. Gosododd y goriad nôl yn y drôr lle daeth o hyd iddo a chuddio'r botel fechan yn ei rycsac. Gwisgodd ei chôt wen a dechrau ar ei gwaith. Pan gyrhaeddodd Reg a'i chydweith-wyr eraill roedd hi'n barod am ei phaned gyntaf ac wedi gwneud awr o waith yn barod.

"Nest ti syrfeifio felly?" gofynnodd Reg iddi. Syllodd Ses i'w lygaid, methu â deall am beth roedd yn mwydro, ac yna cofiodd am y *Tequila Sunrises*, ac am Jackie, ac am Mr *Green and Black*.

Gwenodd yn ddel ar Reg ac ateb "Do, syrfeifio a dal yma i ddeud y stori, de? Dim hanes o Jackie dwi'n gweld," meddai.

"Na, i mewn fory, mae rhai pobol yn methu â dal eu diod," ychwanegodd Reg yn gellweirus.

"Mmm . . ." sibrydodd Ses, ddim yn cytuno ag o, na chwaith yn anghytuno. Tasa fo ond wedi'i gweld hi'n pebldashio'r pan fore Sadwrn fasa fo'n meddwl eilwaith cyn dweud hynna ac aeth i'r gegin fach i wneud paned iddi hi'i hun ac iddo yntau.

"Dyna welliant," sibrydodd Heddwen Lloyd wrthi hi ei hun wedi bwyta'r ŵy ac yfed ei choffi. Be oedd haru Ses yn ei gadael heb fwyd drwy'r dydd ddoe? Hogan wirion. Ac wedyn teimlodd ryw gysgod o gywilydd am feddwl fod ei hunig ferch yn wirion. Daeth Sei i'w meddwl, ei Sei bach hi, brawd mawr Ses. Prin y gwelai Sei rŵan gan ei fod yn byw efo rhyw Americanes yng Nghaliffornia. Byw bywyd braf iawn yn ôl ei lythyron a'i alwadau ffôn. Er mai prin iawn oedd y rheiny wedi mynd hefyd. Roedd ganddo ddau o blant bach dela welsoch chi, a doedd hi erioed wedi eu gweld nhw, dim ond lluniau ohonyn nhw. Doedd fiw iddi ofyn y cwestiwn pam nad oedd ei hunig fab wedi dod â'i blant i Gymru ac i'r Coed Tal. Unig fab? meddyliodd. Roedd hi'n anghofio Lori, Laurence, ei mab hynaf. Aeth i estyn yr albwm lluniau a guddiai yn nrôr waelod y cwpwrdd dillad.

Dyna fo, ei mab teirblwydd ar ei hysgwyddau cryfion hi, a dyna'r unig lun ohono fo a hi efo'i gilydd. Syllai Lori arni o bob llun, yn bedair, pump, chwech, saith, wyth, a fynta'n gafael yn llaw ei fam arall, ei fam go iawn o. Criodd Heddwen Lloyd yn hidl wrth anwylo pob un llun yn ei dro, a theimlodd ei bod yn anwylo boch y bychan bob tro. A'r llun olaf oedd ganddi ohono'n ddeunaw oed, yn dalsyth, yn fonheddwr ac yn ddieithryn.

A fel'na oedd hi orau. Gwyddai hynny yn ei chalon er mor anodd oedd hi. Roedd rhaid iddi ofalu fod Laurence yn cael gofal gwell na allai hi ei roi iddo, a dyna pam y cafodd Laurence ei fabwysiadu a'i fagu'n fonheddwr gan deulu cefnog o Sussex. Tyfodd i fyny'n Sais rhonc, yn gwybod dim am ei dras Gymreig.

Tan dair blynedd yn ôl. Ni allai ddirnad sut digwyddodd y peth o gwbwl. O'r holl bobol sy'n byw yn y byd, roedd rhaid i Ses gyfarfod Lori, Laurence.

Cofiodd y diwrnod y daeth Ses adref yn gynhyrfus i gyd, yn llawn o Lori, Laurence. Bron nad oedd wedi syrthio mewn cariad â fo'n syth y diwrnod hwnnw. Cofiodd pa mor anodd oedd cuddio'r cwbwl, cuddio'r sioc fod ei merch wedi cyfarfod â'i mab a'u bod wedi syrthio mewn cariad â'i gilydd.

Ei merch hi ei hun, a'i mab hi ei hun. Gwyddai y byddai'n rhaid rhoi stop ar y berthynas yn syth. Gorffen pethau, cael gwared â Lori, ei wthio i ffwrdd ddigon pell oddi wrth Ses.

Ac mi lwyddodd Heddwen Lloyd, rhywsut neu'i gilydd, i wahanu'r ddau, i ddinistrio eu cariad. Unwaith ac am byth. Gresynai na allai ddweud wrth Ses fod yr hyn a wnaeth er lles Ses a neb arall. Ond fyddai hi ddim yn ei chredu, a rhaid oedd i Heddwen Lloyd adrodd rhyw stori wirion am anaddasrwydd Laurence fel gŵr iddi. Roedd o dras rhy uchel i Ses, a sut gallai hi, Ses, ymdoddi i fywyd teulu o fonheddwyr Seisnig? Allai hi byth, dyna a ddywedodd Heddwen Lloyd wrthi, ac iddi anghofio Laurence am byth.

Gwyddai ei bod wedi torri calon ei merch yn deilchion. Gwyddai hefyd na fyddai Ses yn maddau iddi byth.

Roedd ganddi lai na mis i fynd cyn Y Gystadleuaeth Fawr, ac roedd hi'n dechrau teimlo'r nerfusrwydd yn cydio.

Beiciodd Ses adref ac amseru ei hun. Eiliad yn llai na'r bore hwnnw. Ond doedd ymarfer heddiw heb orffen eto a rhaid oedd paratoi'i hun at sialens heno. Roedd hi'n cyfarfod Ben am hanner awr wedi chwech yn y cae wrth ymyl ei dŷ ac roedd ganddo syrpreis iddi.

Ond roedd ganddi syrpreis fach i'w mam yn gyntaf. Gwaeddodd ei "hylô" ysgafn i fyny'r grisiau derw ac aeth ati'n syth i baratoi swper i'w mam. Cawl llysiau, bara brown ffres a dwy sleisan dew o gaws Caerffili. Ei hoff gaws hi, a'i hoff gawl hefyd. Tra oedd y cawl yn cynhesu yn y sosban, aeth i'r cwpwrdd llestri ac estyn am y botel fechan dywyll o Thaliwm a gollwng dropyn o'r hylif i'r sosban. Trodd y cawl yn araf gan wenu.

Tywalltodd y cawl i'r bowlen ac aeth â swper ei mam iddi hi.

"Diolch Ses," meddai ei mam yn serchus a gosod ei llaw yn dyner ar law Ses.

Neidiodd Ses rhyw fymryn. Roedd cyffyrddiad fel hyn yn anarferol, a thynnodd ei llaw yn ôl yn sydyn.

"Bytwch eich cawl cyn iddo oeri," meddai. Fydda i'n ôl erbyn deg fan bella', mentrodd, er nad oedd yn ddim o fusnes ei mam pryd y byddai adref.

"Ti'm am gael swper, Ses?" gofynnodd ei mam.

Damia, meddyliodd a mwmial rhywbeth am fwyta wedyn. Edrychodd ei mam arni a dweud yn dawel, "Ti di teneuo sdi . . ."

"Dwi'n iawn, Mam," meddai Ses yn reit gadarn. "Bytwch rŵan, a wela i chi cyn ichi noswylio. Iawn?"

Pam oedd rhaid i Ses siarad â hi fel tasa hi'n sâl, holai Heddwen ei hun. Doedd hi ddim yn sâl nac yn fethedig. Doedd hi ddim. Anlwcus fuodd hi, dyna'r cwbwl.

Bwytaodd Heddwen Lloyd ei chawl yn bwyllog a'i fwynhau. Roedd Ses yn gogydd heb ei hail, chwarae teg. Ar ôl rhyw awr, cysgodd Heddwen Lloyd yn y gadair a cholli'r Newyddion. Roedd ganddi gur ar ôl deffro ac aeth i'w gwely'n syth.

Cyrhaeddodd Ses Y Coed Tal yn chwys doman. Cafodd amser wrth ei bodd, a heno teimlai ei bod yn wirioneddol barod am Y Gystadleuaeth Fawr go iawn. Roedd Ben wedi gosod sialens go anodd iddi. Rhaid oedd iddi godi olwyn tractor yn uwch na'i hysgwyddau a'i thaflu cyn belled ag y gallai. Ac fe lwyddodd. Gallai weld fod Ben wedi rhyfeddu. Pan fesurodd Ben bellter y teiar, roedd yn 6 medr. Roedd hynna'n ardderchog ac fe osododd sialens anoddach iddi'n syth. Aeth i nôl ei foto-beic oedd wedi parcio wrth giât y cae a'i reidio ati hi. Rhoddodd calon Ses sbonc annisgwyl, gwyddai be oedd yn dod, roedd wedi gweld be oedd cystadleuwyr eraill yn eu gwneud ar y We. Doedd dim rhaid i Ben yngan gair o'i ben, a phan estynnodd y rhaff i Ses a chlymu'r pen arall wrth y beic, roedd calon Ses yn curo fel drwm. Yn ddistaw, clymodd Ben y rhaff am ganol Ses yn dynn ac yna gosod y targed iddi dynnu'r beic at y garreg a osododd 3 medr oddi wrthi.

Anadlodd, ac yna anadlodd eto'n ddyfnach. Doedd hyn ddim yn mynd i fod yn hawdd. Ond roedd Ses yn benderfynol, fel mul o benderfynol, a doedd dim diben ei dal yn ôl. Tynnodd y beic â'i holl nerth, a'i dynnu heibio'r garreg.

Taflodd Ben sgrech i'r cymylau, cymaint oedd ei gynnwrf. Pwniodd yr awyr â'i ddwylo ac yna taflodd Ses i'r awyr, ei dal, a'i gwasgu. Gwenodd Ses yn braf. Roedd hi bron yno, bron iawn wedi cyrraedd ei nod.

Ymhen yr wythnos gwelodd Ses fod ei mam wedi gwaelu'n ddifrifol. Arhosai yn ei gwely erbyn hyn, roedd hi'n chwydu ar ôl pob pryd bwyd, ac roedd wedi dechrau ffwndro. Dywedodd wrth Reg ei bod yn cymryd ei gwyliau, er mwyn cael treinio ar gyfer Y Gystadleuaeth ac er mwyn gofalu am ei mam. Cymerodd y rôl o ofalu am ei mam o ddifri.

Llifodd y lluniau hyll i feddwl Heddwen Lloyd unwaith eto, mewn ac allan, mewn ac allan fel hunllef. Un llun hyll ar ôl y llall. Weithiau teimlai 'chydig yn well a'i meddwl yn glir. Gwyddai ei bod yn bur wael, er doedd hi ddim yn gwybod pam ac roedd wedi gofyn i Ses alw'r meddyg ddwy waith. Mi fu yn ei gweld yn hwyr y nos echnos, meddai Ses ond doedd hi ddim yn cofio gweld neb. Be oedd yn bod arni? Sut nad oedd hi'n cofio'r meddyg a fyntau wedi bod yn ei gweld? Ac os buodd o, pam ei bod hi'n dal yn sâl? Pam na roddodd o ffisig iddi i'w gwella? Efallai mai bai yr NHS oedd hyn meddyliodd. Ond diolch byth am Ses, roedd yn gofalu'n dyner amdani hi, chwarae teg.

Deuddydd yn ddiweddarach, yn y bore bach, bu farw ei mam. Y gair olaf iddi ei yngan cyn ei hanadl olaf oedd 'Laurence . . .'

Gafaelodd Ses yn llaw ei mam am hir gan ei mwytho a'i chusanu'n dyner. Gwyddai y byddai rhaid iddi ffonio'i brawd, Doctor Price a Ben yn fuan ond nid rŵan. Doedd hi ddim yn deall. Roedd bron fel ei bod yn gallu darllen yr enw Laurence ar yr aer ac ar geg ei mam. Pam ddywedodd hi ei enw o?

Pam? Roedd hi'n ei gasáu o . . .

Ar ôl tacluso gwely ei mam, aeth Ses i'r ardd a chladdu'r botel Thaliwm yn ddyfn yng ngwely rhosod ei thad. Wedyn aeth at y ffôn.

Digwyddodd popeth mor sydyn wedyn, ac yn wir, y bobol o'i chwmpas hi wnaeth y trefniadau i gyd.

A rŵan, diwrnod y cynhebrwng roedd ei brawd gartref, roedd ei mam wedi mynd, a gwyddai fod Lori ar ei ffordd ac y byddai yn ei freichiau mewn cwta hanner awr.

Pan gerddodd Lori i mewn i'r Coed Tal cydiodd rhywbeth yng nghalon Ses, a bu bron iddi lewygu o'i weld. Caeodd ei llygaid, ac yna eu hagor eto. Roedd o yno yn sefyll o'i blaen yn dalog, ac yn hardd. Pan gusanodd Lori hi yn dyner gwyddai fod eu cariad hwy am byth bythoedd. Cynhaliwyd y cynhebrwng yn ddi-lol, a gosodwyd Heddwen Lloyd i orwedd yn dawel efo Roger yn y pridd.

Bu Ses a Lori'n siarad tan berfeddion y noson honno. Doedd Lori erioed wedi'i hanghofio, ac fe gyfaddefodd ei fod yn dal i'w charu. Yn wir, doedd o ddim wedi peidio â'i charu yr holl amser y buon nhw ar wahân.

A rŵan? gofynnodd Ses iddo. Wel, doedd dim byd i'w nadu nhw rhag dechrau eto a gweld be ddaw yn y dyfodol?

A dyna pryd y deudodd Ses wrtho am Y Gystadleuaeth Fawr. Deuddydd oedd i fynd ac roedd yn benderfynol o gystadlu er bod ei mam newydd farw.

Byddai rhaid iddo fynd efo hi, i'w chefnogi hi, i'w helpu hi. Ni allai ei wneud o hebddo fo. Er i'r ddau noswylio pan oedd y wawr yn torri, ni allai Ses gysgu. Roedd ei Lori hi yn ôl, yn ôl yn ei breichiau ac yn ôl am byth.

Aeth Sei yn ôl adref i America y pnawn hwnnw. Dywed-odd wrth Ses am wneud fel y mynnai â'r cartref a holl eiddo eu mam. Doedd o angen dim. Gwyddai y byddai rhaid i Ses ddarllen yr Ewyllys rhyw bryd, ond nid heddiw. Heddiw roedd eisiau mwynhau bod efo Lori, ei chariad, ei bywyd.

Bu'n ddiwrnod hapus, fel tasen nhw erioed wedi bod ar wahân a theimlai Ses rhyw fymryn o euogrwydd ei bod yn hapus, a hithau newydd golli'i mam. Roedd hyn yn poeni mymryn ar Lori hefyd, ond gwthiodd y peth i gefn ei feddwl. Aeth Ses i loncian yn hwyr y pnawn, deng milltir, ac erbyn iddi ddod 'nôl roedd Lori wedi paratoi swper i'r ddau ohonyn nhw.

Wedi swper aeth Ses i chwilio am bob un gannwyll y gallai gael hyd iddi a'u gosod o gwmpas stafell wely ei mam ac yna aeth ati i glirio. Wedi taflu'r dillad gwely a'i ail-wneud o, rhoddodd ddillad ei mam mewn sach du, a'i sgidiau mewn sach du arall. Wrth wacáu drôr isa'r cwpwrdd dillad daeth ar draws yr hen albwm lluniau. Gwenodd a thristáu wrth edrych ar ei thad yn gwenu nôl arni, ei mam mewn croen ifanc, y hi'n fabi bach, ac yna tua'i ddiwedd y llun ohoni hi a Lori ar lan y môr. Y ddau'n cicio'r tonnau a'r chwerthin i'w glywed yn y llun. Byseddodd Ses wyneb Lori a'i gusanu, trodd y dudalen ac yna gwelodd amlen fechan wedi melynu gan oed. Trodd yr amlen a darllen ei henw hi *Sesian Morgan-Lloyd* ar y blaen. Tynnodd y llythyr twt allan o'i guddfan fach glyd.

Annwyl Ses fach,

Ti'n annwyl imi, hoffwn iti wybod hynny rŵan. Rwyt ti wedi bod yn annwyl imi erioed, fy hogan fach i, mi rwyt ti wedi gofalu amdana'i yn dyner ar hyd y blynyddoedd, heb feddwl amdanat ti dy hun. Diolch iti, Ses, hebot ti byddai bywyd wedi bod yn hunllef.

Fel ag yr oedd fy mywyd i ar un adeg. Na, nid sôn am golli dy dad ydw i, Ses fach, er mor anodd oedd y cyfnod erchyll hwnnw, sôn ydw i am adeg cyn dy amser di. Amser pan oeddet ti'n ddim ond seren yn awyr y nos a dy dad a minnau ond newydd gyfarfod. Amser hapus-drist oedd yr amser hwnnw. Ti'n gweld, Ses

fach, ac mae ysgrifennu hwn mor anodd imi, ond gwn
fod rhaid imi ddweud y gwir wrthyt ti. Ti o bawb. Rwyt
ti'n haeddu'r gwir. Ses, mi gefais blentyn, hogyn bach
cyn iti gael dy eni, yr hogyn delia erioed. Ond ifanc o'n
i ti'n gweld, ifanc iawn, prin yn un ar bymtheg oed.
Fedri di ddychmygu'r gwarth? Mi fedrais edrych ar ei
ôl tan roedd yn flwydd oed, ond ar ôl imi gyfarfod â dy
dad, a chyfarfod â'i deulu gwyddwn y byddai'n rhaid i
Laurence bach gael ei fabwysiadu . . .

Laurence? Sbonciodd yr enw ar y dudalen, fel tasa'r enw
ei hun yn chwarae tric ar lygaid Ses.

Ac mi gafodd gartref da iawn yn Ne Lloegr.
Llwyddais i fyw bywyd normal, Sei yn cyrraedd ac
wedyn tithau a bywyd yn braf. Yn braf iawn, un teulu
bach hapus. Ond wedi i dy dad farw, aeth pethau i
lawr allt, ac wedyn dyma ti'n syrthio mewn cariad â
dyn, â Laurence, â Lori, Ses. Paid â'm gwrthod, plîs
paid â'm casáu. Nid fel hyn o'n i eisiau i betha fod,
mae'n wir ddrwg gennai, Ses, ac mi rydw i wedi cario'r
baich yma ar hyd fy mywyd.
Os medri di ddod o hyd i ffordd i faddau imi . . .

Ni welodd Ses weddill y geiriau. Geiriau a dagrau'n
gymysg, a'r dagrau'n syrthio ar y geiriau . . . Doedd hyn
ddim yn wir, fedrai o ddim bod.

"Ses?" clywodd lais Lori o'r grisiau. Gwthiodd y llythyr yn
ôl i dudalennau'r albwm a tharo'r albwm nôl yn y
drôr. Caeodd y drôr yn dynn a chaeodd ei cheg yn dynn
hefyd.

Cododd yn gynnar drannoeth, a seiclodd nes bod y chwys
yn diferu i lawr ei thalcen. Tynnodd ei chap yn dynnach am
ei phen a seiclo'n galetach. Gallt Foel, roedd am gyrraedd
brig y bryn mewn eiliad yn llai na'r wythnos cynt. Llosgai
cyhyrau ei choesau wrth iddi wthio'n ffyrnig ar y pedalau.
Roedd swigen maint hanner can ceiniog ar sawdl ei throed

dde yn rhwbio ers wythnos, ond ni theimlai boen o fath yn y byd. Yn hytrach, teimlai fel duwies, yn gyhyrog, yn gryf ac yn gwbwl hunanfeddiannol o'i phŵer anhygoel ei hun.

Cyrhaeddodd y brig, ychydig yn fyr o wynt, a gwenu. Roedd wedi lladd eiliad yn haws na lladd pry copyn.

Rŵan rhaid oedd canolbwyntio ar ennill. Hi fyddai'r Ferch Gryfaf yng Nghymru, doedd dim amheuaeth am hynny, ac fe fyddai Lori efo hi, wrth ei hymyl bob cam.

Fore Sul am 5:30 deffrôdd Ses wedi hanner cwsg. Roedd wedi ymlâdd ar ôl cystadlu ddoe ond yn hapus ei bod wedi llwyddo'n reit daclus yn y pedair cystadleuaeth. O leiaf doedd hi heb godi cywilydd arni hi'i hun. Ond roedd pedair cystadleuaeth arall ar ôl, a'r rhai anoddaf yn ei thyb hi. Gadawodd Lori'n cysgu'n braf yn y plu, gwthiodd ei meddwl i gêr, ei thraed i'w *Nikes* ac allan â hi am lonc ar hyd y traeth.

Agorodd Lori un llygad a sylwi ar din dwt Ses yn diflannu drwy'r drws. Ni allai gredu pa mor hunanfeddiannol oedd Ses. Dynes gry', tu fewn a thu allan. Haeddai'r teitl Y Ferch Gryfaf yng Nghymru bob tamaid, meddyliodd. Roedd mor falch ohoni.

Buan y daeth hi'n amser y gystadleuaeth olaf un sef Tynnu Tryc. Rŵan roedd pili-palod wedi meddiannu stumog Ses go iawn. Mor agos i'r brig, mor agos, a rhaid oedd canolbwyntio.

Pan fflachiodd y golau glas cyntaf 'na, a'r sŵn hunllefus ni-no, ni-no, yn eco caled o gwmpas waliau pentref Portmeirion, trodd stumog Ses, ac am funud tybiodd ei bod yn gweld cannoedd ar gannoedd o bili-palod yn hedfan allan o'i chorff. Rhewodd yn ei hunfan a theimlai ei bod mewn breuddwyd hunllefus. Gwyddai'n iawn mai hi oedd yr Heddlu ei heisiau. Edrychodd Ses i fyw llygaid Lori a gwelodd ei galon yn torri. Dim gair, dim eglurhad, dim byd. Ffarweliodd Ses â'i chariad y foment honno.

Teimlodd oerni metel y cyffion yn cau am ei harddyrn-au a theimlodd y byd yn gwagio ac yna'n malu fel gwydr gwag.

Fe aeth Ses yn dawel, dim ffws, dim gweiddi mawr, dim sioe ond wynebu ei thynged yn ddewr.

Glas oedd dagrau Lori wrth iddo godi ei law ar ei gariad, a glas oedd ei galon.

*   *   *

Agorodd Lori'r amlen fawr wen yn araf. Nid oedd eisiau darllen ei chynnwys ond gwyddai fod rhaid iddo, er mwyn ei hun ac er mwyn Ses.

Wythnos Arall ac ar y dudalen flaen darllenodd:

> Ar Fehefin 17 2006 carcharwyd
> Ms Sesian Morgan-Lloyd o'r Coed
> Tal, Llandygái, Gwynedd am oes.
> Cafwyd hi'n euog o ladd ei mam
> Mrs Heddwen Lloyd, a fu farw ar
> Ebrill 25 2006 . . .

Oerodd ei galon yn las unwaith eto a disgynnodd deigryn ar lun wyneb hardd Ses a wenai arno o'r dudalen. Plygodd yr *Wythnos Arall* yn daclus a'i osod yn ôl yn ei amlen. Ni allai ddarllen mwy.

Tynnodd yr albwm coch allan o'r amlen, ac yno gwelodd lun, llun ohono'i hun, yn blentyn bach, a'i law yn cydio mewn llaw dynes arall. Nid ei fam oedd hon ond Heddwen Lloyd. Pam fod llun ohono efo Heddwen Lloyd? Mam Ses?

Yna clywodd sgrech annaearol yn codi o'r düwch, yn bell, bell i ffwrdd,

Pwy oedd yn sgrechian? Pan welodd Lori gip o'i wyneb ei hun yn nrych y car roedd ei geg ar agor led y pen. Y fo, Lori, oedd yn sgrechian a sgrechian a sgrechian, nes bod ei fyd yn las i gyd unwaith eto.

PROFFIL
BUDDUG CADWALADR

Enw:	Buddug Cadwaladr
Llysenw:	Y Wal; Wali i'w ffrindiau ond dim llawer yn cael ei galw'n hynny
Oed:	34
Taldra:	5'7"
Pwysau:	13 stôn 12 pwys o fysl pur
Magu:	Ceunant
Teulu:	Dau frawd – ond yn gallu eu curo'n racs yn y *gym*
Sêr:	Sothach! . . . ond beth bynnag ydi un mis Tachwedd
Lliw gwallt:	*Auburn*
Lliw llygaid:	Glas golau
Hoff gerddoriaeth:	Barry White, Queen a Madonna yn y *gym*
Hoff ffilm:	Top Gun
Hoff fwyd iach:	Cabaitj – coch a gwyrdd, amrwd a wedi'u cwcio
Hoff sothach:	Bechdan becyn, wŷ wedi ffrio a sôs brown – trît bora Dolig. Fel rheol yn hynod ddisgybledig am yr hyn mae'n ei roi yn ei chorff. Tanwydd yw bwyd.
Hoff ran o'r corff:	Mae yna wastad le i wella
Cas ran o'r corff:	Bronnau
Swydd:	Gofal Cartref
Diddordebau:	Treinio, croeseiriau a swdocws
Nifer o flynyddoedd yn cystadlu:	6
Hoff gystadleuaeth:	Yr un mor gryf ymhob un
Rheswm dros gystadlu:	Adennill ei theitl.

BUDDUG

Roedd hi wedi ceisio anwybyddu'r symbol bychan yng nghornel chwith y sgrîn, ond roedd y ffôn newydd 'ma'n un o'r rheiny oedd yn canu i atgoffa rhywun am negeseuon, ac roedd o'n dechrau mynd yn dân ar ei chroen. Pwniodd y botwm yn biwis. Roedd hi 'di deud wrth Dafydd nad oedd hi'm isio ffôn newydd, fod yr hen un yn iawn, nad oedd ganddi ddefnydd i'r holl giamocs ychwanegol oedd ar gael heddiw.

"Ffonio fydda i isio neud efo ffôn," oedd hi 'di ddeud wrtho fo. "Felly i be dwi isio un sy'n ffilmio neu'n e-bostio neu'n gneud panad a thôst i rywun yn y bora?"

Ond doedd o ddim wedi gwrando arni. Doedd o byth yn gwrando arni hi bellach. Doedden nhw byth yn gwrando ar ei gilydd.

> *You have two new messages . . .*
> *First new message, received today at 8.30am:*
> *Buddug? Os wyt ti yna, ateba dy ffôn neno'r tad.*
> *Mae'n rhaid i ni siarad. Fedri di ddim*
> *anwybyddu fy negeseuon i am byth. Fedra i*
> *ddim cario mlaen fel hyn . . . o be ddiawl di'r*
> *iws. Dyro ganiad yn ôl i fi pan wyt ti'n cael y . . .*
> *Message deleted. Next new message:*
> *Wel, does dim isio gofyn lle'r wyt ti nagoes?*
> *Mae'n rhaid i chdi stopio hyn, Buddug. Mae'n*
> *rhaid i ni . . .*
> *Message deleted. You have no new messages.*

Edrychodd ar y teclyn yn ei llaw am ennyd, cyn ysgwyd ei hun o'i meddyliau a thaflu golwg o gwmpas yr ystafell. Gorweddodd ei llygaid ar yr union fan, a cherddodd yno. Agorodd y ddrôr uchaf a chladdu'r teclyn yng nghanol ei dillad isaf. Anadlodd yn ddyfn unwaith, dwywaith, deirgwaith gan anadlu allan yn fwriadol araf. Caeodd y ddrôr a throdd tuag at y wal gyferbyn, yn barod i ddechrau ei pharatoadau. Doedd ganddi fawr o amser os oedd am orffen cyn i bawb arall gyrraedd.

Aeth at y ffeil a orweddai ar y gwely, gan dynnu'r llun cyntaf allan . . .

Meinir . . . Un o'i gwrthwynebwyr cryfaf – tan y ddamwain. Fawr o siâp wedi bod arni wedyn. Beio'i hun am farwolaeth ei hyfforddwr yn ôl y clecs a glywai o gwmpas y *treadmill* yn y gampfa, er na wyddai hi fawr mwy na hynny. Mae'n debyg y gallai fod wedi clustfeinio'n hirach ond doedd hi ddim am ddisgyn i'r trap o ddod i nabod ei gwrthwynebwyr, o wybod eu cefndir personol, na'r baich a garient – dim ond os gallai ei ddefnyddio i droi'r dŵr i'w melin ei hun.

Roedd si ar led fod y bencampwriaeth yma'n cynnig rhyw fath o gymbac i Meinir, ond doedd 'na fawr o obaith o hynny mewn difri calon, dim os oedd ganddi hi unrhyw lais yn y mater.

Rhwygodd damed o flŵ-tac yn rhydd o'r pecyn newydd sbon, rhoi mymryn ymhob cornel o'r llun a'i osod mor agos ag y gallai at gornel uchaf ochr chwith y wal. Yna aeth yn ôl at y gwely a thynnu taflen arall o berfedd y ffeil cyn ailadrodd y broses gyda'r blŵ-tac a'i lynu yn union o dan y cyntaf. Rhedodd ei llygaid yn frysiog dros y geiriau i wneud yn siŵr fod yr ystadegau'n cyfateb i'r wyneb uwch ei ben, cyn dychwelyd i'r ffeil a thynnu taflen arall eto'n llawn geiriau a'i gosod ar law dde'r llun. Dyma restr o gryfderau a gwendidau, er bod y cyfan hefyd wedi ei serio ar bapur ei chof ers sawl mis.

Wedi camu'n ôl i archwilio'r gwaith, ac wedi ei bodloni fod popeth fel ag y dylai fod, ymgynghorodd â'r ffeil am yr eildro gan ailadrodd y broses yn fwriadol araf. Gwnaeth hyn dro ar ôl tro tan iddi wagio'r ffeil swmpus. Erbyn y diwedd doedd dim modfedd o'r papur drudfawr yr olwg i'w weld rhwng y cywaith cartref a oedd bellach wedi ei ddisodli.

Dyna i chi Bernie . . . drws nesa i Meinir. Roedd Bernie fel hithau'n un o'r hen sdejars, ac yn dipyn o geffyl gwedd – fawr o sbarc ond yn gyson, yn gydwybodol ac yn gweithio'n galed. Roedd hi hefyd y gosa peth i ffrind oedd ganddi ar y *circuit*, ac mae'n debyg mai'r ffaith nad oedd hi'n fawr o fygythiad i gipio'i choron oedd y rheswm pennaf am hynny.

Ceri wedyn. Roedd hi'n dipyn o *unknown quantity* chwadal y Sais. Weithiau'n fflat fel crempog, ond ar ei gorau roedd ganddi'r gallu i llnau'r llawr gyda phawb arall. Ond gan mai anfynych oedd y fflachiadau ysbrydoledig hynny, golygai ei anghysondeb ei bod yn nhir neb yn y *rankings*.

Calennig Jôb oedd y nesaf. Roedd hon yn ddiarth i Buddug, ac i gystadlu'n gyffredinol. Dyma ei blwyddyn gyntaf yn y bencampwriaeth a wyddai fawr neb ddim o'i hanes. Yn eithaf crwn o ran ffurf, roedd hi'n edrych fel petai'n cario mwy o floneg nag o fysls, ac yn ddistaw fel llygoden. Wedi dweud hynny, cŵn distaw sy'n cnoi medden nhw, felly roedd hi'n benderfynol o gadw llygaid barcud ar hon dros y dyddiau nesaf 'ma.

Tania Lewis: Un arall oedd yn reit newydd i'r gamp, ond un oedd wedi datblygu'n aruthrol dros y misoedd diwethaf. Naill ai ei bod hi'n meddu ar ddawn naturiol i godi pwysau, neu ei bod hi'n cael help llaw 'annaturiol'. Roedd greddf Buddug yn dweud mai'r olaf oedd agosaf at y gwir ac, os oedd hi'n iawn, roedd yn bryd i rywun ei hecsposio. Doedd ganddi ddim bwriad ildio'i choron, ac yn enwedig i hen gnawas bach oedd yn pwmpio'i chorff yn llawn cyffuriau . . .

Doedd hi ddim yn poeni fawr am y wyneb nesaf a wenai'n ôl arni. Bethan Hughes. Dyma'i thro cyntaf yn y gystad-leuaeth a doedd ganddi ddim gobaith mul mewn *Grand National* o guro neb ond hwyrach ei *personal best* ei hun. Fasai Buddug ddim yn synnu tasa Bethan yn ildio cyn y chwiban olaf. Roedd hi wedi ei weld o i gyd o'r blaen. Merch yn dechrau codi pwysau i golli pwysau. Ond wedi iddi gyflawni ei nod dechreua deimlo nad yw pethau cweit yn iawn rhyngddi hi a'i ffrindiau.

Doedd yr un o'r ddwy olaf yn peri fawr o ddychryn iddi chwaith. Ses a Mandy 'Mêc-yp', fel y galwai pawb ar y *circuit* hi, gan nad oedd hi byth i'w gweld heb ei chacen o golur. Taerai Buddug ei bod yn ei roi mlaen yn y bore efo trywel, ac yn gorfod defnyddio rhaw i gael ei wared gyda'r nos.

Camodd yn ôl unwaith yn rhagor gan wenu ar y môr o wynebau a syllai'n ôl arni. Dyma fyddai ei theulu am y dyddiau nesaf. A dweud y gwir, nid yn unig yr oedd hi'n treulio mwy o amser yn eu cwmni nag a wnâi ag unrhyw aelod o'i theulu ei hun, ond roedd hi hefyd yn eu hadnabod yn well. A beryg iawn y gallent hwythau ddweud yr un peth amdani hithau.

Dechreuodd greu oriel o'i gwrthwynebwyr yn fuan wedi iddi gychwyn cystadlu o ddifri bron i chwe blynedd yn ôl. Roedd o'n ei hysgogi i weithio'n galed. Wedi diwrnod caled o dreinio, pan oedd pob gewyn yn ei chorff yn sgrechian a'r wythïen yn ei gwddf yn boenus o amlwg doedd ond rhaid iddi daro golwg ar y wal hon ac fe'i sbardunai i gymryd y cam olaf hwnnw. Ac wrth fynd ati i gwblhau'r *press-ups* olaf hynny, byddai'n atgoffa'i hun mai gwybodaeth oedd y cryfder mwyaf.

Ond bore 'ma, mynnai'r negeseuon ei haflonyddu. Basdad. Rhag c'wilydd iddo fo. Roedd o'n gw'bod na fedrai hi feddwl am ddim ond y gystadleuaeth ar hyn o bryd. Dyna pam oedd hi wedi gadael mor fuan, tra oedd o'n rhochian cysgu wrth ei hochr hi. Roedd o'n gwybod hynny, ond roedd o jest yn trio'i thaflu oddi ar ei hechel. Wel, châi o ddim llwyddo. Hoeliodd ei sylw'n ôl ar y wal gan ewyllysio'i hun i feddwl am yr hyn oedd o'i blaen a dim byd arall. Canolbwyntiodd yn hir ac yn galed, tan i'w llygaid ddechrau pigo, ac i wynebau'r merched eraill ddechrau newid ffurf.

Fe fyddai'r gweddill yn dechrau cyrraedd cyn pen dim, ac roedd hi'n bwysig iddi fachu'r blaen arnyn nhw a chyrraedd yn fuan. Oedd o ddim yn sylweddoli hynny?

Setlodd ar y llawr gan symud y pwysau o un boch tin i'r llall nes oedd yn berffaith fodlon ei bod yn gyfforddus. Plethodd ei bysedd gyda'i gilydd a'u gosod tu ôl i'w phen cyn gwyro'n ôl yn ara' bach. Dechreuodd ar y sit-yps heb wyro'i golwg am eiliad o'r wynebau o'i blaen.

Cyfrodd yn ddistaw yn ei phen wrth ddisgyn i'w rhythm. Un . . . dau . . . tri . . . pedwar . . .

Doedd o ddim wedi ceisio'i hatal ar y dechrau, o nagoedd. I'r gwrthwyneb, fo oedd wedi ei hannog bryd hynny. Meddwl y byddai'n dda iddi gael rhywbeth i fynd â'i meddwl medda fo, rhywbeth i ganolbwyntio arno wedi'r siom. Ond yna roedd hi wedi dechrau mwynhau ei hun yn doedd, wedi dechrau cael hwyl arni hi, wedi dechrau creu bywyd bach iddi hi ei hun oedd ddim yn ddibynnol arno fo na'i gylch o ffrindiau. Roedd ganddi bwrpas amgenach na chodi'n y bore, mynd i'r gwaith, dod adref a chadw tŷ'n wraig fach dda. Ac roedd hynny'n dân ar ei groen o.

Dau-ddeg-pump . . . dau-ddeg-chwech . . . dau-ddeg-saith . . .

Roedd o'n eitha cyfrwys ei wrthwynebiad ar y cychwyn. "Ti'n meddwl ei bod hi'n amser i ni drio eto? Ti'n gwybod be ddeudodd y doctor yndwyt, gorau po gyntaf ac ati . . ." Datblygodd hynny wedyn yn rhyw sylwadau bach crafog bob hyn a hyn. 'Ti rioed yn mynd i'r *gym* eto heno, ddoe ddwetha fues di' neu 'Pam na chawn ni noson fach i mewn, jest ni'n dau heno? Neith un noson *off* ddim drwg i chdi' nes yn y diwedd, doedd o ddim yn trio celu ei deimladau. Erbyn rŵan roedd hi'n 'obsesd' yn ei dyb o. 'Ti'n byw yn y *gym* 'na 'di mynd', dyna oedd ei diwn gron o'r dyddiau yma. Ond yr unig reswm roedd o'n deud hynny oedd am nad oedd ganddo fo ei hobis ei hun. Os nad ydy rhywun yn cysidro rhochian o flaen ffwtbol efo'i geg yn gorad ac yn glafoerio dros ei grys yn hobi.

Pum-deg . . . pum-deg-un . . . pum-deg-dau . . .

Doedd o ddim am gael sbwylio'i chyfle hi i osod record newydd. Dyna oedd y nod eleni. Hynny a chadw ei theitl wrth gwrs.

Chwe-deg wyth . . . chwe-deg naw . . . saith-deg . . .

Dechreuodd deimlo rhyddhad wrth ddisgyn i'w rhythm. Serch hynny roedd Dafydd yn dal i chwarae ar ei meddwl . . .

Roedd hi wedi trio bob sut i'w gynnwys o mewn pethau. Roedd hi hyd yn oed wedi gwneud y camgymeriad o'i wahodd o i ddod efo hi i dreinio un tro. Byth eto. Prin oeddan nhw wedi bod yno bum munud nad oedd o'n dechrau tuchan. Ar ôl deng munud roedd o'n ladder o chwys a'i wyneb yn biws. A phiws go iawn. Roedd o 'di troi'r fath liw nes byddai bitrwt yn edrach yn anemig wrth ei ymyl o. A felly fuodd o'n griddfan fel tasa fo ar ei wely angau tan i bethau fynd yn flêr go iawn rhyngddyn nhw.

Cant a deg . . . cant un ar ddeg . . . cant a deuddeg . . .

Be haru fo'n mynnu dod efo hi os nad oedd o'n mynd i bara pum munud, dyna oedd hi 'di ddeud wrtho fo, tra'i fod ynta'r ochr arall yn mynnu ei bod hi fel rhyw ddynas o'i cho' pan oedd hi'n camu mewn i'r gampfa, nad oedd gwneud gymaint o ymarfer corff â hynny'n gallu bod yn iach i neb – ac yn enwedig i ferch.

Wel fasa tarw oedd newydd weld cadach coch yn chwifio dan ei drwyn ddim wedi cythru dim mymryn mwy. Rhag ei g'wilydd o oedd hi wedi ei weiddi, nes oedd ei llais yn diasbedain hyd y stafell a'i geiriau'n bowndio nôl ati oddi ar y muriau gwydr. Pa hawl oedd ganddo fo i gerddad mewn i'w 'lle' hi, a tharfu ar ei hamser hi. Wnaeth o ddim byd mond edrych yn gam arni, â rhyw olwg od yn ei lygaid, cyn cerdded allan, a'i gadael hithau'n gweiddi na châi o ddim sbwylio hyn iddi. Oedd o'n clywed? Fuasai hi ddim yn gadael iddo fo sbwylio hyn iddi hefyd ar ben pob dim arall.

Cant pedwar-deg chwech . . . Cant pedwar-deg saith . . . Cant pedwar-deg wyth . . .

Roedd Buddug wedi ei hatal ei hun rhag ei ddilyn allan bryd hynny. Er nad oedd hi isio i'r annifyrdod barhau rhyngddyn nhw, fedrai hi mo'i chael ei hun i'w ddilyn allan. Dyna oedd o isio a châi o mo'r boddhad hwnnw. Unwaith yr ildiai iddo fo'r tro cyntaf dyna ddechrau'r diwedd, a byddai llethr go lithrig yn dilyn wedyn.

Cant . . . saith . . . deg . . . chwech . . . C'mon, mond 24 arall . . .

Felly aros wnaeth hi, yn hirach nag oedd hi rioed wedi bwriadu gwneud a deud y gwir. Erbyn iddi gyrraedd adref y noson honno roedd y tŷ'n dywyll, ac yntau i bob golwg wedi noswylio ers tro. Mewn gwirionedd fodd bynnag, roedd hi'n amau mai'r ffaith iddo glywed y car ar y graean mân tu allan a'i gyrrodd i glwydo gan fod y teledu'n dal yn gynnes erbyn iddi gyrraedd y tŷ. Chafodd hi ddim ateb wrth alw ei enw'n ysgafn y noson honno. Cogio ai peidio, roedd o'n benderfynol o roi'r argraff ei fod mewn trwmgwsg llwyr.

Cant . . . wyth . . . deg . . . naw . . .

Canolbwyntia Buddug, ffor ffyc sêcs. Tyd 'laen! Gei di dy faeddu'n y gystadleuaeth os ti'n cario mlaen fel hyn.

Dau . . . gant . . .

Disgynnodd gydag un ochenaid ddofn, gan orwedd yno'n un pentwr o ryddhad. Nid fod ganddi fawr o amser i dreulio ar ei hyd ar y llawr yn fan'no, dim os oedd hi am gadw i'r amserlen dynn a luniodd wsnos dwetha.

Clywodd grensian ar y graean yn y maes parcio. Doedd o rioed . . .? Llamodd i'w thraed a rhuthro i'r ffenestr. Na, jest un o'r genod eraill yn cyrraedd. Roedd hi yma'n fuan ar y naw pwy bynnag oedd hi, fedrai hi ddim gweld ei hwyneb yn iawn.

Ar y funud honno clywodd olwynion troli'r staff glanhau yn cael eu powlio hyd y coridor tu allan i'w drws. Rhoddodd un glust yn erbyn y pren smâl i weld a fedrai hi glywed unrhyw leisiau eraill o gwmpas. Wedi ei bodloni nad oedd golwg o'r un o'r gwesteion eraill, agorodd y drws yn ddistaw.

"Esgusodwch fi . . ." meddai wrth y cefn main a wnâi ei ffordd hyd y carped drud yr olwg.

"Esgusodwch fi . . ." ceisiodd eto, ond yn amlwg doedd o ddim yn ei chlywed dros sŵn yr olwynion yn un glust a'r i-pod a grogai allan o'r llall.

"Pssst!" sibrydodd yn uchel. Fe weithiodd y tro hwn, a phesychodd y troli dillad gwlâu i stop yn ddigon pathetig.

Pan drodd y cefn i'w hwynebu gwelodd ei fod yn perthyn i lefnyn ifanc diniwed yr olwg â phimpyls wedi eu pupro hyd bob modfedd o'i wyneb gwelw. Roedd ei ragflaenydd yn y swydd yn amlwg yn fwy helaeth o gorff. Edrychai'r cr'adur yma fel tasai o wedi bod yn sbrowtian yng nghwpwrdd dillad ei dad. Hongiai'r wisg oddi amdano, gan bwysleisio'i ddiffyg ysgwyddau.

"Ia chdi. Tyrd yma am funud."

Oedodd y llanc, a golwg 'di dychryn am ei fywyd ar ei wyneb seimllyd.

"Alla i'ch helpu chi, misus?"

"Miss, dim misus."

Edrychodd y llanc fwy ar goll nag erioed yn ei wisg, a chan nad oedd hithau am gael ei gweld gan un o'i gwrthwynebwyr, penderfynodd fynd yn syth i'r pwynt.

"Sgin ti ddau funud i'w sbario? Mae gen i broposishion i chdi?"

Gwridodd y llanc fel bod ton o gochni'n ymledu o goler ei grys hyd ei wyneb lliw anadin.

"Isio i chdi neud rhyw joban o waith i mi dwi . . ."

"Ia, wel, dwn im, dwi fymryn bach yn brysur ar y funud. . ."

"Yn gneud be? Doedd 'na fawr o siâp brysio arna chdi efo'r troli 'na funud yn ôl. Chymrith o'm dau funud i chdi, a gei di dy dalu wrth reswm – *cash* . . ."

"Be'n union fasa chi isio i mi neud?"

"Dim llawar o ddim byd allan o'r cyffredin. Paid â phoeni, ddeuda i wrthach chdi'n union pryd a lle 'swn i d'isio di . . ."

"Fiw i mi 'chi, misus . . ."

". . . Miss, sawl gwaith sydd isio deud? A dwi siŵr y galla i ddwyn perswâd arna chdi. Wedi'r cyfan, fasat ti ddim isio i dy fos di ddod i wybod bo chdi'n gwrando ar yr i-pod 'na pan ddylet ti fod yn gweithio, na fasat? 'Na ni, falch bo ni'n dallt y'n gilydd. Tyrd i mewn i'n stafell i am ddau funud . . ."

Ac ar hynny dyma Buddug yn troi ar ei chwt, a'r llanc ifanc i'w chanlyn fel oen i'r lladdfa.

"Reit ta, mae'r hyn dwi isio i chdi neud yn reit syml . . .

Asu, stopia wingo am ddau funud nei di, ti'n gneud imi deimlo'n reit chwil. Pam wyt ti mor nerfus?"

Ond cyn cael ateb, rhoddodd Buddug floedd o chwerthiniad blêr.

"Dwyt ti rioed yn meddwl mod i d'isio di fel'na? O ngwas gwyn i, dim o'r ffasiwn beth," ychwanegodd cyn dechrau chwerthin eto.

"Wel, be o'n i fod i feddwl?" meddai'r llanc yn biwis. Er ei fod mor falch o'i chlywed yn deud hynny ar y naill law, roedd o'n dal wedi ei frifo bod y syniad mor chwerthinllyd iddi.

"Asu, ti'n beth od. Reit, gad i ni siarad yn blaen – a stopia fi os oes 'na unrhyw beth ti ddim yn ei ddallt . . ."

* * *

Canodd y ffôn eto fel yr oedd Rodney'n gadael, ond disgyn ar glustiau byddar a wnaeth. Roedd gan Buddug bethau eraill llawer pwysicach ar ei meddwl, ac am unwaith roedd hi mewn hwyliau go lew. Teimlai'n hyderus y byddai Rodney'n ddewis campus i'r hyn yr oedd hi am iddo ei wneud. Wedi'r cyfan, fyddai neb yn amau blewyn o'i gorff sgyrnog, ac fel gweithiwr yn y gwesty, gallai gael mynediad i'r rhan fwyaf o lefydd heb godi amheuaeth.

Yr oedd mwy yn y fantol rŵan hefyd, os oedd yr hyn a ddywedodd wrthi'n wir, fod cwmni teledu am ffilmio'r holl achlysur. Fyddai hi ddim wedi gallu cynllunio pethau'n ddim gwell, ac ar y rât yma byddai'n gwireddu ei huchelgais o fod ar y teledu mewn dim o dro. Wedi'r cyfan, os oedd y cr'adur hwnnw'n gallu dod yn enwog am ferwi ŵy, yna doedd dim rheswm pam na ddylai hithau hefyd gael yr un fraint am fod yn ferch efo mysls.

Dechreuodd ei meddwl rasio wrth gysidro'r goblygiadau posib. O ddewis, byddai'n cael ei gwahodd i gyflwyno rhyw raglen chwaraeon neu antur, rasio ceir neu gamp debyg. Wedi'r cyfan roedd ganddi well cefndir na'r rhan fwyaf o'r pethau ifanc, tenau 'na. Yr unig gymhwyster oedd ganddyn nhw oedd y gallu i wenu'n ddel ar y camera . . .

Oedd, roedd hi'n hwyr glas iddi ddechrau meddwl am

newid cyfeiriad. Wedi'r cwbl, byddai'n dri-deg-pump fis Medi – pensiynwr ym myd codi pwysau. Ac er ei bod yn gwthio ei chorff gymaint ag erioed, roedd ei chyhyrau'n gwegian a griddfan yn llawer amlach y dyddiau hyn, a wyddai hi ddim am ba hyd y bydden nhw'n dal. Na, arallgyfeirio oedd y gyfrinach, a gwneud hynny tra oedd hi'n dal ar ei gorau. Dyna pam mai eleni oedd ei blwyddyn hi, a dyna pam yr oedd mor hanfodol ei bod yn creu argraff yn ystod y penwythnos hwn.

Fyddai cael rhaglen ar y radio ddim yn wrthun iddi chwaith, erbyn meddwl, a phe byddai rhywun yn cynnig gig iddi ar raglen gylchgrawn, fyddai hi ddim yn troi ei thrwyn ar hynny chwaith. A phwy a ŵyr, pe bai Nia Roberts yn beichiogi eto, hwyrach y câi gadw'i sêt yn gynnes a chadw cwmni i'r hen Hywel ar Radio Cymru. Roedd hi wastad wedi meddwl am Mr. G fel dipyn bach o bishyn.

Canodd y ffôn unwaith yn rhagor i darfu ar ei meddyliau a'i hysgwyd allan o'i breuddwydion. Chwipiodd y ffôn o'i gôt, er y gwyddai pa enw fyddai'n serennu arni o'r ffenestr fach.

Dafydd . . .

Taflodd y teclyn o'r neilltu. Doedd hi ddim wedi dod mor bell i roi'r gorau iddi hi rŵan. Roedd hi wedi rhoi ei bywyd ar stop dros y misoedd a'r blynyddoedd diwethaf yma'n hyfforddi ac yn ymarfer ar gyfer y cystadlaethau hyn a dyn a'i helpo hi os nad oedd hi'n mynd i gael mwynhau ffrwyth ei llafur . . .

Daeth cnoc ar y drws. Rodney? Doedd o rioed wedi ffeindio rhywbeth allan yn barod?

Rhuthrodd i'w agor . . .

"Rodney . . .?" ond yn hytrach na wyneb pytiog yr hen Rodney druan, wyneb llawer mwy cyfarwydd a'i hwynebai.

"Rodney?" dynwaredodd y dieithryn wrth y drws. "Ddyliwn i fod yn jelys?"

"Dafydd! Be ddiawl ti'n da yma?"

"Wel dyna ni groeso i'r brenin," meddai yntau'r un mor biwis.

"Doeddwn i jest ddim yn disgwyl dy weld di, 'na'i gyd," atebodd Buddug yn bwdlyd.

"Wel, doeddet ti ddim yn ateb dy ffôn nag oeddet. Be arall fedrwn i ei wneud?"

"Ddim troi fyny'n ddirybudd, ma' hynna'n saff i ti."

"Sori, dwi 'di sbwylio rhyw gynlluniau oedd gin ti a Rodney neu rwbath?" gofynnodd yn goeglyd, ac eto'n rhyw hanner cellwair.

"Callia," brathodd Buddug yn ei hôl. "Paid â beirniadu pawb yn ôl dy linyn mesur dy hun. Mae rhai ohonon ni'n gallu ffrwyno'n chwant wsdi."

"Ocê. O'n i'n haeddu honna."

"Tŵ blydi reit oeddach chdi'n ei haeddu. Hynny a llawer iawn mwy – tawn i'n gallu bod yn boddyrd i drafferthu. Ond fedra i ddim . . ."

"Be? Ddim digon pwysig nac 'dw?"

"Dim hynny. Dwi jest . . . wel, dydi o ddim mo'r adeg gorau nac'di . . ."

"A pryd sydd Buddug? Os nad wyt ti'n cystadlu, ti'n treinio, os nad wyt ti lawr yn y *gym* ti'n pwyso bob tamad ti'n ei fwyta ar y blincin clorian 'na . . ."

"Ti'm yn dallt . . ."

"Ti'n llygad dy le yn fan'na. Dwi **ddim** yn dallt. Dwi ddim yn dallt sut all rhywun daflu pymtheg mlynedd o briodas i ffwrdd jest i allu deud iddi dynnu tryc yn bellach na deg neu ddwsin o ferched er'ill . . ."

Steddodd Dafydd ar erchwyn y gwely.

"Fedra i ddim gneud hyn dim rhagor, Buddug. Dwi 'di blino. Dwi 'di trio closio ata chdi . . ."

"Dim hanner mor galed ag y triaist ti glosio at rhywun arall fedrwn i ei henwi . . ." atebodd Buddug, er mai gwangalon oedd y gwawd y tro hwn.

"Fedra i ddim ymddiheuro am yr hyn ddigwyddodd rhyngdda i a Gwenan ddim mwy na dwi 'di neud yn barod . . ."

"Bechod na 'sa chdi rioed 'di mynd ar ei chyfyl hi'n lle cynta' . . ."

"Ia, dwi'n gw'bod, ond dim fi oedd yr unig un fu'n anffyddlon yn y briodas 'ma dallta . . ."

"Eh?" yna gwawriodd gwir ystyr ei eiriau arni. "Hei howld on Defi John. Dwi'm isio dim o'r hen lol Jerry Springer 'na mod i 'di dy esgeuluso di a 'di bod yn cael affêr efo'r jim . . ."

"Ond mi roeddach chdi . . ." protestiodd Dafydd.

"Wnes i rioed gysgu efo neb arall naddo!" poerodd Buddug yn ôl, wedi ei chynddeiriogi.

"Ti 'di bod wrthi fel rhyw beth gwirion dros y blynydd-oedd dwetha 'ma, lawr yn y *gym* bob whip stitsh ac i be' . . . i fflipio rhyw deiar hyd ryw stribad o darmac? Wyt ti'n sylweddoli pa mor blydi ynfyd ma hynny'n swnio i bawb normal?"

"Pam bod pawb yn gweld dyfalbarhad fel peth drwg? Pam nad oes gan ferched hawl i gael diddordebau sy'n sod ôl i neud efo na'u gŵr na'r tŷ na fflipin dillad?"

Cododd Dafydd oddi ar y gwely a cherdded tua'r 'Oriel Gelynion'.

"Wel os ydi o mor blincin iach, be ddiawl 'di hyn?"

Pan siaradodd Buddug o'r diwedd, roedd ei llais yn dynn, fel pe bai'r geiriau'n cael eu gollwng yn ara deg bach fel aer allan o falŵn pan fo rhywun yn dal bysedd ar yr agoriad.

"Dwi angen llonydd i ymarfer."

"Buddug, ti angen help," roedd llais Dafydd yntau wedi meddalu erbyn hyn.

"Wnei di adael plis?"

"Gad i mi dy helpu di, Buddug."

Cododd Buddug ei phen ac edrych i fyw llygaid ei gŵr.

"Cer."

*   *   *

Gwawriodd diwrnod y gystadleuaeth yn sych a chyda chwa go gryf o wynt, gyda dim golwg o'r tywydd garw oedd wedi cael ei addo am y penwythnos cyfan. Yn wir bu cryn drafodaeth a fyddai'r ornest yn mynd rhagddi wedi'r cyfan. Ac am eiliad fechan wrth agor y llenni, roedd Buddug wedi rhyw hanner gobeithio mai dyma fyddai'r achos . . .

Sgwydodd ei phen, rhoi slap chwim iddi hi ei hun ar bob boch.

"Buddug, callia. Paid ti â blydi meiddio rhoi'r ffidil yn y to ar y funud ola' fel hyn. Ty'd 'laen. Mae d'enw di ar y tlws 'na'n barod. Ti'n gw'bod mai chdi bia'r teitl. Chdi ydi'r rheswm mae lot o'r genod er'ill yn cystadlu. Ti'n ysbrydoliaeth. C'mon . . ." chwyrnodd arni hi ei hun yn y drych.

Cerddodd tua'r stafell molchi. Cawod fach sydyn cyn gwneud yr ymarferion ymestyn, gwisgo'i siwt lwcus, rhoi tamad o golur, ac allan â hi. Ond wrth basio drws ei llofft, daliwyd ei sylw gan damaid o wyn ar y carped.

Wrth glosio ato sylweddolodd mai darn o serfiét ydoedd, wedi ei blygu'n ei hanner. Agorodd ef.

Pob lwc. Dwi wir yn gobeithio yr enilli di os mai dyna wyt ti isio. Wela i di ar ôl y gystadleuaeth nos fory, wna i mo dy styrbio di eto tan hynny . . . ond Buddug, fydda i ddim yn dal i drio am byth . . .
Dafydd xx

Sylwodd fod y sws olaf wedi creu hollt yn y papur.

*   *   *

"Does dim angen cyflwyniad i'r cystadleuydd nesaf. 'Da ni gyd yn nabod yr wyneb yma, felly rhowch groeso cynnes iawn i'r Bencampwraig bresennol . . . BUDDUG CADWALADR!"

Llifodd ton o gymeradwyaeth drosti, ond chlywodd Buddug mohono. Chlywai hi ddim byd tra'n cystadlu. Roedd y blincars ymlaen yn barod a hithau'n meddwl am y gystadleuaeth gyntaf, y Meini Atlas. Dyma oedd un o'i rowndiau gwannaf, ond roedd wedi bod wrthi'n brysur yn gweithio ar ei *deadlifts* yn ddiweddar. Doedd ond gobeithio iddo fod yn ddigon.

Dim ond dwy o'r genod eraill hyd yma oedd wedi llwyddo i godi'r bumed a'r drymaf o'r cerrig – yr unig broblem oedd iddynt wneud hynny mewn amser go gyflym.

Doedd y tair gyntaf yn ddim problem o fath yn y byd – bron na chariodd y meini ar garlam tua'r platfform. Profodd y bedwaredd gryn dipyn yn anoddach ac erbyn y bumed roedd hi'n teimlo'i breichiau'n sgrechian. Serch hynny, llwyddodd i gyflawni'r dasg dan dair munud a hanner. Ddim yn rhy ddrwg i hen gojar fel hi!

Un gamp lawr, tair yn weddill cyn diwedd y dydd. Bwrw'r Boncyff oedd nesaf, oedd yn artaith i'r cyhyrau, ac edrychai'r 75 eiliad fel oes ddiddiwedd. Roedd pob rep a wnâi yn boendod pur. Fedrai hi ddim meddwl am y nifer oedd ganddi i'w guro, fedrai hi wneud dim mwy na mynd o un rep i'r llall i'r llall – ac roedd hynny ynddo'i hun yn ddiawl o job. Ac i wneud pethau'n waeth, dyma gamp orau'r jadan Jess 'na. Chafodd hi'm hyd yn oed ail, gorfu iddi fodloni ar y trydydd safle tu ôl i Tania Lewis. Doedd pethau ddim yn mynd fel ag y dylent o gwbl.

Amser cinio, a thra oedd y lleill naill ai'n sgwrsio gyda'i gilydd yn glystyrau neu'n rhannu brechdanau gyda theulu a ffrindiau, penderfynodd Buddug ganfod rhyw gornel fechan a chanolbwyntio ar yr hyn oedd ganddi i'w wneud cyn diwedd y dydd.

Doedd hi ddim wedi disgwyl ennill yr ornest olaf honno, ond doedd hi ddim chwaith wedi disgwyl gorfod bodloni ar ddod yn drydydd. Roedd dwy ornest yn weddill cyn diwedd y cystadlu heddiw ac roedd yn rhaid iddynt gyfri.

Cynnal Cleddyfau oedd y peth cyntaf ar ôl cinio, ac er mai hi oedd yr olaf i gystadlu, doedd fiw iddi golli ffocws. Fe ddaliodd y cleddyfau hynny, un bob pen, hyd nes y dechreuodd ei breichiau grynu'n annioddefol, a hyd yn oed wedyn roedd 'na rhyw gythraul ynddi a'i gyrrai yn ei blaen. Yn y diwedd, bu'n rhaid i'r beirniaid ddweud wrthi am roi'r gorau iddi gan iddi guro amser pawb arall yn racs. A dweud y gwir, bu'n rhaid iddynt ddweud wrthi ddwywaith, chlywodd hi mohonyn nhw'r tro cyntaf, roedd hi'n canolbwyntio mor galed. Dyna'r unig ffordd o'i wneud o, camu allan o'i chorff a'i hynysu ei hun o'r boen. Dyna oedd y gwahaniaeth rhwng pencampwr a chystadleuydd arferol.

Roedd yn rhaid i rywun feddu ar y gallu i sugno'r holl boen a'r ymdrech, anghofio amdano a chario ymlaen.

Ond fel y dringodd i'r ail safle, cafodd fymryn o lwc, nid yn unig y bu i Jess faglu yng nghystadleuaeth Heti Heglog ond bu i Bernie fethu â chymryd rhan o gwbl oherwydd anaf a gafodd yn yr ornest flaenorol. Dau – neu ddwy – felly yn unig oedd yn y ras, Tania a hithau, a Meinir yn drydydd.

Yr unig beth a'i poenai oedd sut ddiawl oedd Tania Lewis, a hithau'n ddechreuwraig, yn gallu cario 143 pwys ymhob braich mor ddidrafferth? Roedd 'na rhywbeth oedd ddim yn taro deuddeg am yr hogan honno, a chyda help Rodney, roedd hi'n benderfynol o gyrraedd at wraidd y drwg.

Cael a chael wnaeth hi i'w churo hi yn y diwedd. Doedd ond chwe eiliad yn gwahanu Tania a hithau, ond roedd y chwe eiliad hynny'n hen ddigon i'w rhoi ar y blaen unwaith yn rhagor.

Wedi noson dda o gwsg, teimlai Buddug yn sicrach nag erioed mai ei henw hi fyddai ar dlws y bencampwriaeth unwaith yn rhagor eleni – yn enwedig wedi'r hyn a glywodd gan Rodney neithiwr. Roedd hi wedi amau o'r dechrau, ond o'r diwedd, diolch i un o'r morwynion llnau, roedd gan Rodney dystiolaeth gadarn. Ac er ei bod hithau hanner-can punt yn dlotach, gwyddai y byddai'r dystiolaeth honno'n canfod ei ffordd i'r dwylo cywir ...

Oedd, doedd dim dwywaith fod Rodney wedi talu ar ei ganfed, ac wedi bod yn fuddsoddiad sylweddol iddi. Roedd o hefyd wedi bod yn donig, yn enwedig gyda'i hanesion o'r misdimanars a âi ymlaen rhwng y criw teledu. Gŵr hon yn cyboli efo gwraig y llall – roedd hi'n opera sebon a hanner ar drothwy ei drws ...

*   *   *

Wedi'r rownd Troi Teiar – ei ffefryn o'r holl gystadleuaeth – roedd yn amser symud i lawr i'r Traeth Bach i Dynnu Angor, ac wrth fynd lawr y mymryn grisiau daeth yn ymwybodol o rywun yn ei gwylio. Gwelodd grys gwyn o gornel ei llygaid, a gwyddai, heb droi i syllu arno'n llawn,

192

mai Dafydd ydoedd. Gallai nabod yr osgo hwnnw yn rhywle. Er gwaethaf eu hanghydfod, er gwaetha'r ffaith na allai gytuno â'i dewis i gymryd rhan, yr oedd serch hynny wedi troi i fyny heddiw – a ddoe hefyd am y gwyddai hi – i'w chefnogi.

Y funud honno, ategodd ei phrofiad mai hon fyddai ei blwyddyn olaf o gystadlu. A'r tro hwn roedd hi wirioneddol yn ei feddwl o. Yr unig beth yn awr oedd sicrhau ei bod yn gallu gadael ar y brig . . .

Erbyn diwedd y gamp nesaf, fodd bynnag, roedd Buddug yn diawlio Dafydd i'r cymylau. Roedd yn bob enw dan haul ganddi, ac roedd hi'r un mor gandryll gyda hi ei hun am adael iddi'i hun gael ei distractio.

Roedd ei meddwl ymhell wrth iddynt glymu'r rhaff wrth ei chanol ac, yn anffodus, tra oedd Buddug yn boddi mewn breuddwyd ffŵl roedd Meinir ei gwrthwynebwraig yn canolbwyntio ar y dasg dan sylw.

Rhoddodd dri phlwc go hegar i'r rhaff, un ar ôl y llall, un . . . dau . . . tri, ac ar y trydydd collodd Buddug yr ychydig gydbwysedd oedd ganddi a mynd ar ei hyd. Ac i wneud pethau'n waeth, tra oedd hi'n llyfu'r llawr, gallai glywed rhyw ambell "Argol mae hi'n *past it* choelia i fyth" neu "sa'm yn well i hen sdejars fel hon stopio gneud ffŵl ohoni hi'i hun dwad, a rhoi'r cyfle i bobl ifanc yn lle?"

Golygai ei blerwch ar y traeth fod pob dim i lawr i'r ornest olaf honno, rhyngddi hi a Jess oedd rhywsut wedi llamu'n ôl i fyny'r ysgol. Er i Meinir ei churo'n y gamp olaf – a chrawcian digon am y peth hefyd os câi hi ddweud – doedd ganddi mo'r siawns o fachu'r holl bencampwriaeth. A diolch i'r nefoedd am hynny. Byddai colli'n uffar fel oedd hi, ond byddai colli yn erbyn hen gronc oedd ar ornest gyntaf ei chymbac yn gwbl annioddefol.

Roedd popeth felly, yn ddibynnol ar y Tynnu Tryc. Roedd hi wedi camu mewn i'r harnes hwnnw droeon, ond y tro hwn am y tro cyntaf ers talwm byd roedd ganddi gynrhon yn ei stumog. Tueddai'r Tynnu Tryc fod ar ddiwedd pob cystadleuaeth, felly ar y cyfan, fformaliti ydoedd. Erbyn hynny roedd hi fel arfer wedi carlamu ymhell ar y blaen i unrhyw un o'i gwrthwynebwyr. Gwyddai mai hi oedd bia'r teitl, gwyddai'r gynulleidfa mai hi oedd biau'r teitl, felly gallai fwynhau'r profiad – fel Pencampwr.

Ond y tro hwn, am y tro cyntaf ers bron i saith mlynedd, roedd y Bencampwriaeth yn y fantol, a gallai bendilio naill ai tuag ati hi fel y dylai, neu drwy ryw ffliwc at Jess. Ar y naill law byddai Buddug wrth ei bodd yn gweld Jess yn ennill rhywbeth o werth. Hi oedd morwyn briodas Merch Gryfaf Cymru, a dyna fu ei hanes bob tro, boddi wrth ymyl y lan. Felly byddai'n grêt ei gweld yn cael teitl haeddiannol – jest dim os oedd o'n golygu iddi hi ei ildio. Dim ffiars o beryg. Doedd neb yn ei haeddu cymaint â hi ei hun. Oedd, roedd hi wedi ennill y gystadleuaeth dro ar ôl tro dros y blynyddoedd diwethaf, ond doedd o ddim wedi bod yn hawdd. Bu'n rhaid iddi roi ei bywyd teuluol, ei ffrindiau, ei phersonoliaeth o'r neilltu'n gyfan gwbl a pharhau i syllu'n gwbl unllygeidiog ar dlws a theitl y Bencampwriaeth.

Oedd o wir wedi bod yn werth yr aberth? Wrth ddisgwyl am y chwiban i ddechrau, edrychodd Buddug o gwmpas y môr o wynebau a'i hamgylchynai. Roedd rhai wedi eu syfrdanu, eraill yn ei heilunaddoli, ambell un gyda baner yn sgrechian pethau fel 'Bydd Wych Budd!' neu 'BUDDUG-oliaeth!' Gwelodd un Saesneg 'Buddug: Unbeaten and Unbeatable'.

Tŵ blydi reit roedd o'n werth yr aberth.

Seiniodd y chwiban yn hollt trwy'i synfyfyrio, ac o rywle canfyddodd ryw egni cythreulig. Fiw iddi roi fyny rŵan. Plannodd bob cam yn y ddaear, a gallai deimlo'r hen wythïen gyfarwydd yn chwyddo ar deml ei thalcen. Sgyrnygodd ei dannedd, sodrodd ei dannedd at ei gilydd, a chydag un floedd fudr, hyrddiodd ei hun dros y llinell derfyn.

Doedd ond rhaid edrych ar wyneb y reffari a gwrando ar fonllefau'r dorf i wybod fod yr amser yn un cyflym, yn un cyflym iawn. Doedd dim dwywaith yn ei meddwl chwaith na châi Jess yr un o'i chrafangau barus ar ei chwpan hi.

Er gwaetha'i hun cipiodd olwg sydyn am wyneb Dafydd

ymysg y dorf, ond yn hytrach gwelodd gefn gwyn ei grys yn cilio tua chyfeiriad y gwesty . . .

Bloeddiodd y dyfarnwr dros yr uchelseinydd,

"'Da chi'n gwybod pwy 'di hi. Rhowch gymeradwyaeth fawr i Buddug Cadwaladr. Oes yna rywun all guro'r ferch yma deudwch?!"

Ond yn hytrach na'r bonllefau o lawenhau a chymeradwyaeth, gwantan iawn oedd ymateb y dorf. Yn hytrach, roedd rhywbeth arall wedi hawlio eu sylw, rhyw stŵr neu'i gilydd efo un o'r cystadleuwyr eraill. Fedrai hi ddim gweld yn iawn pwy'n union oedd wrth wraidd y peth. Ar yr eiliad honno, gwasgarwyd y dorf, a gwelodd Buddug yn union pwy oedd seren y sioe . . . Tania Lewis. Blydi Tania eto fyth!

Ar ôl yr holl waith caled, yr holl aberth, roedd hi'n ta-ta i'w hawr fawr, diolch i ryw hwntw o ddrygi bach oedd wedi prynu ei mysls o botal . . .

*   *   *

Tynnodd y ffrog o'i llawes blastig, ei rhoi i orwedd ar y gwely a chamu'n ôl. Byddai'n edrych yn ddigon o ryfeddod yn hon, ac os na fyddai hynny ar ben y bencampwriaeth yn ddigon i sicrhau gig gydag S4C yna dyn a ŵyr be fyddai.

"*Peach chiffon* efo *sequins* o gwmpas y *decolletage*, cariad. Wnewch chi edrych yn biwtiffwl, *the bees knees* yn hon," oedd gwraig y siop wedi'i ddweud wrthi.

Roedd hi wedi datgan ei hamheuon am y ffasiwn ffrils ffansi, ond roedd y ddynes wedi ei hargyhoeddi ei bod hi angen yr holl gwafyrs "i'ch gwneud chi edrych fel dynes. Dim mod i'n trio dweud eich bod chi'n edrych fel dyn cofiwch, nac yn *butch* na dim byd felly, *not for a second* chwaith. Be dwi'n feddwl yw y gwnewch chi edrych fel *lady* yn hon."

A chwarae teg i Pollycoffs Pwllheli am roi benthyg ffrog iddi am y noson. Yn ôl y llabed roedd hi'n werth bron i £250! Teimlai fel un o sêr Hollywood, a dyma ei Oscars hi. Jest iddi beidio â cholli dim arni, na'i dal yn unlle . . .

Roedd y cinio'n dechrau am wyth, felly rhoddai hynny

ddigon o amser iddi gael socian yn hir mewn bath llawn bybls ac ymbincio. Bu'n ddigon lwcus i ffeindio colur llygad yr un lliw yn union â'r ffrog yn fferyllfa Penrhyndeudraeth – a hynny'n y bwced 'Popeth am Bunt' – bargen! Roedd hi hefyd wedi cael gafael ar sgidiau sodlau a bag llaw arian, er na allai gario fawr ddim yn y bag chwaith; roedd o'n fwy o bwrs bychan, ond wedi dweud hynny fyddai dim angen iddi fynd i'w phoced drwy'r nos. Un o'r pỳrcs o fod yn Bencampwr!

Roedd Rodney am roi cnoc iddi wedi i'r rhan fwyaf o'r criw gyrraedd y Neuadd, er mwyn iddi allu gwneud *grand entrance*. Yr unig bechod oedd na allai gyrraedd ar fraich rhywun. Ond dyna ni, roedd Dafydd wedi diflannu, a hithau'n benderfynol o beidio â gadael iddo sbwylio'r achlysur iddi.

Yn y cyfamser, roedd bybls y bath – a bybls y siampên a gyflwynwyd iddi – yn galw. Doedd hi ddim yn arfer yfed cyn cael rhywbeth i'w fwyta, ond duwcs, roedd hi'n dathlu, a wnâi un bach ddim drwg . . .

*   *   *

Aeth un gwydryn yn ddau, dau yn bedwar, a phedwar yn botel a hanner, ac erbyn iddi gamu i mewn i'w ffrog bu'n rhaid iddi ddal ei gafael yn y gwely i gadw'i balans. Chwarddodd wrthi hi ei hun tra'n cerdded yn simsan yn y sodlau i agor y drws i Rodney.

"Rodney'r hen ffrind. Sut wt ti'r hen goes?"

"Ym, iawn . . .?"

"Da iawn, grêt. Gwych a deud y gwir. Ydach chi'n barod amdana i?"

Edrychodd Rodney ymhell o fod yn barod. A deud y gwir edrychai'r cr'adur 'di dychryn am ei fywyd. Roedd Buddug, ar y llaw arall, yn ei llawn hwyliau.

Mewn mymryn gormod o hwyliau fel y trodd pethau allan. Fu ond y dim iddi fynd ar ei hyd sawl gwaith yn ystod y daith fer o'i stafell i'r neuadd. Baglodd ar odre'i ffrog deirgwaith ac unwaith dros ei thraed, ac ymhell o greu'r ddelwedd osgeiddig y gobeithiai amdani; edrychai'n hytrach fel un o'r *weebles* oedd ganddi'n deganau tra'n blentyn. Erbyn hynny fodd bynnag, doedd ganddi ddim affliw o ots beth oedd ei delwedd. Yr unig beth oedd yn bwysig iddi oedd canfod gwydriad o win – a hwnnw'n un mawr.

Erbyn eistedd lawr i fwyta, roedd dau o bob dim ar ei phlât. Bu ei fforc yn procio aer am un pum munud tan iddi gau un llygad i ffocysu a sylwi fod y daten yr oedd hi'n ceisio'i thargedu ddwy fodfedd i'r dde o'r hyn a feddyliodd. A deud y gwir, tybiai ei chydginiawyr fod ganddi'r un olwg o ganolbwyntio cadarn wrth hoelio'i sylw ar y plât ag oedd ganddi mewn unrhyw gystadleuaeth.

Dechreuodd ambell un biffian chwerthin, pwniodd eraill ei gilydd gan amneidio gyda'u haeliau, a brysiodd arweinydd y noson i gyrraedd yr areithiau a'r seremoni gyflwyno er mwyn sicrhau fod yr enillydd yn dal ar ei thraed i dderbyn ei thlws.

Clinc-clinc. Tarodd y gŵr gwadd, Geoff Capes, ochr ei wydr â'i gyllell yn ysgafn.

"Foneddigion a boneddigesau, croeso i westy Portmeirion . . . and that brings me to the end of my Welsh vocabulary I'm afraid! As I said, welcome one and all to this magnificent hotel. I'm sure you'd all agree we couldn't have asked for a more auspicious location to hold tonight's proceedings . . ."

"Duwcs, welish well, welish waeth," slyriodd Buddug wrth ei chymdoges.

"Sshhh!" atebodd honno, wedi cochi at ei chlustiau.

"Yes, well," cariodd Mr Capes yn ei flaen. "We all know why we're gathered here tonight. We're here to celebrate the achievement of all the contestants that have been taking part over the past couple of days, or most of them anyway," ychwanegodd yn frysiog gan gofio am Tania a Ses.

"I'm sure you'd all agree it's been a slightly different championship to what we've all been accustomed to, nevertheless we've seen competing of the highest possible calibre – especially from one competitor in particular, someone who's been at the top of her game for several years.

So, without further ado, it gives me great pleasure to present this trophy, Wales' Strongest Woman Cup, to Buddug Cadwaladr. BUDDUG CADWALADR!"

Ond er y cyflwyniad, gwangalon iawn oedd y gymeradwyaeth, ac wrth i Buddug godi ar ei thraed yn simsan, digwyddodd glywed dwy o'r giwed gyfryngol yn cyfnewid sylwadau . . .

"Mae o'n drist dydi. Dynas yn ei hoed a'i hamser yn methu dal ei diod ac yn gneud cystal ffŵl ohoni hi ei hun."

"Yndi, er mae hi'n edrach fatha sa hi eisoes 'di chwydu dros ei ffrog beth bynnag! Be haru'r gloman yn gwisgo'r ffasiwn ffieiddbeth!"

"Ydi o'n dy synnu di? *Bodybuilders'R'Us* a *Muscle Man* magasîns ma hi'n eu darllen ma'n siŵr de, dim *Vogue* a *Vanity Fair* . . ."

"Sshh, mae'r nectarîn ar fin deud rwbath . . ."

Ac yn wir, roedd gan Buddug araith wedi ei pharatoi eisoes, wel ers misoedd a dweud y gwir. Ond geiriau cryn dipyn yn wahanol ddaeth allan o'i genau.

"Ga'i jest deud . . . hic . . ." igiodd gan edrych cyn agosed at fyw llygaid y ddwy gnawas ag y gallai a hithau wedi yfed yr holl win.

"Da chi'n meddwl bo' chi mor bwyshig, bo' chi gym'int gwell na ni," meddai gan chwifio'i bys yn wyllt. "Ond rili 'da chi'n ddim byd, dim byd mond pyshgod mawr. Ia," meddai, gan fynd i'w hwyliau. "Pyshgod mowr . . . efo pennau bach . . . mewn pwll padlo. Wel bolycsh i chi gyd . . . wpsh," ac ar hynny dyma Buddug yn camu'n ôl a baglu dros ei chadair, gan ddisgyn yn glewten ar ei phen ôl helaeth.

Ond os oedd rhywun yn gobeithio y byddai'r godwm yn ddigon i gau ei cheg, buan y'u profwyd yn anghywir.

"A deud y gwir, dim es-pedwar-ec ond es-pedwar-cac ddylai'r enw fod . . ." ychwanegodd gan lusgo'i hun fyny'n ôl ar ei chadair.

Rhoddodd ambell aelod o'r gynulleidfa chwerthiniad nerfus . . .

"Stopiwch y camera," arthiodd Mabon, ond yn anffodus disgynnodd ei bledio ar glustiau byddar.

"Wedi'r cyfan, pa ddiawl fath o enw ydy Mabon Flaidd? Dwi 'di gweld mwy o fynd mewn hamstyr. Mabon Bwdl fyddai'n enw mwy addas, dim bod hynny'n gneud fawr o blincin gwahaniaeth, dim efo dadi annwyl yn rhedag pob dim."

"Er, roedd 'na ddigon o fynd ynddach chdi ar yr adegau hynny pan oeddat yn ymweld â Delta 'fyd, doedd 'y ngwash gwyn i . . . Wps, oedd honna i fod yn gyfrinach? Rhyngtha chi a fi ma hynna, ocê? Neb arall."

Rhoddodd ei bys wrth ei gwefusau.

"Ssshhh rŵan cofiwch. Newch chi ddim deud wrth neb na newch?" meddai wedyn gan gyfeirio at y gwesteion eraill, cyn troi'n ôl at Delta a Mabon oedd wedi dechrau troi'n biws erbyn hyn. "Ddeuda nhw'm gair wrth neb."

"O'r arswyd. *Cut . . .CUT!*" bloeddiodd y cyfarwyddwr teledu bochgoch unwaith yn rhagor.

Ond doedd dim taw ar Buddug . . .

". . . Ac yn beth arall de . . ." ychwanegodd gan chwifio'r bys unwaith eto. "Yn beth arall . . ."

Ond cyn gallu mynd gam ymhellach, roedd hi'n ôl ar wastad ei chefn, a'r tro hwn wedi mynd â dyrnaid go lew o'r lliain bwrdd efo hi, gan wasgaru'r tseina drud yn swnllyd deilchion hyd y lle.

"Y bitsh wirion," sgrechiodd Jess, a welodd blatiad o *dauphinoise* hufennog yn llithro'n slebjan trwsgl hyd sîcwins ei ffrog.

"Ssshh . . ." ymbiliodd Calennig, gan geisio'i gorau glas i dawelu'r dyfroedd.

"Paid â shyshio fi, sbia be ma'r hulpan heglog 'di neud! Gostiodd y ffrog 'ma ffortiwn . . ."

"Ti 'di cael dy neud," llithrodd y geiriau'n un sliwen feddw o geg Buddug. "Tip at tro nesa' del, safia chydig o bres a sticia at fag bin du. Fydd neb 'im callach . . ."

"Wel y jipsan bowld . . ."

"Ti'n gwbod be ma nhw'n ddeud . . . gast goman sy'n cnoi . . ."

"Ylwch, genod, does na'm pwynt i ni droi ar ein gilydd . . ." rhoddodd Calennig un cynnig arall arni.

"Cau hi!" arthiodd y ddwy fel un, cyn i Buddug gofio pwy oedd gwrthrych ei gwylltineb.

"Paid â siarad efo Calennig fel'na. Pwy ddiawl ti'n feddwl wyt ti?"

"O leia dwi'm yn rhyw has-bîn bach trist nach'dw . . ." oedd ateb parod Jess, a oedd bellach wedi ei chynddeiriogi i'r eithaf.

"O'r nefoedd . . ." arswydodd Calennig, gan ddawnsio fel rhyw reffari rhwng y ddwy.

"Be ddeudist ti?"

"Glywist ti fi . . ."

"Plis, Jess. Gad hi'n fan'na. Difaru wnei di," siarsiodd Calennig yn dawel.

"Na, mae'n iawn iddi gael gwybod be mae pawb yn ei ddeud amdani hi.."

"A dwi'n siŵr dy fod ti'n **fwy** na balch i roi dy big i mewn a chael deud dy bwdin . . . C'mon ta, gna'n fawr o'r cyfla . . . WEL? TYRD LAEN . . . Dwi'n glustia i gyd . . . ddim yn annhebyg i chdi erbyn meddwl . . ."

"Ma pawb yn deud bo' chdi wedi darfod, dallta, ac yn fwy na hynny bo' chdi'n dechrau colli arni, yn mynd chydig bach yn dwlál . . ."

"Ydyn nhw wir . . .?"

"Ydyn, ac yn fwy na hynny, tra ti'n meddwl bod pawb yn d'edmygu ac yn edrach i fyny arnach chdi, yr hyn maen nhw'n ei neud mewn gwirionedd ydy piffian chwerthin tu nôl i dy gefn di. Ti'n pathetig . . ."

"Dwi'm yn gwrando ar hyn . . ." trodd Buddug ar ei sawdl a dechrau cerdded i ffwrdd.

"Does ryfadd bod dy ŵr di wedi mynd i chwilio am gysur gan ddynas arall . . ." ychwanegodd dan ei gwynt. Yn anffodus fodd bynnag, roedd o'n ddigon uchel i Buddug ei chlywed – ac i adweithio.

Stopiodd yn stond, a hynny ar ganol cam, cyn troi â'i holl nerth yn ei dwrn. Dwrn a laniodd yn glewtan yng ngwep Jess druan.

". . . Y dwi'n mynd i fod yn . . ."

Ac ar hynny, chwydodd Buddug ei pherfadd – a'i chinio crand – i'r gwpan arian.

". . . sic . . ."

*　*　*

Yn y cyfamser, roedd Mabon wedi dod ato'i hun ddigon i sylweddoli fod siawns am sgŵp go syfrdanol yn sefyll o'i flaen.

"Ti'n dal i ffilmio hyn?" gofynnodd i Geraint, y dyn camera.

"Wel, nach'dw, ti newydd ddeud wrtha ni am ddiffodd y camera . . ." meddai hwnnw.

"Ddylia chdi wbod yn well erbyn rŵan na gwrando ar be dwi'n ei ddeud. Tro'r camera 'na'n ôl mlaen y munud 'ma. Mi dalith S4C bres mawr am hyn. Dwy bladras am waed ei gilydd? Tamad o fwd a sa ni'n mêd washi. Ond dyna fo, mae'n well na dim."

"Alli di wastad ddibynnu ar y *working class* i ddod fyny 'fo'r gwds wel'di," ychwanegodd Mabon wedyn. "Ti di clŵad am *Rumble in the Jungle* yndo, wel Rycsiwns y Rafins sgen ti'n fan'ma. Dydi honna ddim ffit i gael y gwpan 'na," taflodd dros ei ysgwydd yn sbeitlyd gan amneidio ar Buddug.

Gyda'r gwaethaf drosodd – am ryw hyd beth bynnag, aeth Calennig ati i chwilio am ddant coll Jess, a baglodd Buddug ei ffordd i'r sedd agosaf.

"Heno oedd 'y'n noson fawr i i fod," brefodd Buddug wrth y fenyw oedrannus a eisteddai i'r chwith iddi.

"Wel, mi fedra i'ch sicrhau chi mai chi yw seren y sioe . . ." atebodd honno'n blaen.

"Na, 'da chi'm yn dallt," udodd Buddug drachefn, gan nyrsio'r gwpan llawn chwd ar ei chôl. "Heno oedd fy nghyfla mawr i i greu argraff ar y cyfryngis 'ma," meddai gan sgubo'i braich yn llywaeth o'i blaen.

"O'n i'n mynd i'w syfrdanu nhw gyda'm talent, *star quality* maen nhw'n ei alw fo. Heno oedd fy nghyfla fi i fod yn enwog . . ."

"Duwcs, peidiwch â phoeni. Tydi'r hen *reality stars* 'ma fel platiad o basta dudwch. Pum munud allan o'r sosban a ma' nhw'n oer fel dwn 'im be . . ."

". . . Da chi 'di taro'r hoelan yn fan'na," meddai Buddug, â golwg ryfadd rhywun 'di cael troedigaeth arni. "Well i mi neud y mwya o 'mhum munud i felly'n dydi."

Ac ar hynny, dyma hi'n codi o'i sedd unwaith yn rhagor a martsio draw at Mabon.

"Ddim ffit i gael y gwpan 'ma, dyna ddeudsoch chi ia? Wel, hwyrach y byddai'n rheitiach i chi ei chael hi ta. Hwdwch!"

Ac ar hynny, trodd Buddug y gwpan wyneb i waered a'i sodro'n dalog ar gorun y cynhyrchydd teledu . . .

HAFAN

HANES

CYSTADLAETHAU

NEWYDDION

CYNGOR

ADNODDAU

GALERI

TOCYNNAU

DOLENNI

MANYLION
CYSWLLT

Dros y Sul, cafodd cystadleuaeth Merch Gryfaf Cymru ei chynnal ym mhentref Eidalaidd Portmeirion, ger Porthmadog. Roedd 10 o ferched yn cystadlu am y teitl, gan gynnwys y bencampwraig bresennol, Buddug Cadwaladr. Yn ei herio hi roedd cystadleuwyr profiadol megis Jessica Thomas, Meinir Jones a Cerian Ffransis. Roedd eraill, megis Bethan Hughes a Calennig Jôb, yn cystadlu am y tro cynta'.

Llwyddodd Buddug Cadwaladr i ddal ei gafael yn ei theitl, yn wyneb gwrthwynebiad cryf gan nifer o'r cystadleuwyr eraill, hen a newydd.

Tristwch yw cyhoeddi fod Bernadette McLaren wedi derbyn anaf difrifol i'w llygad yn ystod y gystadleuaeth. Gallai'r anaf ddod â'i gyrfa lwyddiannus mewn cystadlaethau nerth bôn braich i ben.

Siom yn ogystal oedd i enillydd y Fedal Efydd, Tania Lewis, gael ei diarddel ar ôl methu prawf cyffuriau. Chaiff hi ddim cymryd rhan mewn unrhyw gystadlaethau eraill nes bydd ymchwiliad gan yr IFSA, corff rheoli cystadlaethau nerth bôn braich wedi ei gwblhau.

Cafodd un arall o'r cystadleuwyr, Ses Morgan-Lloyd, ei harestio cyn diwedd y cystadlu ac mae bellach yn cynorthwyo'r heddlu gyda eu hymchwiliad i farwolaeth ei mam.

Dywed cynrychiolydd o Gwmni teledu So-so y bydd y cwmni'n cadw llygad barcud ar y sefyllfa cyn penderfynu a

Dydd Llun, Mai 6,
9:00 GMT

fydden nhw'n darlledu'r rhaglen pry ar y wal a gafodd ei recordio ym Mhortmeirion dros y penwythnos.

Ond mae Robin Llywelyn, Rheolwr Gyfarwyddwr Portmeirion Cyf. wedi ymateb yn gadarnhaol: "Mae wedi bod yn bleser cael croesawu'r gystadleuaeth hon i Bortmeirion eleni," meddai. "Doedd gen i ddim syniad be' i'w ddisgwyl ond mae gweld ymroddiad, cryfder a thalent y merched yma wedi bod yn agoriad llygad gwerth chweil. Roedd yn bleser hefyd gweld cymaint o bobol yn mwynhau ac yn gwerthfawrogi eu gallu. Hir oes i'r gystadleuaeth."

1: Buddug Cadwaladr   2: Jessica Thomas   3: Meinir Jones